江湖

二部曲 下冊

原罪深淵

關於江湖

緣起於2000年，
隨著當年網際網路興起而匯集了一群嚮往著
「強中自有強中手、一山還有一山高」快意恩仇的武俠迷，
期盼在虛擬網路國度中共同打造一個「江湖世界」
——完全可由武俠迷自行創造人物角色、自由發揮的江湖舞臺。
筆者將大家所扮演之角色歷程撰寫成一部永續的武俠長篇小說，
虛擬轉化實體出版成冊，成為日後回首江湖路時最美的回憶。

當您翻閱【江湖】小說時，
不僅可以只用旁觀者的身分來閱讀這江湖故事，
亦可創造角色闖蕩這虛擬世界，並與嚮往的人事物互動交流，
更能自己創造、改變未來故事走向，進而主導成為當代風雲人物！

願在這無限想像的江湖虛擬舞臺上，
可以讓更多人嘗試扮演更多的角色、創造出更多經典人物、
流傳更多精彩的江湖傳奇，一圓大家心中的「江湖夢」！

目錄（下冊）

幕後主使

自不夜城南三十里，出了淺山環伺的蒼茫谷口，便是一望無盡的荒漠。荒漠中，隱約可見數叢荒涼古城遺址，錯落於黃沙粗礫之間。

這裡曾是古戰場，每處古城曾各自為國，覬覦「鄰國」的綠洲和農作，打打停停，戰事綿延近百年，死傷上千，最終一切化作虛無。望向日落那端，可見到一座七層浮屠，矗立在天藍和沙黃的交界，日以繼夜，傳頌悠揚佛音，撫慰這片古戰場上的無主孤魂。旅人們藉此浮屠辨識方位，名之「古佛寺」。

＊　＊　＊

某夜，羽家軍悄悄召集大批軍馬，集結古佛寺外的某處荒城，一夜之間構築完防禦工事，大軍隨即按兵不動，貌似靜候即將來犯的大敵。驚神羽坐鎮主營，調度各點守備軍務，十二羽則待在傷兵營，陪伴著病榻上的貴客：雲樓右使五芒星。

五芒星端坐病禢邊，稀罕地褪下身上的黑斗篷，渾身裹著藥膏傷布，臉色慘白，而他那一雙赤眼黑瞳，卻依然靜謐如昔。

「還記得當年的十三使徒嗎？」十二羽為五芒星遞上一杯養傷藥酒，「當年，你我都是

不見容於中原諸氏的邊緣人，白龍海義父收留我們，讓我們跟隨他身邊，並引薦我等入雲樓任事。即使如今義父遠離中原，他的恩情仍眷顧我們。」

「而你背叛了他的恩情。」五芒星接過藥酒，啜飲一口便放下杯子，「你背叛雲樓，背叛義父，聯合独孤客和『深淵的惡魔』，聚集罪惡，動盪江湖。」

「這是誤解，」十二羽並不動氣，「我從未曾背棄白龍海義父的恩情和教誨。」

「義父豈教過我們召來罪惡，創立罪淵閣？」五芒星駁道，「你給了独孤客東山再起，危害江湖的機會。」

「此話不盡然，」十二羽笑道，「當年，独孤客羽翼已豐，我不出面，自有他人找上門去，独孤復出，勢之必然。」

不待五芒星駁之，十二羽又問：「我答應義父，絕不危害龍家人，至今依舊不曾違背誓言，對你也是一樣。反倒是雲樓，當年義父領我們十三使徒，與雲樓樓主把酒為誓，約定永不相害。然而雲樓可落實了這誓約？」

「當然，樓主大人對我們始終推心置腹。」

「寧寧的死，又如何？」

五芒星默然良久，方以氣音答道：「那是意外。」

「當年行兇的水中月也是這麼說，可是事實究竟如何呢？而你和寧寧的感情，非比尋

常，竟然就願意這麼罷了？」十二羽湊近五芒星，「你說樓主對我們推心置腹，我倒以為對樓主而言，我們終究都是外人，就像恩師堯兒一樣。哪一天我們威脅到了樓主，他一樣要除掉我們，就像他對恩師堯兒那樣。」

五芒星蹙起眉頭，壓低聲音：「堯兒長老的懸案尚未釐清，羽兄，莫妄下斷論。」

「堯兒於我之師恩甚重，我怎敢胡說？」十二羽冷笑一聲，「堯兒師傅是在自己的密房裡遇襲，重傷逃脫。那兒可是雲樓深處，護樓大陣重重機關之下，若不是雲樓自己人，怎找得到？若不是高手中的高手，又怎能傷得了師傅？」

「只因當晚夜賊入侵，在護樓大陣縱火，才讓刺客乘虛而入。」

「那這刺客來的時間點也太巧了，就在我們一班雲樓高層，盡隨樓主遠赴不夜，陪墨副幫主和流雲飄蹤豪賭的當晚？誰知道雲樓內是否有內線，裡應外通呢？」

「你若質疑樓主是那偷襲堯長老的幕後真兇，就算我們情同親兄弟，我也要剁你的舌頭。」五芒星不顧傷勢，抗聲怒斥，「況且在案發前二晚，你也行蹤不明，要說內線，你也很可疑！」

「好了，你也息怒。我一樣想找出襲殺恩師的幕後真兇，但事到如今，既無對證，說什麼都是妄言。」十二羽取走五芒星手中的空杯，再次斟滿藥酒，「兄弟，你的心意我明白，我便不說樓主的閒話，也不勸你改投靠我羽家。但至少你能告訴我，從宗祠一會到龍脈密道

中，究竟發生什麼事？」

五芒星默然良久，方才一嘆：「一言難盡。」

＊　＊　＊

原來在宗祠一聚當下，流雲和夏宸為了魚鱗冊打起來，引發墓室震盪，流雲飄蹤遣貓神從某密道離開，凌雲雁則命五芒星護送空虛禪師和天風浩蕩、霜月閣等諸多幫會要人，從另一密門脫離墓室，潛入龍脈密道。

五芒星一行人走在密道裡，一路尚稱平順，一行人就要看到出口處的光線時，因空虛禪師一時毒發，不得不稍作歇息。豈料就在這片刻，來了一名刺客，自出口而入，逆光偷襲這一行人。眾人但見刺客一身黑影，卻無人識得出其為何方神聖。五芒星遂拔劍召喚黑焰，糾纏住刺客，掩護其他江湖要人往出口脫逃。

一幫要人陸續逃離密道，剩下空虛禪師和五芒星，五芒星一邊護著禪師，一邊與刺客且戰且走。五芒星觀察刺客氣息見亂，其一手尚稱俐落的掌法亦漸露破綻，以為自己站了上風，豈料這時刺客賣個破綻，待五芒星一劍刺去，卻一個轉身迴避。

接著，五芒星聽見空虛禪師大叫！原來空虛禪師落單在旁，空無防備，從後背挨了一記重掌，大喊一聲，口噴黑色毒血，頓時倒地不省人事！五芒星為此慌了神智，身法大亂，刺客遂逮住機會，一掌打中他腹脈命穴，五芒星感到這一股掌勁中有刺骨之幽寒，幾欲蝕骨，

痛得他口吐鮮血數升，倒地而再不能起身。

五芒星眼看刺客就要用手刀斬下空虛禪師的首級，忽然又來了一名援軍，持一雙閃亮輪刃來戰刺客。刺客匆匆撇下兩人，往密道深處竄逃。五芒星定睛一看，這位援軍是位女子，身穿紅袍，腹藏密甲，顯然是明教禁兵。她找到重傷的空虛禪師和五芒星，救回主營醫治，並向五芒星解釋道：「流雲兵府少主有命，請我們接來空虛禪師大人。」並出示流雲兵府的通關銅牌為證。

然而是夜二更，五芒星竟拋下禪師，私下帶傷潛逃，就這麼巧遇驚神羽，成了羽家軍的隨軍貴客。

待五芒星娓娓道盡此番宗祠遇襲始末，十二羽納悶地問道：「來者雖是明教弟子，也是流雲兵府的盟軍，貌似又沒有加害之意，賢弟你又何必私自逃出來討救兵？難道你信不過流雲飄蹤？」

「因為兵府來的人，」五芒星答道，「我信不過他。」

說罷，五芒星默然行氣養傷，不再多言。十二羽便返回主帳，與驚神羽密議軍務，直到翌日天明。

＊　＊　＊

第四天清晨，某台滿載薪柴的馬車，喀答喀答走在縱貫沙漠的小徑上，顛簸前往不夜

城。車伕蠻不在乎地哼著不成調的歌兒，仰望高遠無垠的晴空。在此之前，馬車曾行經南方的龍虎山麓，接了兩位風塵僕僕的旅客。他們正是宋白和曲洛紜，兩人逃出奇兵院後，換了衣束，巧遇車伕，搭上返回不夜城的便車。

宋白一夜無眠，逐漸將他這兩天的連番遭遇，想了個透徹明白。他發覺到自己此行不過是臨光的棄子，感到忿忿不平，慨然自問：「難道我此生，注定要給這江湖左右擺佈？」曲洛紜在一旁安慰他，說盡了好話，又曉以大義：「板蕩識真心，宋哥哥以誠心待人，即便厄運當先，也必終得後福。」宋白方才稍稍釋懷。

宋白聊起自己的身世，原來宋家祖父曾以茶道聞名中原，據稱當年『宋氏白毫』的茗香可是自霧都傳遍崋瀾。宋家祖父生性好客，最重江湖人情義理。十五年前，天風唐家畫中仙唐廿，遇死士奇襲重傷，一度命危，全賴宋家收留他，傾盡家財，找來名醫救回他的性命。

「可是說巧不巧，那一年也正是我家族衰敗的開始。我就在那一年出生，出生後陸續幾年，我的兄長和小妹，被家人分送到中原四方受人撫養，惟有我留在家裡。那時唐廿師傅大傷初癒，我們全家便靠他不時賣畫來接濟，勉強度日，師傅還無償認我做徒弟，教我琴歌書畫，甚至還私下傳授我武功心法。」

宋白說著，取出珍藏在懷中的玉冰雪白仙人毫，紅了眼眶：「當年我辭別師傅，出來闖蕩江湖。他送了我這柄仙毫，勉勵我勿耽擱了學業。一年來，我勤練師傅所授的學問，這仙

毫都給寫禿了半截，可我還是捨不得換掉它。真期待有那麼一天，我在江湖發達了，得以找回家人重聚，有福同享，有難同當，再也不分離。」

曲洛紜正要鼓勵宋白時，忽然臉色一凜，不動聲色，悄悄拉著宋白跳下馬車。翻滾到一旁的沙丘，掩低身形。

宋白低聲問道：「怎麼回事？」

曲洛紜壓低宋白的身子，示意要他噤聲，不一會，前方傳來騷動聲，原來有一批來歷不明的異邦兵士，個個身著紅衣輕甲，攔下馬車盤查載客和物資。

「宋哥哥，來者不善。」曲洛紜察覺附近集結了愈多的紅衣士兵，正逐漸在她們四周排出一張包圍網，於是她向宋白悄聲道，「這裡不能久待，你跟著我，想辦法逃離這群人。」

宋白伏得五體幾乎要貼地時，突然心想：「不能再這樣窩囊下去！」

他把心一橫，竟生出個作死主意：「不如自己當餌，引開士兵，至少助曲姑娘逃脫！」想定了，宋白不動聲色，然後忽地躍起，往預定的反方向逃走。曲洛紜大吃一驚，攔不下他，追之不及。紅衣兵士們發現宋白，爭相吆喝同伴，抄起兵器，列隊追擊！宋白的步法意外矯健，眾軍士竟越追越遠，憤而將手中長槍大刀擲向宋白，甚至來了一支弓隊，拉弓向天，射出漫天箭幕。宋白背對後頭的槍林箭雨，眼看在劫難逃，但見他左曲右迴，或低下身子，或躍起腳步，竟出乎眾人意料的逃出生天，毫髮無傷！

然而就在宋白即將逃出紅衣軍的追殺時，他邁步奔馳在一道陡坡邊，一時不慎，失足跌下陡坡，大叫一聲，滾個幾圈後攔腰撞上一塊大石頭，傷到筋骨，呻吟不能行。追兵們遙見機不可失，齊聲一喝，加快腳步，眼看就要追上宋白，這時忽然起了一陣刺骨怪風，將宋白捲上天邊！怪風吹起飛沙走石，打得追兵們睜不開眼睛，但聞宋白嚎叫不已，須臾，便失去了蹤影。

追兵們見到如此怪象，驚詫的咋舌不能言語，連忙三兩步奔回主營報告。而此時曲洛紜亦不知去處。

＊　＊　＊

同樣這一天，日正當中，甫至午時。

本應留守龍虎山，奇兵院本營的逍遙道人遨遊，此時神色焦慮，隻身奔走古佛寺的沙漠邊緣。

話說龍虎山上，向來是蘇家觀、自在莊為爭得「天道頂巔」之名，互別苗頭，各不相讓，更遑論同心合作。蘇家觀的掌門大位僅單傳大弟子，且不予外姓，因此歷來得被選作掌門人的弟子，皆須被賜姓為蘇家人。在蘇境離這一輩，蘇家觀出了四名出類拔萃的四名同門師兄弟，觀內弟子尊稱「龍泉四俊」，當中最為江湖所知曉者乃大師兄劍青魂，以及二師兄蘇境離。

邀遊名列「四俊」之末，既不凡又平凡。不凡在於，他的樣貌和「一代天師」蘇洛玄，竟然極為神似，也因此，邀遊深受蘇家掌門人寵信，年少時便平步青雲，擠身觀內高等弟子的行列中；但他平時反應駑鈍，遇事盡顯期艾驚惶，口拙幾不能成言，因此，儘管他相貌堂堂，同門弟子和後生晚輩卻輕視他，認為他的地位是憑著長相打混來的。邀遊對此心知肚明，然或許其敦厚天性使然，不願與諸弟子計較，就這麼悶著頭受氣。

然而出人意料的，當劍青魂自行出走蘇家觀，創立奇兵院後，竟回頭向掌門人借來邀遊，並力排眾議，破格委邀遊予重任，擔當奇兵院的二把手。院生晚輩凡聽聞過邀遊風評者，盡皆對劍青魂此舉不明所以，且深不以為然，甚而紛紛有人私下商議，意欲改立琋月幻華，取代邀遊成為奇兵院真正的二把手。

話說琋月幻華身世不凡，據傳是洛水望族「古棠氏」之後，自小便顯露傲人天賦，並破格入了崋瀾縣的醫術名門「瀾月閣」，習武學醫不過一年，便得以親執瀾月閣的瑰寶：黑曜玄鐵扇「玄青」；爾後，琋月幻華拜龍泉四俊之三，「血醫閣主」為師，又得師門親賜千年寒玉打造的玉笛「冷霜」，待血醫閣與奇兵院互結友好，琋月幻華便持兩閣信物，蒞臨奇兵院。琋月幻華任職兩閣英主的親信，熟習待人進退之道，口才不凡，舉止得宜，處事瀟灑而不致招搖，遇事強勢卻不失冷靜，賢淑才智昭然顯世，於是她所到之處，無不華彩顯耀奪目，眾人皆不敢輕慢之。

就在前晚，琋月幻華一行人從宋白口中套出了稀世祕笈的消息，對此信以為真，於是興沖沖召集院生精英，漏夜準備行裝，自龍虎山的奇兵院本部出發，前往「祕笈所在地」不夜城，打算找劍青魂院主邀功。遨遊本受了劍青魂的命令，不敢妄動，留守本部，但他越想越不對勁，擔心院生們此行安危，擔憂得整夜幾不成眠，於是天未亮時，便匆匆起身沐浴更衣，交代留守院生們防務要事，又發了兩隻信鴿通報消息，一隻往龍虎天道蘇家觀，一隻則往不夜城。

待一切準備完畢，天也亮了，遨遊便祕密前往不夜城。然而當他走在通過古佛寺的小徑上，竟見到幾名落單院生，狼狽地迎向他來。他心頭一驚，慌忙問道：「怎麼回事？你們怎走散了？」

院生個個哭喪著臉，據實以報：原來琋月幻華一行人行經古佛寺，被一支不知名的斥侯部隊盯上，院生們當下議定，兵分兩路，通過這片不毛乾漠。墨羽夜、龍破天兩人從西側而走，琋月幻華則領著這批院生沿東側潛行。他們成功甩掉了斥侯部隊，卻又在東側一帶的荒城，遭遇莫名突襲。

遨遊問：「誰偷襲你們？」

「妖怪！」院生七嘴八舌，「邪門貓妖！」

遨遊追問之下方知，原來眾院生遇上了一群神祕強盜。雖說這群院生亦非等閒小輩，以

琋月幻華為首，佈下鐵桶陣，拔劍嚴備，毫無懼色。然而神祕強盜各個身形嬌小如貓，身手卻極其矯健，成群奔躍似飛蝗過境，竟能自由出入鐵桶陣間，院生們但聞一陣陣嘻笑，迎頭便挨了一記記的爪攻，數回合間，便抓的一夥人渾身傷痕，哀號不已，陣形因此壞了，院生們敗了，甚至琋月幻華竟也給這群小貓妖抬了走，不知蹤影。

院生們慌道：「幻華師姐如果沒了，師叔，我們如何是好?!」遨遊費了好一番功夫鎮撫住他們的心神，吩咐他們回本部駐守。待院生退去，遨遊邁步一躍，奔往東側，潛入荒城，試圖找出琋月幻華的行蹤。

他奔走約莫兩刻鐘，發現一個車伕。車伕的馬車陷入某個大坑，馬隻失蹤了，他自己則被粗索吊掛在頹牆上，戰慄不能言語。遨遊救下車伕時，車伕神情錯亂大喊：「貓妖！吃了我的馬！還要吃我！」

遨遊聽了，益發惶恐，於是拋下車伕，繼續向前。待他經過某個土墩邊，驚見一堆生過火的灰燼，和一頭死馬，馬隻殘骸被支解稀爛，烤來吃得七零八落。

「起碼該串個肉串佐醬，」遨遊看著這狼狽光景，不禁搖頭慨嘆，「不管他們是妖是人，這種吃法，著實沒教養！」

剎時，環繞火堆五尺外，倏地冒出幾道小身影，伴著孩童稚嫩的嘲笑聲，遨遊心知是陷阱，拔腿就跑，小身影尾隨而上，包圍遨遊，遨遊用眼角餘光，瞥見這群神祕的盜馬賊，果

然都是些年紀不大的孩子，衣衫襤褸，一個個活像小乞丐。他們戴著自製獸皮面具，在面具畫上莫名其妙的表情符號，乍看之下，甚是詭異！

小賊們或握小刀、或持銳爪，飛梭遨遊四周，不一會，遨遊便吃了好幾記奇襲，遨遊以氣勁護身，幾道奇襲僅傷到表皮，就這麼忍氣吞聲，只走不戰，曲折迂迴，試著探出這群小賊的根據地，找出琋月幻華。

試探了三五刻鐘，遨遊不得其道而入，白受了小賊們的一番騷擾戲弄，他心一急，踏步而止，大喝一聲：「小瞧了我！」

霎時，遨遊氣勁一發，但聞「碰磅」巨響，雄吹起一陣飛沙走石，吹的小賊們個個驚得踏不穩步伐，驚的退後三尺。

所謂修習內功，乃習武之人，日常點滴蓄力於氣脈間，厚積薄發，以壯筋骨、養氣血。此門功夫的一大難處，在於習武者的身體須承受住龐大內力，一如當年悟能大師欲親授墨塵予「穹蒼」之力，尚須逐日點滴，灌輸入體，以確保墨塵的身體能承受這數倍於自身修為的氣，是同樣的道理。

然而，此門功夫尚有另一項更難之處，在於「深積厚發」之道：在片刻毫秒間，將千倍習武之人的洶湧浩瀚內力，一次爆發！此功難在只要有一個不慎，必導致習武者氣血攻心而亡，是故學成此門功夫者幾希。

而遨遊，正是深黯此武功的希罕高手。當他內力爆發之際，但見他運勁於丹田，令他此生修為所得的氣勁，鼓脹著全身血脈，甚至連他身形因之產生巨變，從略顯福態的慈藹玉面佛，雄變成高大威壯的金剛修羅身！此刻的遨遊已非往昔貌似人盡可欺的受氣包，即便是三千倍於己身的百人強敵，他亦能在翻掌之間擊殺！

「把幻華……」

頭戴面具的小妖們看著遨遊的變化看呆了，一小夥人停下皮毛攻勢，退聚五尺外的矮牆上戒備著。這時遨遊深蹲馬步，雙拳收於腰際，牙齒止不住「吱嘎」作響，渾身上下因氣勁騰發而微微顫慄著。

「交出來！！！」

隨一聲震天怒吼，遨遊朝小妖們齊聚的矮牆打出一掌，掌風呼嘯似龍捲，飛沙衝天，竟衝刮出一道三尺寬、十寸深的縱裂土溝！小妖們在怒吼聲響起的一瞬間早已嚇得竄逃四散，且紛紛被掌風逸散的氣勁餘威震得踉蹌難立。這一股掌風打中矮牆，矮牆頓時爆碎！在「轟隆隆」的聲中，但見磚石砂礫灰飛煙漫，久久不能消散。

「哇啊啊啊！」

小妖們呆了半晌，隨即紛紛哀叫，連奔帶爬，逃往古城遺址深處，遨遊亦邁開虎步，追了上去。追逐之間，小妖們慌忙把武器往後擲去，武器丟光了便信手撿起石頭往後扔，希冀

能拖住遨遊一點時間。豈料遨遊目若無睹，窮追不捨，任憑武器石頭打在臉上，宛如細雨點點彈在傘面，竟留不下任何一點擦痕。

遨遊追到一處廣場，環繞著層疊古屋頹牆。他停下腳步，而小貓妖們早不見蹤影，反倒有一個年長許多的少年，腰掛了柄長劍，周身盤繞絲縷殺氣，張於兩脅，宛若一雙黑翼。他離遨遊二丈外，蹲坐矮牆上，睜一雙圓亮貓眼觀察著。遨遊心知，這是「貓妖」們的首領。

「江湖的貓，可都不簡單。」遨遊忽然想起這句江湖人私下相傳的戲謔之詞，言之荒誕，卻又不無道理。

武功之始，乃師法飛禽走獸之「五形拳」；五形之中，又以貓形為高。貓兒身段柔軟、步法輕快無聲；狩獵時，豎耳伏身，靜若磐石，伺機而動，一招拿下獵獲，勢如風捲殘雲，其一舉一措，竟宛如武術高人般深遂莫測。是故「貓形」乃習武之人所企求的一門「外功」。甚至有一說法「習武當求師，無師當學貓」，顧言循義，凡資質中上等者，即使不曾拜師習武，只要觀察「貓形」，亦能從中領悟上乘武學真理。

遨遊斜覷這少年首領，一眼便知，這少年的歲數、性別無從辨識，但毫無疑問的，絕對是一等一的「貓形」高手。於是遨遊放緩腳步，蓄氣周身塑成一副無形鎧甲，步伐畫圓而行，眼光不曾從這少年身上離開過；而那少年，按劍伏身，屈膝半立，跨步牆上，眼光亦不曾從遨遊身上離開過。

忽然，少年首領身形一晃，須臾欺近遨遊一尺面前，順勢拔劍一揮，遨遊毫不躲閃，打出左掌，撥開劍鋒，正待順勢反擊，那少年又蹬個兩步，跳離掌風可及範圍，接著，又殺進遨遊胸前，又是一劍，遨遊側身一掌回擊，少年便收招躲開，往另一端退了三四步。就這樣，少年一招招試探，遨遊見招拆招，兩人如此交鋒起碼二三十回合，儘管都傷不到彼此要害，卻盡皆大汗淋漓，一心不敢鬆懈。遨遊明白這少年打算試探自身罩門，同時掩護小貓妖們逃脫，然而他亦圖「擒賊擒王」，且戰且走，設法找到這群小妖魔的巢穴，救出琋月幻華。

數十回合過後，少年深吸一口氣，身子伏得更低，遨遊見狀心想：「要出殺招了！」果然，他心頭方才湧上此念，少年便如徐風般逼近面前，他俯視少年，揮臂出掌，正要接招，卻驚不見少年身影！

少年一個墊步，閃至遨遊側邊，看準了遨遊兩脅間，一寸軟肋處。

正是遨遊這副金剛不破之身，惟一的弱點！

「嗯！」

待少年一劍刺向致命軟肋，遨遊既不退，亦不避，但見他身形一轉，馬步一蹬，蹬出個地動天震，雙臂一夾，竟將少年那蓄精會神而發的一招快劍，夾個正著！少年臉色一白，欲抽劍而退卻動不了身，接著遨遊深吸一氣，又大喝一聲：

「滾！！！」

這一聲滾，滾的方圓百尺轟然牆頹土崩，砂石沖天數丈高如湧泉，腳下大地亦如蛛網般輻裂三尺之深！

這一聲滾，亦將少年震飛，少年已先行棄劍連退數步，避開致命傷害，但仍被這聲怒吼震的幾步踉蹌數尺之遙，背脊就這麼撞上一面土牆，痛得他癱坐一團，喘著氣，闔上了眼，貌似已接受自己氣數已盡。

眼看惡戰就差最後一記致命殺招。正當遨遊緩步趨近，忽然耳邊響起熟悉的聲音：「小師叔！且慢！」

遨遊驀地迴首，驚見琋月幻華不知從何處現身，並慌忙喊道：「在下沒事，小師叔，你且收起金剛身。」

遨遊繫在心頭的一股糾結，終於就此解開。深吸長吐間，他收攝周身蓄氣，一身不壞金剛軀亦重顯福態。他亦再次綻開平常的溫和笑容，細聲道：「好，妳沒事就好，沒事就好！」

幻華迎著遨遊，低頭道：「對不起，都是在下太得意忘形，在下應該聽師叔的話。」說著，便發出一陣啜泣聲，以指拭淚。遨遊一時心軟，張開雙臂正要安慰幻華道：「沒，沒關係的，我也有錯，不該……」

話正說到一半，幻華忽然冷不防捏住遨遊豐碩雙頰，捏的遨遊頻頻哀饒！

「放、放手啊！」

「小師叔，你就是想聽在下說出這些話，對不？」

琋月幻華換了一臉「不出吾之所料」的得意笑容，且不知何時，身旁又多了五、六道小身影，正是剛才那群小貓賊們。遨遊見小貓賊們卸下了皮面具，一個個神情稚嫩生澀，怯怯地躲在琋月幻華的裙襬後頭，有幾個甫探出頭，一對上遨遊的目光，立馬嚇得縮進去，喉頭哽咽不停。

「小師叔，你剛才好過分，把這群可愛的孩子嚇成這樣。」

琋月幻華邊安撫著孩子們，邊笑罵遨遊。遨遊一方面慶幸琋月幻華安然無恙，一方面料想不到自己憂心尋人，到頭來竟被說成壞人，頓時之間苦笑不已。

笑過一陣，琋月幻華又俯身為那少年首領檢查傷勢，少年則將一頭亂髮倚在琋月幻華的臂膀間磨蹭，喵嗚一聲撒了個嬌，又舔了舔雙掌的血和泥沙，這動作習性，豈止是「貓形」，根本就和真正的貓一樣。

「他們都是被遺棄的孩子。」琋月幻華從少年懷中取出一條染血手絹，「在下問不出這群孩子的姓名來歷，只有這頭兒，身上藏了這條手絹，刺了『隱翼』兩字，於是就這麼稱呼他了。」

據琋月幻華所觀察，隱翼自小遭棄，被荒漠的野貓群撫養長大，他資質驚人，跟著野貓群一起生活，長年累月，竟能學得一身上乘「貓形」。日後隱翼拜別貓群，在這處古城遺址住下來，以劫掠商旅物資飲水為生。他陸續救回同他一樣被遺棄荒漠的孩子，教他們貓功，組成強盜團，假扮貓妖搶劫謀生。

「這群孩子擄走在下，卻不加害，興許是想要個『娘親』吧？」琋月幻華說著說著又笑了，這回她笑得苦澀，「他們都是好孩子，小師叔，能將他們都接回奇兵院嗎？」

「不，不成啊！幻華，這群孩子長年不受教化，又練就一身貓功，就這麼帶回院裡，咱們要花多少力氣才管得住他們呢？」

「院主不也是這樣，管理著一門院生，闖蕩江湖嗎？」琋月幻華苦苦軟逼著遨遊，「而且小師叔，你把人家的窩巢都毀了，難道不負起責任嗎？」

「這？我可沒把整座荒城全打坍啊！他們大可另外找幾間像樣的空屋去住呀！」

「在下說的可不是房子塌了這種小事，難道小師叔都沒察覺到，這一帶不太對勁？」

經琋月幻華一說，遨遊猛然想起院生們的話，道：「對了，此地不宜久留，有來歷不明的軍隊。」

琋月幻華點了點頭，又道：「小師叔，適才你的金剛身這麼一鬧，必然驚動來軍斥侯，快則今晚，遲則明早，就會有大隊人馬來一探究竟，到時候，這群孩子又怎能在這兒繼續住

下去呢？」

琋月幻華眨著一雙溼潤晶亮的眼眸子，懇求遨遊道：「小師叔，為這群孩子想想辦法嘛，在下這一生就求你這一回了。」

遨遊欲駁卻無言，徒然長吁了一口氣，他心知此事難辦，卻不能放下不管，畢竟風波因他而起，而且他又是個長輩。

再者，琋月幻華，亦是個不一樣的晚輩。

＊　＊　＊

話說墨羽夜和龍破天與琋月幻華分開行動後，兩人沿沙漠西側摸索了一整天，日落之前，意外發現一批異邦軍士，個個身披赭紅斗篷，內藏軟甲，墨羽夜一眼立判，他們全是東歸的明教子弟。

「這群明教中人，看來駐軍不遠，咱們溜過去瞧瞧。」

墨羽夜和龍破天不露聲蹤，尾隨這群軍士至明教軍營。營地就在古佛寺西南的某一處古城遺跡，且不遠處有一座蒼黃小丘，兩人遂掩其蹤跡，登上小丘，俯察整片軍營。龍破天指著營地某處道：「師兄你看，那間房子最大，戒備最嚴，人員進出頻繁，一定是主營所在。」

「不只如此，你看看那後頭，」墨羽夜指向主營後方三十尺處，「那兒有間破屋子，離

主帳那麼遠，卻派了三、四個人看守，看來裡頭有好東西。不是兵器庫，就是糧倉。」

兩人因此打定主意，靜待駐軍埋鍋造飯時刻，一時之間疏漏無防備時，潛行至軍營外。他們悄悄逮住兩個軍士，奪了裝束，逼問出通關口號，假扮成明教禁兵混了進去。

兩人避開主營，逕自往那白色荒屋走去，謊稱臨時換班，騙開看守，假意兀立屋外守備，實則竊聽屋內動靜。

屋內有兩位女子對談聲，宛若風中銀玲錯落交響。一位道：「風姑娘，我只能勉強穩住禪師的脈象不斷，然而這『三日喪』竟解不開亦排不散，不知如何是好？我無法救禪師脫離險境，實在憾恨。」

另一位道：「嫣兒姑娘快別這麼說，您特地委身搭救空虛高人，我們便是萬分感激了。高人身中奇毒，又受了筋脈盡斷的重傷，按理早該一命嗚呼。如今高人憑這身傷軀，能支撐到現在，全都仰賴嫣兒姑娘的助力。」

龍破天將這段對話聽得清楚，暗自問墨羽夜道：「她們說的，該不會是雲樓的空虛禪師？那位嫣兒姑娘，又該不會是命運聖門的九天玄女吧？可是命運聖門，怎會勾搭上明教軍隊？」

墨羽夜聞而未答，長思不語，徐久，忽然笑問龍破天：「破天，來賭一把大的嗎？」

不待龍破天回應，墨羽夜竟然逕自掀開帳門，向屋內數人報上名號：「血醫閣副閣主，

奇兵院院生，墨羽夜，特來拜見明教的諸位先進。」

屋內兩位女子倏地站起身來，其中一位負責照料空虛禪師的，眉色溫婉間帶有些許英雌氣概，果然是命運聖女嫣兒，她一聽到「血醫閣」三字，神色頓時一亮，貌似看見了奇蹟。而另一位風姑娘，身穿玄亮軟甲，將身材束紮得玲瓏有緻。她舉起雙輪刃，沉聲叱問：

「你怎麼進來的？」

龍破天跟上來，拔起修羅大刀，護衛墨羽夜。墨羽夜則把眼光轉向傷患，果然是那空虛禪師！但見空虛禪師臉色慘白，神智昏迷，徒留一口餘氣尚存，顯然命在旦夕。

墨羽夜一眼立斷：「如果這位空虛禪師大人，真是中了『三日喪』，觀其神色，理應過了三日死線，早該毒發身亡。大人他能支撐到現在，實屬奇蹟，但即便是奇蹟，註定也活不過今晚。兩位先進，妳們當心知肚明。」

風姑娘臉色一白，冷問道：「所以，有何貴幹？」

「謹代表龍泉三賢：蘇家觀、奇兵院、血醫閣，來談個條件。」墨羽夜笑道，「我有辦法，讓禪師大人活過今晚，替諸位爭取時間籌備解藥，至於過了今晚，禪師大人能否得救，就看他的天命。」

風姑娘一臉狐疑，追問道：「你真辦得到？助禪師大人活過今晚？」

「話說崋瀾血醫閣，可是不下歸燕谷的醫術名門，我自幼便跟隨在閣主身邊，學到不少

療傷解毒的藥方，可惜說來慚愧，我才學仍嫌疏淺，不足以徹底解開禪師身上的劇毒，只能多少爭取些時間，以待後援。」

嫣兒在一旁，悄聲勸風姑娘道：「既然他出身血醫閣，又敢誇下這海口，看來是有辦法的，我們姑且一試。」

風姑娘吟哦一聲，又問墨羽夜：「那你說談條件，是什麼條件？」

「條件其實也不難。」墨羽夜拱手又是一揖，「我們想和明教和命運聖門，交個朋友。龍泉後人如果行經貴寶地，懇求諸位先進不吝款待，助我們物資和盤纏。另外，我聽說明教這番東歸中原，帶了不少寶貝，我們便從當中挑選幾樣當禮物，做為兩方友好的證明。」

在這個節骨眼，開這種條件，聽在風姑娘耳裡簡直是「趁火打劫」！連一旁的龍破天聽得也呆了，風姑娘更是冷笑一聲，反問：「你學的是什麼神仙醫術，有膽子需索這麼多？」

「不敢說是神術，惟因行醫的風險著實高，條件自然要好，否則就划不來了。」墨羽夜道，「假如我沒記錯，當今中原懂得解開此毒者，不到五人，而我正好是那第五人，雖說技術還不精熟，但人命關天，姑且讓我一試。」

風姑娘和嫣兒互望一眼，當下便讓開一條路，讓墨羽夜得接近傷患。墨羽夜見狀又是一揖，朗聲答謝：「那我就當作條件談成了。謝過兩位前輩先進！從此龍泉三賢與貴教賢達，互結友好，有福同享，有難與共！」

墨羽夜刻意說得大聲，讓外頭的明教弟子也聽得見。旋即他招呼龍破天道：「破天，助我內力，要施『血清術』。」

龍破天臉色大變：「血清術?!師兄，你認真？」

墨羽夜笑而不答，端坐禪師病榻旁，解開上身衣衫，顯露一身碧玉觀音形，且任他所珍愛的一尾青眼白蛇，盤繞其身；隨即他收斂神色，聚精凝氣，不一會，便可見他的毛孔間漫發出縷縷黑氣。

運氣半晌，他向胸前白蛇示意，那白蛇彷彿有靈性似的，竟點了點頭，爬向墨羽夜的上臂，張開森亮的毒牙大口，一口咬下！

墨羽夜痛得微蹙眉頭，龍破天亦臉色慘白，而風姑娘與嫣兒，見狀更是神色凜然。須臾，墨羽夜的十指間冒出絲縷黑氣，氣凝如牙又似繡針，墨羽夜便勾起當中雙指，如蛇牙般地刺入空虛禪師的頸子！

墨羽夜雙指間的黑氣，源源不絕地滲入禪師體內，旁人不知他用的什麼功夫，但見他不發一語，冷汗淋漓，神色猙獰。這時龍破天亦褪下外衣，運起真氣，令氣血暢行九脈之間，然後掌拍墨羽夜的後背，將真氣灌入墨羽夜體內，助其運功。

風姑娘舉起輪刃，亢聲質問：「你們這是想殺了禪師大人？」

「非也，這看來是血清之術，」嫣兒制止風姑娘，「我還真是頭一次，親眼見識這背離

醫經的奇術，難道這位墨羽夜，正是『蛇人』子嗣？」

原來在中原，遭蛇齧咬，身中蛇毒而亡者甚多，是故有一脈醫術，用毒蛇血煉製「血清」，以毒解毒，此醫法流傳已久，惟血清難覓，故江湖郎中雖多，以此救人者幾稀。但是在數十年前，據傳中原西境出了一支「蛇人」異族，此族族人極少，專吃百樣毒蛇，將百樣蛇毒存於體內，遂得以自身內力逼出血清，用來救治蛇咬傷患，凡行醫者見此異術，莫不嘖嘖奇之，稱做「血清術」。

「而這位墨羽夜，顯然正是此希罕蛇族的後裔。」

墨羽夜跟隨血醫閣主學醫，略知血清之術，心嚮往之，遂自養青眼白蛇，單名為「柊」，偶遇蛇蟲咬傷病患，便令白蛇囓咬自身，造出血清，並將血清混入真氣，化做漆黑刃牙，以內力注入傷患體內，排解毒傷。然而墨羽夜偶一行此奇術，尚須龍破天運作真氣，灌輸其身，方得確保毒性不至反撲自身，導致喪命。

就這麼過了一刻鐘，嫣兒察覺禪師脈象漸變，不但死相消逝，氣色亦回覆了不少。她不禁欣喜道：「想不到，禪師真的有救了！」墨羽夜聞言，遂逐步收功，抽出雙指，運起殘餘內力，嘔出體內殘餘毒血，又過一陣子，才有力氣開口說話。

「我們依約，多爭取了一個晚上。」

風姑娘亦為之動容，猛然雙手抱拳一揖，答謝道：「明教弟子風潔綾，謝兩位壯士救人

一命！我們自然遵守約定，奉各位盟友如上賓，敬請放心。」

說罷，有個傳令走入屋內，通報道：「天帥到主帳了。」風潔綾打發掉傳令，再三向墨羽夜致謝後，便與嫣兒動身往主帳去，留下墨羽夜、龍破天，和空虛禪師三人，在這殘破的醫護舍一同歇息。

此時墨羽夜方才恢復氣息，卻渾身發起顫來。龍破天立馬為墨羽夜披上衣服遮身。

墨羽夜氣音虛然，迴首問道：「怎麼了？」

「師兄明知故問，」龍破天道，「每回你使了血清術，必生起『蛇疹』。」

「生蛇疹又如何呢？不過是幾片鱗癬，不痛不癢，我早不在乎了。」

「我在乎。」

墨羽夜聞言不應，報以頷首一笑。這一笑，外人看來淡然無奇，惟有他的院生同輩，方知這當中的隱情。

忽然，風潔綾重返醫護舍，後面還跟了另外一人，大笑而入道：「多謝龍虎山兩位江湖義士，救回中原護國大法師，這於朝廷是大功一件，大功一件！」

* * *

這天黃昏，十二羽再一次話別五芒星，回到主營，和蒼羽夜、山巔一寺一壺酒密談好一段時間。此前眾人早接獲斥侯密報，說十里外的某荒城傳來不尋常的動靜。正當眾人盤算著

翌日派軍勘察時，有傳令兵入報雲樓使者來見，十二羽便下令：「請他進來。」

一見雲樓使者，蒼羽夜就笑道：「果然你們派人來了。」

使者不是別人，正是曲洛紜。她向主帳諸君拱手一禮道：「奉臨光老祖之命，助羽家軍破流雲府和明教聯軍，救出空虛禪師。」

＊　＊　＊

而在明教軍的傷兵舍中，風潔綾背後那自稱「天帥」的幕後人物，竟是米亞神君！

米亞神君謝過墨羽夜、龍破天後，當眾宣達：「諸位明教弟子，且聽本帥一言！雲樓樓主夥同罪淵叛眾，羽家軍，於大漠一帶糾眾造反！今日本帥接得消息，有座無人荒城傳出異常動靜，當是羽家軍進犯該處！諸君，今晚當痛快一飲，待明日整軍出師，會敵古城，擒雲樓一干重犯，斬羽家二將之首，功蓋朝廷，揚名中原！」

＊　＊　＊

今晚的古寺荒漠，瀰漫在不安的夜色裡，十七里之外，有一間獨棟小屋，坐落荒漠最邊緣，彷彿遺世而獨立。

小屋的主人行事神祕，他將跌下陡坡的宋白拐來這間小屋。當他看到宋白手中珍藏的半截仙毫，質問道：「這玩意哪來的？」

待宋白說明仙毫來由，神祕人慨然道：「原來你是唐廿的弟子。」語罷，長吁短嘆一

番，令宋白一時摸不著頭緒。

「既然你是唐廿的弟子，我就教你一點東西。不過在這之前，」神祕人說著，轉身入廚房，搬出一甕醃菜。一開甕，宋白但聞清雅漬香四溢，不自覺嚥了口唾沫。

「先嘗嘗，告訴我味道如何？」

＊　＊　＊

這一夜的古佛寺，佛音裊裊如畫。今晚寺裡有一名香客，出手闊綽，打賞侍者毫不手軟，佛寺上下皆大歡喜，而這香客不是別人，正是雲樓的煙雨策士宋遠頤。

宋遠頤待到夜將二更，找來住持，要訂下某間空禪房，住持為難道：「施主，說來不巧，這禪房隔壁正好有一戶喪家，死了女兒，在這停棺整整五天了，貧僧怕碰觸施主忌諱，著實不敢出借這禪房。」

宋遠頤答道：「無妨，我平生百無忌諱，且讓我和他們商量，並為亡者悼念。」

說罷，宋遠頤便到隔壁房，為死者致哀。宋遠頤一臉哀戚，謂遺屬道：「我有一部祕傳經文，欲為死者誦之，超渡亡魂，惟經文至為稀罕，欲加保密，懇請諸位暫且迴避片刻。」

家屬允諾，和寺僧一同避開，留宋遠頤一人獨坐棺邊。宋遠頤看四下已無人，忽用指節敲了敲棺木，悄聲笑問：「美女呀，可打算活過來否？」

須臾，棺蓋一動，棺中女屍竟然爬了起來！但見女屍妝容慘白，覷著宋遠頤，拱手道：
「師傅，徒兒等你好久，等的都快睡死了。」
宋遠頤又笑道：「虧你想得出『活人詐屍』，避人耳目，可是小林茗，妳老是玩這招，不怕損壽嗎？」
「徒兒心胸坦蕩，和師父一樣百無忌諱。」
那詐屍的年輕女子一笑應之。她名號林茗，年歲約莫二十出頭，行事莫測，而實乃宋遠頤的弟子。她奉宋遠頤密令，自五天前便潛入古佛寺，不知在打探什麼事情。
「假如臨光老祖沒算錯，這兩天古佛寺外將要鬧出大事來。」宋遠頤收斂神色，殷殷吩咐道，「妳且在寺裡多待個兩天，現在，先告訴我這幾天的動靜。」

＊　＊　＊

龍虎山下，龍泉客棧，今晚又是貴客滿座。說是滿座，其實也不過來了五人。其中一人是黑衣過客祁影，另一人是少年俠客劍無雙，而另外三人，一見穿著打扮，便知是自在莊的莊客。
這三位莊客裡，其中一人正是秋霜夢焉。他從劍無雙口中打聽到自在莊新任大莊主，任雲歌的下落，遂不顧自己傷勢未癒，趕赴龍虎山巔，正好在龍泉客戰遇到任雲歌。秋霜夢焉歡欣不已，向店小二要了張桌子，坐定身子，便拱手一揖而笑。

「久違了，任大莊主，幸好你吉人天相，逃脫了龍脈密道。不過在下仍想知道，你是怎麼到這兒來的呢？」

「這說起來一言難盡，不過總的來說，要多謝我旁邊這位救命恩人，他不知從哪出現在我面前，助我找到龍泉的出口，幫了我一個大忙。」

秋霜夢焉聽罷，望向任雲歌所說的「恩人」，他是個年輕孩子，同樣一副莊客打扮，但容貌極為陌生。於是秋霜夢焉又問道：「請問小兄弟是何方人氏？怎會穿上自在莊的裝束？」

那孩子反覷了秋霜夢焉一眼，懶懶洋洋道：「你管我？」

任雲歌趕緊為之緩頰，解釋道：「秋霜前輩別在意，那身衣服是我借他的。他似乎藏身龍脈之中已有好一段日子，得知我的身分後，忽然表明想入自在莊，於是我請他帶路，將我領出密道，並借他預備的一套衣服掩人耳目。」

「我看你們還有幾匹好馬，」那孩子又道，「明天借我，我要騎去玩玩。」

「玩玩？」劍無雙插口問道，「你要去哪裡？」

「問那麼多幹嘛？不過告訴你們也沒差。」那孩子說著，臉上浮現一抹微笑，「古佛寺，那裡很熱鬧呀！」

＊　＊　＊

這一夜，遠在千里之外的洛水，亦不平靜。

在罪淵閣眾重重看守下的洛水大宅裡，李無憂靜坐一張石凳上，看著雨紛飛舞劍於花團錦簇間。他不時輕咳數聲，咳得重了，亦引得雨紛飛停下手中細劍，轉而關切他的狀況。

「此毒就是這般症狀，看似一般肺病，卻能封住我運氣，使我武功不得施展。幸好除此之外，並無其他大礙。」李無憂解釋完，反問雨紛飛道，「生死鬥就在明天，雨姑娘，妳有多少把握？」

雨紛飛舒了口氣，坦白相告：「不知道。」

密室之中

罪淵閣是江湖的一個異數。

其一，舉凡江湖諸多幫派門會，意欲名楊中原四方，多半會取個氣勢浩然的名號，唯獨罪淵閣，不但以罪人自稱，其招收的幫眾，亦盡皆藏匿江湖四方暗角的亡命之徒，成了名符其實的罪淵匯聚之處。

其二，舉凡江湖惡徒結夥為惡者，實不在少數，然多半乃各自遂行己慾、成不了氣候的散沙眾，唯獨罪淵閣，做滿行兇為惡勾當，竟能得朝廷權臣暗助，任其鷹犬，獻己身爪牙為之逞兇、肅清政敵。罪淵得朝臣暗地支持，背地裡益發囂張，在它最跋扈之時刻，甚至一度得列席朝廷之間，名位前班，宛如主政者明許了罪淵閣眾一切惡行，此舉使得江湖上下盡皆不滿，紫陽先生一度喟嘆，云：「悲夫！善惡胡為辨？唯罪孽是從，恥之甚矣！」

而這一切，都要從十六年前的一樁命案說起。十六年前，阿堯世子遇襲瀕死，而他所守護的「鳳霞金冠」亦宣告失蹤。這案子掛上衙門「懸案榜」之首，曾在江湖道上議論了好一陣子，然而此後，朝廷重臣旋即與天下五絕之間展開鬥爭，此案便不了了之。但當初恐怕誰也預料不到，這起懸案竟為江湖未來二十餘年的動盪亂局，埋下了孽因。

＊　＊　＊

遨遊在蘇家觀弟子的眼中，儼然是個異數。身為劍青魂和蘇境離的四師弟，扛著「蘇家四秀」的名號，他非但在晚輩眼中沒有一點師兄的樣子，似乎連他自己也不在乎。他終日兀自躲著修煉內功，對觀內事務不聞不問，那些道觀的後進晚輩和他以平輩相稱，甚至騎到他頭上去了，他也不以為意。

直到某天正午前，他跟著道觀的打雜師弟一起灑掃，這時山門前傳來一陣嘈雜聲，有一群高等弟子團團簇擁著某人談笑，幾個晚輩忍不住好奇，丟下工作去探個究竟，只有遨遊不想湊這場熱鬧，自顧自地，把滿地落葉掃成一圈圈太極雙魚圓，然後看著自己一個早上的「成果」，自得其樂的發笑。

「師兄？你在做啥？」

那是道陌生而清秀的女嗓，引得遨遊忍不住回頭一探，一名年約十五的青衣少女，正笑吟吟地望著他，少女後頭還跟了一大群看熱鬧的道觀弟子。

「掃地。」

遨遊不想和後頭的那些同輩們攪合在一塊，簡短回答後就匆匆離開，但他仍不禁回望那少女一眼。

少女的傳言，很快地在蘇家觀裡傳了開來：她自稱琋月幻華，據說是崋瀾名門之後，

據說一出生便做了幫派閣主，據說三歲開始修習內功，七歲時就貫通「六慾」之境，十二歲便親登華池，接下「無心三劍」，據說她專程來蘇家觀求師，欲拜在蘇境離之下，但蘇境離道：「等妳練滿一年的劍，劍氣得入昇龍登天的化境時，再來談拜師。」於是她留在蘇家觀練劍，成了陽剛道觀中的一點嬌美嫣紅。

琋月幻華在蘇家觀的日子，無論到了何處，總會有弟子們圍繞著她，問候她的飲食起居，聽她訴說龍虎山外的綺旎風光，她也樂意成為弟子們的焦點人物，任人圍繞在身旁，談笑風生，彷彿她天生就是為了受人仰慕而來臨這塵世。

遨遊明顯地，和琋月幻華擺明了界限。當琋月幻華和其他弟子們團團而來，遨遊便自發地挪身到另一個地方，繼續修煉內功。偶爾在夜裡，他會遇到琋月幻華獨在月下練劍，偶爾看她劍法練得偏了，會忍不住指點幾句，但他旋即會想起：「她注定是二師兄的」，便噤口不再多說。

就這樣，在琋月幻華十六歲時，終償宿願，拜蘇境離為師。然後她受血醫閣主之邀，返回崋瀾。在這之後，遨遊跟著劍青魂，到了奇兵院，血醫閣隨後與奇兵院結盟，特遣時任副閣主的琋月幻華，帶著墨羽夜、龍破天二人，共赴奇兵院與劍青魂共事。

於是遨遊再次和琋月幻華相逢，兩人同受劍青魂之託，共掌院務，但在院生眼裡，琋月幻華仍然是團體中的焦點，就好像在蘇家觀一樣。

＊　＊　＊

現在，遨遊等人走在暗不見天日的地底下，隱翼是小隊的開路先鋒，憑藉出色的嗅覺和直覺，要在地下摸索出一條通路。琋月幻華走在隊伍中央，小貓賊們依舊戴著各自古怪的表情面具，紛紛簇擁在她身旁，遨遊則壓陣隊伍末端警戒著，邊打量著這條陰暗的古老地道。

遨遊心知稍早的那一場戰，耗氣過度，不但將數月以來蓄積的純陽正氣消耗殆盡，並在無意間敗露了自己和一干小貓賊們的形跡。琋月幻華便提議：「由隱翼帶路，小師叔與在下一同護送孩子們，到更安全的地方」。於是大夥匆忙收拾一番，於天色未暗前出發。隱翼領著遨遊、琋月幻華和小貓賊們，走一條聞所未聞的地下密道，打算潛行一段距離後再走出地上。

遨遊將目光轉回琋月幻華身上，周遭的貓孩子天真爛漫，用著兩人聽不懂的方言彼此說笑，他們既遮擋不住遨遊的視線，也無礙於他倆說話。遨遊這才隱約注意到，這是他們兩人相遇以來，第一次近乎獨處。

「這兒，」遨遊平日語拙，緊要關頭更是不知道該說些什麼是好，「其實還挺好走的。」

「嗯。」

琋月幻華應了一聲，兩人隨即陷入一陣尷尬的沉默。

「妳在生氣？」

遨遊突然一問，問得琋月幻華莫名其妙，反問道：「小師叔怎會這麼想？」

「如果，不是我在古城鬧過頭了，也不必帶這群小鬼，唔，」遨遊本想說「逃難」，但停了一會，改口道，「也不必多走這趟夜路，徒增危險。」

「嗯。」琋月幻華又應了一聲，又問：「就這樣？」

遨遊一愣，脫口回答：「就這樣。」

旋即，兩人之間又沉默下來。

這段地下路程蔭涼，但遨遊渾身燥熱地直冒汗，彷彿滿腦子盡是蒸騰的霧，翻想不出該說什麼話才好，一會，他脫口道：「幻華，果然還是該由妳來當副院主就好。」

遨遊不待琋月幻華回應，連番又說了一堆：「妳看，妳天資好，腦筋靈光，道觀的弟子，奇兵院的後生，大家都服妳，就連這群野性慣了的孩子，妳也能管得服服貼貼。果然妳適合當院生的頭兒，不像我……」

遨遊話還未說完，琋月幻華忽地迴身，一步邁到遨遊面前，她雙手抵住遨遊的雙肩窩，來勢洶洶，逼得遨遊連連後退，退到陰溼石壁邊，不得動彈。貓孩子們見了都停下腳步和笑聲，呆看著兩人。

「我等你等了一年，你想說的就只有這些？」

遨遊瞪大了眼，說不出話，只看見琋月幻華靠他好近，近的能看見她的一雙朱唇緊抿，一對濕亮的雙眸直盯著他。那雙似乎會說話的眼眸，看在遨遊眼裡，就像是道盡一個女孩子芳華正茂時的思念、無奈、和決心。

她鼓起胸膛，噓了口口水，每一絲髮稍都結下晶瑩的汗珠，滴濕兩人的衣裳。

遨遊感到自己彷彿沉入了一池深邃的花香。

＊ ＊ ＊

走在前方的隱翼並未發覺後頭的兩人有什麼變化。他嗅到一絲陌生的氣味，頓時進入警戒，弓起了背，手按劍柄。

在這條幾無人煙的地下水道裡，住進了一、兩窩野生動物，是再尋常不過的事，但這外來的異客，是敵是友，尚不可知，隱翼必須全神戒備。

在黑暗中戰鬥，敵我俱不能辨識彼此，在視覺不可靠的情況下，欲制敵於先，全靠敏銳的聽覺、嗅覺、以及最為關鍵的直覺。隱翼像一座羅漢像般弓立，那是他在短短幾年所歷經的生死搏鬥中，焠鍊出來的「貓形」姿態，對一個習武之人而言，隱翼所練就的貓形，可說是完美無暇，江湖上再無第二人可超越他。

但，那是以人類的標準而言。

當那招貓爪刮過隱翼的臉頰時，隱翼只隱約嗅到一股陌生的氣味，他聽不到對手的腳步

聲、出招時的爪風聲，甚至連心跳聲幾乎都沒有。這是隱翼平生頭一遭，在短短一天內被傷了兩次，而且第二次，還是一個完全預料不到的對手。隱翼此時比對遨遊一戰時更加驚慌，遨遊雖是勁敵，起碼明眼可識，但這次，他竟然完全捉摸不到對手！

這時他聽見了對手的招呼聲：

「喵。」

月光從坎井口，照入數十尺深的地下水道，憑藉這道月光，隱翼總算看見了他的「對手」：一隻身形嬌美的虎班貓，一雙圓眼凝視著隱翼。牠的胸口掛著一只斑駁的木牌，上寫了一串隱翼看不懂的文字。

而牠剛才顯然用嘴巴銜住了木牌，才能不作聲地突襲隱翼。但這是人類的夜襲技倆，一隻貓怎天生學得會？

「二四八七四八七，」

除非有人教過牠。

「有客人來，怎不早說？」

一道冷漠嘶啞的男嗓音從虎班貓背後傳來，像鬼魅的笑聲。他從暗中伸出一雙枯萎的手掌，撫弄虎班貓的背脊。

緊接著，隱翼看見黑暗中浮現出一張憔悴而有神的瘦臉。

「嘿，」那張臉對隱翼笑道，「貓形練得還不錯。」
隱翼臉上的抓痕，這時方滲出一絲血跡。

＊　＊　＊

當小貓賊們發覺到他們的頭兒失蹤時，慌的跳上跳下，躁動不已。遨遊和琋月幻華連忙高舉火把，快步向前，急著尋找隱翼留下的任何在一處水道的分岔口發現淺淺的打鬥痕跡。
「這條水道另有他人，帶走了隱翼，但不知是怎麼辦到的？」遨遊領教過隱翼貓功的厲害，蹙緊了眉頭，「幻華，對方身分不明，由我打頭陣探敵，妳護送小貓兒們在後。」
遨遊聽不到琋月幻華的回應，回過頭去，發現她雙頰透著汗水淋漓的紅，
「幻華？」
琋月幻華警醒，趕忙道：「小師叔，剛才的事，且先別告訴大家。」
「唔，當然，這當然！」
遨遊邊應著話，邊邁步入分岔口一端的黑暗中，走了將近一刻鐘之久，隱約看見遠端透出一抹光點。遨遊深吸了一口氣，繼續走向那光點，見那光點逐漸擴大成一叢光團。
光團來自於一盞幽微的油燈，油燈照亮了一處由天然洞穴劈開的石室。油燈就放在一張缺腿木桌上，燒出一縷黑忽忽的細煙，細煙飄上洞頂，竄上石室頂端的一處天井洞口，洞口射下一道月光，照在隱翼身上，隱翼雙腿被綁住，屈膝坐在泥地上，雙手緊縛在後，倔強的

眼神裡透滿了屈辱和忿恨。

遨遊吃了一驚，正要為隱翼鬆綁。

「小子，你是他朋友？」

一聽到這把陌生男嗓，遨遊倏地轉身戒備。那男子年歲約莫五十上下，有著枯瘦乾臉和枯萎雙掌，像株千年盤根老樹，一手撫著座上的虎班貓，一手指著隱翼。

「晚輩蘇家觀，遨遊。」遨遊點點頭，蓬地抱拳，一問，「前輩，我朋友可得罪了你什麼？」

「沒什麼，只是打招呼用力了點。」那男子笑吟吟地望著遨遊，「那貓孩子聽不懂我的話，如果他肯聽你的，告訴他，適才我家寵物有所得罪，請見諒，別緊張。」

男子起身，虎班貓輕跳到一旁角落，兀自用前掌把玩一只硬物。這時琋月幻華領著小貓兒們趕了過來，小貓賊們一見隱翼便大呼小叫，隱翼一見小貓賊們亦猛地站起來，大聲喊叫警告著。

「難得熱鬧熱鬧，」男子笑道，「老夫留在這石洞有十年了吧？有好長一段日子沒見過這麼多客人了。」

男子信手拖來三塊大石頭，大小剛好夠成年人端坐。他招呼遨遊等人坐下，自我介紹道：「我叫蘇昀絕。」說完，又問遨遊道：「你說你來自蘇家觀？」

「是。」

「和蘇洛玄是什麼關係？」問罷，蘇昀絕乾笑數聲，「你和他長得挺像。」

遨遊不禁動容：「前輩見過洛玄天尊？」

「打過幾次罷了，可我打不過他。」

「晚輩憧憬天尊道行，但無緣受他賜教。」

「原來如此。」

這時琋月幻華已解開隱翼手腳束縛，安撫住他，並向蘇昀絕報上來歷後，環望石室四周，問道：「前輩為何一個人留在這裡？」

蘇昀絕笑答：「沒什麼，就是想一個人。」

遨遊問道：「前輩您一個人住在這裡十年，靠什麼維生呢？」

「就靠這孩子張羅吃喝囉！」蘇昀絕指向一旁的虎班貓，「牠挺有靈性，早些年我靠自己張羅食物飲水，後來就全靠牠。」

琋月幻華望著虎班貓，留意到牠掌下的玩物，蹙起了眉頭，趨前一看，不禁變了臉色。

遨遊問道：「幻華？怎麼回事？」

「前輩，」琋月幻華拿走貓掌下的硬物，托在掌上，身體微微顫抖著，「這，怎麼會在這裡？」

「這小玩意，陪著我十年。」蘇昀絕抬起眼睛，既訝異又滿意地看著琋月幻華，反問道：「妳認得這玩意？」

遨遊亦問琋月幻華道：「到底怎麼了？」

「小師叔，你看這是什麼？」

琋月幻華雙手捧到遨遊面前，遨遊細看她手上東西，是件做工精細的黃金鳥，可惜少了頭頸和雙腳，翅膀也缺了一截，且因常年受風砂吹蝕之故，金色表面被刮得霧濛濛的。

遨遊長年深居道觀練功，自忖對江湖百物的見識比不上琋月幻華，坦白道：「我不知道這是什麼，它做工挺精細。」

「在下也是頭一次見到，但這顯然是鳳霞金冠。」

遨遊一度以為自己聽錯了：「什麼？」

「小姑娘好見識，」蘇昀絕笑道，「這正是鳳霞金冠的殘件，其他部分早毀了。雖然殘缺，也夠嗆了。」

「這是假的嗎？」

蘇昀絕揚起一邊眉毛，反問：「是假是真，有什麼關係呢？」

「如果這是真的，而您又將它留在這裡十年，」琋月幻華扶住額頭苦思，「那就表示，十年前那場水都比武的獎賞，是假的？」

邀遊問道：「什麼比武？」

「那是在下有記憶前的江湖故事。」琋月幻華道，「在下聽說，就在雲樓命案的五年後，朝廷選在水都苑架起擂台，廣邀中原諸邦，尋求武林盟主。而選得盟主者，不但可以有機會受封四鎮將軍職，入主朝廷文武百官行列，還可以得到朝廷賞賜，失落多年的江湖至寶，『鳳霞金冠』！」

蘇昀絕笑道：「對，當年這場比武鬧得可大了，結果更是出乎眾人意料。我記得，那時江湖上最看好的奪魁人選，不外乎雲樓樓主、命運聖主、和無心掌門上官風雅。誰知道，最後奪得盟主的，卻不是這三人之一，而當上將軍的，又另有其人。」

琋月幻華又道：「那，可說是罪淵崛起的初始。」

＊　＊　＊

罪淵閣主「羽家軍」主帥十二羽，開閣所用的名義是吸納江湖亡命惡徒，收編為官軍以外的平亂兵力，有「以惡制惡」的意味在其中。而十二羽創罪淵閣的本錢，來自於羽家軍長年累積的資本和兵力，以及「深淵的惡魔」，和那惡魔所蘊涵的、為江湖諸多高人深以為憚的雄厚功力。

羽家乃西北邊疆的大姓，按其族規，名列姓前。十二羽是羽氏族長第十二個孩子，前面十一位哥哥俱早夭折，幼年的十二羽身孱體弱，幾度命危，全賴羽家上下傾囊募得歸燕谷等

地的名醫，投以藥石多年，方得存活。

羽氏族長為了保全這骨血，曾領著十二羽和一班族裡的少年孩子們，遊歷四方異境，家人皆不知其蹤。待十二羽重返羽家時，卻彷彿變了一個人，身形如熊又似虎，再也不是家人印象中的孱弱孩子，而他那一雙深不見影的邪祟雙瞳，更貌似能將人的心神給吸入無盡的黑暗中。他帶著族長的首級和兩位倖存的族弟，為爭取族長名分，與族中大老兵刃相向，江湖人鮮少知道那場戰事的過程，只知道最後的結果：羽家族人消失了三分之二，十二羽奪得族長大位，此後廣納江湖上的亡命之徒，和殘存羽家族人一起編入「羽家軍」。

整併羽家勢力後，十二羽雄圖大展。他率家人私兵投身雲樓樓主，於四方剿匪征徒中屢獲戰功，羽家在雲樓中的地位亦隨之水漲船高，一度得與帝都凌家、臨湘流雲氏、以及北境墨氏並列豪強之林。在此同時，十二羽投身傲寒神教，拜教祖劍奇白龍海為義父，並結識了江湖一干名流如唐廿、倚不伐等十三人，並稱「十三使徒」，這十三人當中包含一名奇女子，使毒名家妖姬‧妲己，和十二羽以義兄妹相稱，然二人交情更超越了普通兄妹。此外，十二羽亦拜霜月、雲樓二幫長老——堯兒為師，但凡征途稍歇，便可見十二羽手托瓷杯玉盤，盛著上等茗品，親至堯兒書房，徹夜相談。這段師徒情誼，一時在雲樓之中傳為佳話，直到某條消息傳出江湖為止：

「有人在九五時刻，日落之際，見鳳霞金冠的紫金王氣，盤旋雲樓大陣之頂！」

傳言如時疫，悄悄在市集巷井之間蔓延開來，而且越傳越聳動，到後來，甚至傳出了諸如「雲樓樓主私藏鳳霞金冠，意欲奪江湖大位」、「阿堯世子一案，實乃堯兒長老所為」……等憑空揣測的推論。當時雲樓樓主正煩憂著副樓主流雲飄蹤的傷勢，無暇顧及諸多傳言，惟再三明令雲樓幫眾，禁止相傳這些流言蜚語。但是幫眾仍不免私下議論：堯兒長老的謠言有幾分可信，而十二羽靠近堯兒，又有什麼樣的目的？

至於十二羽，他就像是從沒聽過這些流言似的，一有空照樣拜訪恩師堯兒，照樣徹夜相談，談論的不外乎是同樣那幾個話題。

＊　＊　＊

「勝利，是什麼？」

流雲氏宗祠一聚後的第四晚，十二羽接獲線報，明教弟子和流雲私兵從古寺荒漠的另一端拔營北徙，貌似欲護送空虛禪師前往不夜城。十二羽遂傳令全軍拔營，五更天明整裝往北，務必在葫蘆隘口前攔截下明教的隊伍。那隘口位於古佛寺東北三百里，正是通往不夜城的惟一出入口。

當一切就緒，就待十二羽一聲命令，十二羽端坐主營內，忽發感慨。五芒星在一旁，聽了這話，反問道：

「那不正是你這一生追求的？而你，不知道那是什麼？」

十二羽看著五芒星，神色並無惱意，笑道：「當年，恩師也曾這麼反問過我。」

談到了堯兒長老，五芒星又試探地問：「當年，你拜堯兒長老為師，屢屢接近他，又是為了什麼？」

「你說呢？」十二羽反問，「當年流言不是傳的很兇嗎？」

「流言說，你是為了從長老口中，套出鳳霞金冠的下落。」

「但很少人知道，」

十二羽凝視五芒星，忽現一抹嘲弄的冷笑。

「我差一點就成功了。」

＊　＊　＊

十五年前，流雲飄蹤傷重而回江湖，一度成了廢人，終日流落不夜街頭。雲樓樓主於是動員了一千雲樓高層到不夜城，甚至請出了深居多年的群英決副幫主墨飄零，安排一場別開生面的賭局，為流雲飄蹤打氣。此舉看在外人眼裡，可說是用心之甚。

豈料就在不夜開賭前，雲樓竟遭夜賊偷襲，放火焚了護樓大陣！留守的雲樓幫眾慌忙追賊、滅火，亂成一團，以至於沒人注意到，有道渾身是血的身影，竄出火場，不見蹤影。

待火勢盡滅，幫眾逐一檢查火場損失，發現一扇陌生的密板門，穿過板門，循階而下，來到一間鮮為人知的密室。幫眾見狀則心裡有數：「終得一見，堯長老的藏書閣。」

原來幫眾之間早有傳聞：當雲樓落成之際，堯兒藉用長老身分，為自己私闢一間極祕密的書閣，收藏數十套江湖稀缺的上乘武功祕笈，以及堯兒遊歷四方所獲的珍稀寶物。這間密室亦逃不過祝融之災，室內一片狼藉，燒缺了的書頁散亂一地，而四周除了火燒之外，尚有打鬥留下的劍痕和血痕。

當下，眾人蓬然驚覺：「堯兒長老失蹤了?!」幫眾們分成數路，四處尋之不得。直到隔天，終於在十里郊外的荒寺裡發現重傷的堯兒，但見堯兒半截身子紮滿繃帶，臉色慘白，遇著雲樓幫眾而丟下一句沒頭沒腦的話：「我自行負起責任，別跟上！」便傾力縱身一躍，逃出荒寺。

七天後，朝廷欽差登上市集，當眾宣告通緝令：「朝廷有令，雲曦迴雁樓堯兒，謀殺阿堯世子未遂，罪不可赦！諸君倘獲此人赴衙門論罪，無論生死，盡皆有賞！欽此！」然而此後五年間，江湖諸眾不得其音訊。

＊　＊　＊

「雲曦迴雁樓的命案，在江湖上掀起一陣不小的波瀾，當中諸多疑點，十餘年來仍不得其解。」

此刻在石洞裡，琋月幻華端坐著，凝視手上的金冠配件。她在應酬席間，聽得蘇家掌門和諸多江湖前輩茶餘飯後的談論，藉此拼湊出雲樓命案的始末。她對遨遊娓娓道出此案的來

龍去脈，遨遊聽得目瞪口呆。

「疑點之一：堯兒天性謹慎，兼以博覽江湖各大門派武術，自身修為在雲樓可排行前十，如此一位心思細膩、功力深厚的高人，怎會受此重傷？」

「疑點之二：命案正好發生在雲樓一干人等遠赴不夜時，且發生在護樓大陣的重重機關之內，堯兒長老獨佔的神祕書閣，兇嫌顯然熟知雲樓幫眾的行蹤和內部機關部署，他究竟是何人？」

「話說兇手不一定是男人，」蘇昀絕笑著打岔，「也可能是女人。」

琋月幻華深以為然，點了點頭，續道：「疑點之三：堯兒在九死一生之際逃出火場殺陣，為何徑自躲藏在郊外古寺而不求援？甚至幫眾發現他時，他又一逃了之，無跡無影？他究竟在逃什麼？」

「疑點之四：為何官府在堯兒逃出後，立馬昭告堯兒謀殺阿堯一事，並廣發通緝令？」

「疑點之五：倘若堯兒真是殺傷阿堯世子的真兇，他當真盜走了鳳霞金冠並藏在雲樓，一如謠言所傳的那樣？而當堯兒帶傷失蹤之際，金冠又會去了哪裡？」

但是，琋月幻華還不知道，此案尚有第六個疑點，只有雲樓樓主最為仰賴的幾位高手才知道。

＊　＊　＊

「那年，就在恩師帶傷逃逸後，包括臨光老祖、水中月、曲虎狸、四奇七秀，還有你，五芒星在內，不都接到樓主的密令？」

面對十二羽的質問，五芒星默然已對。

「我聽說過那道密令：『查出鳳霞金冠的下落』。」十二羽冷笑道，「試問，若不是樓主已知鳳霞金冠藏在雲樓，又被某人從雲樓中帶出，他又怎會在恩師失蹤後，衙門昭告前，便發下這道密令？」

不待五芒星的回應，十二羽徑自了結這話題：「話說回來，事情都過這麼久了，金冠早已再現，恩師也重出江湖，該發生的，都已經發生了，還執著在當年的命案，也沒什麼意義可言，不如就到此為止吧！」

「你且先把話說明白，」五芒星忽然問道，「剛才你說當年『差一點就成功了』，是怎麼回事？」

十二羽毫不避諱，笑著答說：「當然就是差那麼一點，我便拿到恩師私藏的鳳霞金冠。」

五芒星心裡有數，仍不免心驚：「藏在哪兒？」

「就在他私闢的藏書閣中。」十二羽補充道，「動身往不夜前，我去過。」

「你去過？而你沒出手？」

十二羽乾笑幾聲。

「為什麼？」

「為什麼？」十二羽仰首自問，「是啊，為什麼？」

＊　＊　＊

夜色中，往古佛寺的荒漠上，兩道身影一前一後疾行，竟是蒼羽夜和山巔一寺一壺酒。

他們趁羽家軍拔營夜行軍時，悄悄離開十二羽的掌控。

「老兄，停會！」山巔一寺一壺酒叫住前方的蒼羽夜。

蒼羽夜停下腳步，回頭笑問：「一壺酒兄，有什麼事？」

「我再問你一次，當真要這麼做？」

「當然，」蒼羽夜冷笑一聲，「我不會將全部的籌碼，押在同一人身上。」

「萬一羽家發現了？」

「發現了，我自有辦法。」蒼羽夜反問，「倒是你，想好怎麼應對那『神君』了嗎？」

＊　＊　＊

古佛寺北二百里，笙歌達旦不夜城。

劍青魂和蘇境離，隨著那雲樓老祖臨光回不夜城，會見凌雲雁。一進城，臨光領著兩人，直抵城中最大的酒樓，雲樓一眾早有安排，於此樓大設宴席，款待兩人。江湖各幫要人

盡赴此宴，賓客不下數十人，甚是熱鬧。

劍青魂見此盛大排場，表面佯裝歡喜，心裡卻是一點也高興不起來，於是託辭去解手，兀自走出樓外，蘇境離見狀亦跟了上去。

蘇境離看這樓裡樓外，均有雲樓幫眾圍事，暗自苦笑一聲，用龍虎山住民的共同語，和劍青魂交談：「師兄，咱們這一來形同被軟禁了。」

「我倒也不是沒想過臨光會來這招，但想不到他用的這麼徹底！」劍青魂竊語道，「越是要留住我們，我們就越不能留下來。可是，現在要走可不容易。」

蘇境離點一點頭，深以為然：雲樓迎賓場面如此盛大，兩個主客若是就這麼逃了，看在旁人眼中，只道是客人不賞臉，要和雲樓撕破臉，「敬酒不吃吃罰酒」。不但令三幫之間的盟約蒙塵，蘇家觀諸弟子和奇兵院院生們的安危，亦頓生不少變數。

蘇境離思忖了一會，道：「我是有一計，但是一來，此計只允許我們當中一人逃脫，二來，此計尚須有一個得為我們引線的信差。」

兩人正竊竊私議間，一旁忽然傳出道聲音：「兩位貴客，進來暖暖身子嘛。」那股聲音稚嫩甜美，不澀不俗，引得劍青魂轉頭一望，原來是位酒樓的清倌人，年約十五，正笑吟吟的與他倆對望。

不等劍青魂回答，蘇境離先問那倌人說：「我記得，妳叫小九是吧？」

去越好。」

「小女子正是九笙。」

「那好，九姑娘，」蘇境離笑道，「我要修書一封，邀幾個朋友來。這封信，越快送出

九笙微微頷首，道：「請跟我來。」

說罷，九笙領著兩人穿過喧騰席間，揀了間相對安靜的廂房，有一床一桌兩凳。九笙張羅到一盞油燈和文房四寶，蘇境離便振筆疾書，解釋道：「承蒙雲樓老祖設此酒席，為我們師兄弟倆做足了面子。我和不夜城的幾個幫會也有些交情，打算邀他們來賞個光，亦是為雲樓增添名聲。這是美事一樁，想來臨光老祖不會拒絕。」

九笙侍立一旁，附和道：「蘇前輩說的有理，小九願為前輩接下這趟差使。」

「多謝九姑娘相助，另外，不必叫我前輩，我們以平輩互稱即可。」

「但您確實比小九年長的多，不然讓小九叫您一聲哥哥罷？」

「哈哈，就隨妳吧！」

談笑間，蘇境離寫了三、四封邀請函，俱不密封，可隨時打開檢查內容，悄聲囑咐九笙分別送到寶泉門、龍神會等城中的小幫會。待九笙領命而去，蘇境離和劍青魂又商量好一陣子後，方才回到大廳酒席間。

不久，城中各幫會的貴客陸續上門，龍神會長老領著一干幫眾，見了蘇境離便是長揖一

拜，朗聲笑說：「上回不知道您就是『伏龍將軍』本尊，諸多不敬，懇請見諒！」蘇境離本不欲搬出當年那「伏龍將軍」的渾號，但話既出口，便一笑置之。龍神長老一揮手，幫眾便抬上約莫十只禮物擔子，包括五甕「流雁一醉」和五桌山產名菜，緊接著，寶泉門門主也領著一干門生，抬來十擔重禮造訪，其他受蘇境離所邀的不夜城大小幫會亦陸續到來，一時之間，酒樓多了一倍的賓客，場面益發熱鬧。

臨光見了這一大批不期而來的賓客，卻絲毫不以為意，一樣喜笑迎人，做足了招呼的禮數，倒是一旁的陸仁賈看著喧騰酒席，眉頭蹙的死緊，趁著臨光回到席位的空擋，貼身附耳警告道：「老祖，場面出乎預期的混亂，當心貴客『混水摸魚』。」

「不打緊。宋遠頤隻身往古佛寺去了，留下一批人手，把他們都調來警戒。」臨光悄聲笑道，「至於兩位主客，我會想辦法留他們下來。」

正說著，劍青魂便湊上前來，向臨光一揖道：「承蒙大前輩款待，可惜晚輩尚有要緊事，必須先離開了。在此謝過雲樓諸位。」

「喲？這麼急著要走？」臨光拉高了嗓門，「難道，是嫌棄我雲樓的禮數，還不夠隆重？請不起堂堂奇兵院主？」

此話一出，喧譁聲嘎然而止。劍青魂早料到有這麼一招「留客令」，不慍不慌，從容謝道：「晚輩不敢嫌棄，實在是因為鄙院院生皆初出江湖，須晚輩不時勤加管教，倘或一個不

慎，做了有壞江湖規矩之事，這可不好。」

「哈哈，貴院院生皆為一時俊傑，年青人血氣方剛，偶有衝突確實難免，不過我等本著包容新人的海量，不在意給得罪了，院主別這麼擔心。」臨光笑著擺擺手，「更何況，放手讓新人去闖，他們學的才快，咱們做前輩的倘若時時刻刻盯在身邊，反而會妨礙了他們成長，可不是？」

待臨光說完，幾個老成的江湖賓客也跟著笑出聲來。劍青魂面皮上陪著笑，心裡不禁暗罵：「好個包容的老祖！不是你的人出事，你當然不在意！」而劍青魂更擔心的，是院生們被臨光一計引來不夜城，自己又在威逼利誘下權且和雲樓簽下盟約，一旦不知情的院生們行經古佛寺，無端捲入兵府紛爭，壞了盟約談好的「不涉入戰事任何一方」，盟約必生異數，若院生和雲樓幫眾起了衝突，則情勢更加不妙。

「不過你這麼擔心這群後進，不讓你離席，這也說不過去。」哄笑間，臨光忽然話風又轉，引得劍青魂一陣莫名其妙。但見臨光信手拎來一甕龍神會所相贈「流雁一醉」，笑道：「咱們比一場酒，給貴客們助興，你勝了，便『放你一馬』，敗了，就罰你們師兄弟作客三天，以盡禮數！」

此話一出，酒樓再次轟起一陣喧譁，賓客們競相鼓譟，莫不想湊近些看這場別開生面的「鬥酒」。待劍青魂淺笑一揖應之，接下這場群眾更是一番喧囂，把一干清倌人都喊了上

來，備妥賽墨玉碗一雙，小菜數碟，開了「流雁一醉」，斟滿兩碗，然後劍青魂又是一揖，道聲：「不才晚輩先攻！」接過一碗烈酒，一飲而盡，扣碗示眾，眾人見了紛紛叫好！輪到了臨光，亦單以左手端碗，仰首將碗中烈酒一飲盡空，迎來賓客們又一陣喝采！

一旁的蘇境離默默觀察這場「鬥酒」，只見兩人鬥的不只是靠體力，更是兩人的武功修為！劍青魂出身蘇家觀，對於內功修習的領悟甚深，他憑當年苦修內功所學的解氣化力心法，每飲一碗酒前，必放慢動作，緩緩舉碗，趁此運起全身氣勁，來消解郁烈酒勁，就這樣，劍青魂連乾數十碗烈酒，臉色不變如舊。然而對面的臨光亦不遑多讓，與劍青魂對飲數十碗，神色仍舊清醒沉靜，想當然爾，同樣是藉著自身雄厚內勁，抵禦酒性。兩人對飲了足足有兩刻鐘，五甕「流雁一醉」俱已見底！這一戰不見劍光血影，但看在武道中人眼中，卻和真刀真槍動手同樣令人驚心！

兩刻鐘後，眾人逐漸靜默，不敢再喧譁，但見劍青魂先露出了敗相，臉上透出酒紅，滿口酒話盡吐刺鼻酒氣，眼神更是逐漸渙散，而另一邊的臨光老祖，神色竟然從容依舊，隻手端碗，笑問對手：「就這回合打住，如何？」

「我……還行！」

劍青魂眼皮已經快睜不開了，「嘩喇」一聲掃開眼前菜盤，抓緊酒碗碗緣，另一隻手顫抖著斟酒，酒斟滿了，他搖晃著送到嘴邊時，忽地一陣作嘔，酒碗「哐啷」落地，他則勉強

雙手扶几，嘔了一地酒水，失態之至，惹得周圍觀眾譁聲四起，一度靜默的場面忽地又亂作一團。臨光微微頷首一笑，喚來九笙和幾位童子，為劍青魂收拾殘局，更衣沐浴。

吩咐好了，臨光起身拱手，對群眾道：「還請諸位貴客，切勿為此敗興，既然是我先提的比賽，理應由我擔起責任，我便依約，在此連開三天宴，宴請龍虎山的兩位師兄弟高人！蘇二莊主，還請不吝留下賞個光。」

說完，他笑對蘇境離，蘇境離嘴角勉強一咧，拱手回禮，不知兩人內情的群眾，哄然又是一連串逢迎喝采！這時，龍神會長老領著諸幫眾，一擁而上，七手八腳扶著劍青魂，一團人就這麼鬧哄哄的，把劍青魂拱入二樓某間空廂房。負責盯哨的雲樓幫眾連忙跟了上去，勉強擠入廂房中，就近繼續監視劍青魂的動靜。

然後臨光信手抽條絲絹，從容擦拭空著的右手，蘇境離這才發覺臨光的右手三指竟滲出絲縷酒香。原來臨光不但以內勁抵禦酒氣，甚至運氣全身，將熊熊灌入的酒氣點滴蓄入右手掌間的氣脈，化作汗水，自藏著的右手三指涔涔滴出。正因此，臨光同劍青魂一樣暢飲烈酒，卻又不動聲色地蓄氣凝水，排除酒氣，只殘留些許後勁在體內，神情氣色自然不受影響。

待蘇境離發現了這眉腳，臨光又一次垂手而笑道：「多年前學會的，一點應酬的小技倆罷了。」蘇境離則擺擺手，一笑婉謝道：「甘拜下風。」其他賓客見狀則踴躍稱讚，掀起一波波笑鬧。

酒席這一端笑聲不綴，另一端的劍青魂則給抬進了廂房裡，換上乾淨衣服，推到床上，蓋上棉被，不一會，床上便傳出如雷鼾聲。龍神會留了一個跟班的小廝就近照護，雲樓幫眾不想靠近酒氣薰天的床鋪，便守在房門邊，監視廂房內外的一切動靜。

＊　＊　＊

這一夜，幾乎全不夜城的江湖中人盡皆赴雲樓大宴，唯獨疾風鏢局，不動聲色地，包圍了劍青魂的居所，重重把守，深怕放過任何一個不速之客。

有別於通宵喧嚷的酒宴，夏宸和神疾風兩人獨坐劍青魂的書房，窗外只聽得見沙啞風聲。神疾風從床下的櫥櫃找到一甕好酒，與夏宸在房間裡對飲，淺酌一番後，夏宸問道：「疾風，你有什麼話想說？」

神疾風沉吟須臾，坦白答道：「總鏢頭，我還是心有不甘。」

夏宸問：「你是說雲樓和自在莊私相授受的事？」

神疾風說：「好歹我們疾風鏢局，十五年來在將軍城南北經營有成，雲樓這麼一搞，讓自在莊的後生小子，一夜之間和我們平起平坐，憑什麼？」

「臨光讓的是他們雲樓的地盤，我們也管不著。」

「雖說臨光老祖是江湖諸幫的大前輩，但既然他奉總鏢頭為師，要讓地盤，也該問過總鏢頭。」

「疾風，你這話可差遠了。我收三妖為徒，不過是順著臨光當年一言之諾，『誰救出流雲飄蹤，誰就收三妖為徒』，如此而已。但這三個徒弟的事，我可約束不到啊！」

神疾風吁了一口長氣，問：「話說當年，臨光率三妖拜總鏢頭為師，約法三條，約的是什麼？」

夏宸想起往事，噗笑一聲，「第一條，不准毆打師父。」

神疾風一愣，又問：「那第二條？」

「不准毆打師父。」

「第三條？」

「不准毆打師父。」說罷，夏宸忍不住大笑。

神疾風亦失笑出聲來：「就這樣？」

「這很重要，所以要說三次。」夏宸止住了笑，「霜月三妖名震江湖，臨光老祖更是心高氣傲，他肯敬奉我這個後生『師父』，對我已經足夠了。至於雲樓鏢局，各自管各自家務事，我這師父何德何能，得以左右雲樓的決定呢？」

夏宸為神疾風又斟一杯酒，繼而開導他說：「再者，這件事當往好的方面看。所謂『權重惹人忌，位高迎風寒』，我們鏢局沾了邊關大捷的邊，可也沾染了一大筆血債。為此，我們這十五年來得以獨享大漠南北鏢務，但在這段日子裡，不知明裡暗地，擋到多少人的財

路，得罪了多少人物？我無端地惹到朝廷，就是個警訊。如今有個後起的自在莊，與我們並肩，分了好處，也分散了敵意，對鏢局而言，這不啻是一條永續經營的活路。」

神疾風聞而不答，舉杯端詳著酒面，夏宸又道：「為了朝廷這場無妄之災，我們可是吃足苦頭，不過也趁這個機會，把鏢局上上下下的人，都認了個明白。疾風，鏢局誰靠得住，誰靠不住，這段日子你可看得明白？」

神疾風答道：「這是當然。」

「那麼，『四龍』和『七宿』，可有讓我們失望？」

「這幾個年輕後進，讓鏢師個個都服氣，能夠獨當一面了。」

夏宸頷首一應，又問：「珞三當家如何呢？」

「她啊，」神疾風淡然一笑道，「這些日子以來，可真難為她了。虧她能挺得住，我們才能專心應付兵府。」

「說到兵府，」夏宸啜了一口酒，放下酒杯，「朝廷何以在此時重啟血案，連鏢局也給捲入？這箇中原因，幕後主使，我已經知道個大概了。」

神疾風臉色一沉，問道：「果然是兵府在背後作梗？」

「不該這麼說，」夏宸單手托著下巴，「流雲飄蹤絕對沒涉入此事，否則，我也不會配合著他行此詭計，演這麼一齣戲。」

「但是，假如說兵府當中有人對鏢局搞鬼，此人來頭必定不小，而流雲飄蹤身為兵府少主，竟對此充耳不聞，這說不過去啊？」神疾風又問，「當有那可能，流雲飄蹤瞞了我們什麼？」

「也不是。」

夏宸斷然否認，卻又不願多說，只是往環望四周。神疾風知其意，不再多言，倒是夏宸見狀，又透露了些許口風：「我不怪流雲飄蹤，『家家有本難念的經』，他代表兵府少主與江湖諸幫周旋，也得同時顧到自家人，特別是自家老父的面子。和流雲老前輩有關的人事，縱使有所不妥，他也不便貿然變動。」

「總鏢頭這話？」神疾風臉色一變，「難道這和流雲老前輩有關？」

「自然有關。總之，『投鼠忌器』，流雲飄蹤要『為民除害』，偏偏這禍害，就在自己身邊，架了把刀，挾持了人質。」夏宸低吟道，「他不得不謹慎，不得不拐了這麼大一個彎。」

話說到此，夏宸傳個眼神，示意這話題到此打住。神疾風又問：「話說總鏢頭的手腳真快，只見你四天前還在流雲別府，今天就到了不夜城。」

「可不是嗎？」夏宸笑道，「還以為這十幾年來，我們已經把大漠南北的陸路水路都走通了，如今才著實見識到龍脈密道的真正厲害。局裡最快的快馬，從大漠邊關到不夜城，

起碼要走個四、五天，這回我們走了一條全然陌生的水路，隻身輕舟，竟然一天就到了不夜城！」

「這麼快？」

「是啊！就我所料，即使是整隊鏢師，全副武裝，沿這條水路乘舟逐流，至多也只要三天。」夏宸慨然而嘆，「難怪江湖諸多兵家名門，無不傾力探究這龍脈密道的全貌，『兵貴神速』，假如能占據這條地下水路，肯定無往不利！」

「總鏢頭說的有理，」神疾風沉吟道，「但，這麼一來……」

「對，這條神速水路，是兵家必爭之處，不是疾風鏢局能涉入的。」夏宸又是一嘆，「咱們畢竟是做生意的，不宜太過介入兵家之間的爭鬥中，更不宜牽扯到朝廷紛爭，這回大漠血案，就已經夠受的了。」

神疾風不斷點頭，深以為然。然而夏宸話鋒一轉，又道：「可是，人在江湖，不把握住機會往上爬，終將給人踩在腳下，一世抬不起頭來。這就是人世間的矛盾所在。」

神疾風一時接不上話，夏宸也只是笑笑，兀自喝乾了酒，忽問道：「話說，你答應人家的東西，該找個時間送去了。」

「什麼？」

「你忘了？你答應蘇境離的事？」

「哦，對，對！」神疾風恍然大悟，「不過，魚鱗冊早已到手，總鏢頭竟然瞞了我們這麼久。」

「當初局勢不明，這件事得保密的好，現在就沒這個必要了。」

「可是話說回來，當年老頭兒為何私相授受，給了浮生小子那塊賽墨玉符？」神疾風指的，正是浮生墨客的父親，「他瞞了鏢局這麼久，那玉符裡頭，除了魚鱗冊一事外，究竟還記了些什麼？」

夏宸思忖了一會，正要回答，忽然傳來一陣輕盈的敲門聲，打斷了兩人的對談。來人竟是九笙，夏宸貌似與她熟識似的，問道：「你怎麼來這？雲樓的宴席散了嗎？」

「宴席正熱鬧著呢，」九笙笑盈盈地輕巧一問，「小女子冒昧一問兩位前輩，可有發現什麼陌生人？」

「沒有。」神疾風起身哈了哈腰。

九笙又追問：「真的？我以為會有客人來這裡呢？」

夏宸答道：「這裡沒有甚麼陌生客人。」

「隔壁倒是有一個。」

話未說完，神疾風迅速抽劍，一劍刺穿牆壁邊的檀木書櫃！那一劍之輕至快，彷彿徐風吹動一池靜水！

書櫃後方，隱約響起一陣腳步聲！

「原來是在那裡，」夏宸笑道，「只知道他從一開始就躲著偷聽，卻不知道躲在哪兒？」

「總鏢頭，小心暗器。」

神疾風叮囑一聲，旋即雙手握住櫃邊，沉聲一喝，將檀木書櫃拉開了一道尺寬的縫，隔著縫，約可窺見隔壁密室，有一道祕密樓梯，而那偷聽的人顯然早已下樓梯逃了。

「可惜，」九笙道，「沒認出那是誰。」

「怎麼認不出呢？」夏宸反問，「知道這房子的機關，又能躲過疾風一劍的，除了屋主，還能有誰？」

神疾風沉吟了一會：「我們要跟下去嗎？也許下頭還有什麼機關？」

夏宸徑自經過神疾風，奮力拉開書櫃密門，答道：「『不入虎穴，焉得虎子』？我們下去會會他。」

於是夏宸打發九笙離開，與神疾風一先一後下了密室的樓梯。行走間，神疾風輕聲問道：「總鏢頭，你覺得剛才那孩子如何？」

夏宸會意，答道：「那小姑娘不可盡信，但，現在還算是和我們鏢局同一邊的。」

「何以見得？」

「你那一劍落空的當下，我聽到她先說了『可惜』兩字。」

「不是可惜我們沒在一開始識破那人？」

「看來不是，」夏宸又低聲道，「雖然不知道她效忠誰，但顯然的，決不是這屋主。」

正說著，兩人沿著樓梯走進一間地下室，地下室已有一人，身穿龍神幫眾的華衣，面無表情，雙手抱拳以候，正是「拳意藏鋒」劍青魂！

「說起來，是我們兩位私闖貴宅，失禮在先。」夏宸面帶諷刺，咧起嘴角，朝劍青魂拱手一揖，又問，「但我還以為老兄去赴臨光的盛宴，沒喝個三天三夜是回不來的。你是怎麼脫身的？」

＊　＊　＊

原來宴席剛開始，蘇境離借九笙一用，發帖子廣邀不夜諸幫赴宴，表面上是為了做給臨光面子，往深一層想，為的則是把場面弄亂，收「混水摸魚」之效。但蘇境離這條計的精髓，卻是在寫給龍神會的那封帖子上，藏了只有龍神長老才看得懂的幫會暗語，極祕密地叮囑長老一條祕計。

於是龍神長老清點了一批青年才俊，招搖過街，共赴雲樓大宴，劍青魂便依計的第二步，找上臨光，相約鬥酒，恰好臨光先開口了，劍青魂自然樂得聽從。拼酒時，乍看臨光大肆運勁，蓄氣凝水，佔了上風，但實際上，劍青魂私下亦運起蓄氣凝水的內功，只是刻意不

運勁到底，點到為止，佯醉詐敗，為的是令雲樓幫眾掉以輕心，好遂行此計的第三步。

待龍神長老收到暗號，趁亂一呼，龍神會諸眾便團團簇擁著劍青魂，入廂房更衣沐浴，混亂中，一個預先安排好的龍神幫眾，和劍青魂換了位置，當了劍青魂的替身，給一群夥伴換上劍青魂的衣服，哄哄然地推上了床詐睡，負責監視的雲樓幫眾不喜酒醉穢氣，只遠遠躲在門旁監視，絲毫沒察覺到床上的「劍青魂」有何異處。劍青魂則迅速換上龍神幫眾衣物，趁著熱鬧掩護，悄悄離開酒席。

脫逃成功後，劍青魂先返回居所，察看院本部那兒的飛鴿傳訊，至於蘇境離則留了下來，伺機應變。兩人以為此計萬無一失，豈料從一開始，便給那信差九笙通盤識破！九笙看似涉世未深，卻冰雪聰明，一覷到那封給龍神會的帖子內文，便察覺到不對勁。但她並未通報雲樓幫眾，而是不動聲色，待劍青魂按計脫逃後，方才託辭離開筵席，到了劍青魂的居所外頭，靜候好一陣子，見屋內並無殺伐動靜，這才邁步入室，遇到夏宸和神疾風。

九笙離開了劍青魂的房子，獨自走在月色中，仰首望天，又一次低喃道：

「可惜，連神疾風的快劍，你也躲得過。」

＊　＊　＊

四更時刻，羽家精銳拔營夜行，到了預定的葫蘆隘口，擺下陣形，準備在此伏擊明教軍，搶回空虛禪師。此時斥侯來了，單騎入陣，見十二羽便下馬，朗聲稟報：「已查出明教

軍隊的動向！」

「動向如何？」

「駐營南方七里處，明日清晨，往隘口來！」

「規模？」

「約莫七百步，十來騎，輜重若干，馬車一輛！」

「看得見馬車裡護送的誰？」

「天黑不能識！」

「唔，領軍者？」

「一位女將軍，名叫風潔綾！」

「好。」

十二羽令斥侯退下，兀自冷笑道：「終於來了。」

他轉頭見一旁的五芒星，發現五芒星神色凝重，沉思不語，便笑道：「兄弟，別擔心，只要空虛禪師熬得過『三日喪』，我必在明日一戰保他人身平安。這件事，你當信得過我。」

「我相信你，」五芒星開口，「我是納悶，明教的統軍者，不該是她。」

「難道你小瞧女流之輩領兵？」十二羽又乾笑數聲，「我可不敢，有本事帶上這群東歸

弟子的，絕非汎汎之輩，不能低估了她。」

五芒星嘴角微咧，不再多言。他和十二羽一樣，不敢小瞧了風潔綾。

但他依稀記得，統領這支明教軍隊的，應該還有一個人。

＊　＊　＊

三更時刻，不夜盛宴正熱鬧，那個領命照料「劍青魂」的龍神會幫眾「老七」，眼巴巴的聽著樓下觥籌錯落聲，好不羨慕。他想：其他人都在享受，只有他得陪著這詐醉的「趙老六」，還得瞞過雲樓的眼線。

床上醉漢的鼾聲響亮，響得另一個監視的雲樓幫眾厭惡地蹙起眉頭，對老七使個眼色。老七知其意，苦笑一聲，試著輕推那醉漢一把，悄聲道：「老六，鼾聲小一點，你太惹人注意了。」豈料他手剛深入被窩，就被那醉漢的滿臉鬍渣刺得縮手，不禁暗罵了幾聲。

又過了好一會，老七忽地想起一件事，臉色唰地一白。

「老六沒蓄鬍子啊！」

他一急，將一床連人帶被，猛然一掀！一個醉漢給掀到地板上，滾了幾圈，他滿臉鬍渣和一臉病容，抱著一甕酒瓶，睡的正香甜。

那人既不是劍青魂，也不是老六！

老七又掀開床板，床板下原來還有機關，摟空了一蓆子大小的空間，此刻裡頭躺了一個

人，正是老六。雲樓幫眾見此人非劍青魂，亦變了臉色，大喊：「你們玩什麼花樣?!」

那醉漢給驚醒，睜著一雙紅眼，笑出一聲酒嗝。

「我來喝免錢的酒，喝多了，借個床鋪打盹。」那醉漢笑道，「這裡還有酒嗎？」

兩人齊聲又問：「你是誰？」

「明教弟子，陸浩宇。」

陸浩宇搔頭撓腮，又笑了一聲。

＊　＊　＊

當雨紛飛從夢中驚醒時，月色正向西沉，時間該是將近五更。

雨紛飛許久沒做過同樣的夢了，有些懷念，有些不安，又有些惆悵。她無處可去，惟一想得到的，是李無憂。

當她到了李無憂的住處，發覺房門半開，不禁臉色一變。她推開門，只見房間裡空蕩蕩的，另有一道從未見過、半開的祕密板門。雨紛飛沿著板門下一條密道，一步步慢慢走著，看到一團紅光，當她走近那團紅光時，便有一股淡淡的血腥味迎面而來，待她看清紅光來源，不禁倒抽一口氣。

紅光來自一間密室，滿室散亂著殘缺傢具，貌似才剛經歷過一場血腥打鬥。更叫人驚心的是那三面血紅的牆壁，牆上濃烈的血跡，像是用木桶盛人血，一桶桶潑灑上去的。

「很美吧？」

雨紛飛已快站不住腳，這時從密室中傳來一聲問候。定神一看，一道修長身影佇立密室中，一手舉著蠟燭，燭光映在血牆上反射出熒熒紅光，另一手端著一只玉盤，盛著一壺酒，兩只玉杯。

「這裡從十年前，就不曾變過。」

那身影是名男子，說不上是好看或難看，在從容神色中帶一絲微妙的魅力。他的口音古怪，笑了笑，繼續解釋：「十年前，他在水都比武的前十天，被發現倒臥此處，經脈盡斷。」

雨紛飛終於能開口：「是誰？」

「誰？」

那男子歪著頭，思忖了一會，忽問道：「我是誰？」

正當雨紛飛納悶著，男子又開口了：

「你問這什麼問題？人家小姑娘初次見面，哪認得你？」

「哈哈，說得也是。」

「而且你每次話只說一半就打住，不清不楚，這老毛病也該改一改。」

「話說回來，當今江湖，應該沒幾個人認識你了。」

「是啊，而現在的我，到底是誰？」

「連你都識不得自己了？這可不是好玩的。」

「不、不，你不覺得這問題挺有深意？」

男子彷彿無視雨紛飛般，自說自話，又像是有其他人在場一起閒聊瞎說似的。

「我是誰？」

雨紛飛曾聽臨光說過「精分」一事：高手獨自練武時，會憑空造出一個不下於自己的幻象，並想像與之對戰的光景，藉此找出自身招式的破綻和可突破處。然而時有習武者修煉過度，走火入魔，反將本我化作那幻影，宛如遭鬼狐精怪分裂了身子般，概稱「精分」。

眼前的男子，顯然亦受精分之苦，但他既深受此苦，也意味著，他的武功修為，恐怕實屬上乘，至少遠高於雨紛飛，甚至不下「天下五絕」。

這時雨紛飛發覺自己冷汗淋漓。她從沒這麼害怕過，卻不知道為什麼？

「啊咧？」

男子一瞥雨紛飛，笑道：「都忘了妳也在這，喝杯暖身酒如何？」說罷，一只玉杯忽然遞到雨紛飛面前，無聲無息，驚得雨紛飛退後半步。

「剛才妳問的，是誰在這裡被殺嗎？」男子道，「當然就是那『深淵的惡魔』，就在他解開鳳霞金冠的那一天。」

「前輩，你是誰？」雨紛飛心知這是多此一問，她已將對方身分猜著個八、九分。

「我嘛？唔，上官風雅、無始劍仙、香鰻魚蓋飯、悟能、暗滅沁殤……」

男子將蠟燭擱在染血的地板，端起另一只玉杯。

「這幾個朋友，現在似乎稱呼我另一個名字。唔……」

他像是在回味難忘的往事，眼神飄的老遠。

「独孤客？」

天將微明

三更天時，不夜城最熱鬧的一條夜路，樓房燈火通明，人潮洶湧如白晝時分，九笙細小的身影走在人流中，毫不起眼。她走得很快，不想再遇到任何人，有太多的人在找她，而且多半不是什麼好事。

忽地，她眼前忽然一空，四周遊客不知交頭接語些什麼事，緊接著紛紛退避，徒留她兀立街道中央。她尚未明白發生了什麼事，眼前突現兩路人龍，是約莫二十餘名姑娘，個個芳華正茂，簇擁一只奢華轎子，六名姑娘充當轎夫，轎子裏上五彩織錦，織錦上繡滿鳳求凰。

轎子停在九笙面前，兩側姑娘攙扶轎上的華貴公子下轎，那公子年紀輕輕，儀資華麗，但見他甫一下轎，身子便忽地一傾，看熱鬧的觀眾以為他就要跌個狗屎塗面，豈料他又一個邁步定身，單膝跪在九笙面前，手捧一只繡盤，盤中盛滿大小夜明珠，朗聲道：「誠摯懇請九姑娘，收下『合歡頂巔』的邀約？」

兩側隨侍的姑娘聞聲齊唱：「流塵公子如此情意深重，九姑娘，妳知否？」

「沒興趣。」

九笙冷哼一聲，就像是沁過涼水的一掌，打在那華貴使者紅透的臉上。

「你家流塵公子怎看得上我？之所以找上我，只因為我找得到『他』。」
使者滿面春風的笑意黯淡了些，也真誠了些。
「妳說的不錯，少主為的是蘇大前輩。但是……」
「蘇昀絕已死，」九笙擦身而過，「公子想要男人，江湖多的是，何必花心思在一個死老頭身上？」
使者背對著九笙小巧的背影，喊道：「少主要我轉達另一句話。」
「甚麼話？」
「古城下，黃泉問。」
九笙止住了步伐，低垂了眉頭，
使者見事有轉機，趕忙一揖：「九姑娘，妳多給句回話，讓我有個交代。」
「就這麼回你家少主，」九笙補上一句話，「他就算人還活著，心也死了，否則當今昀泉主，怎還會是姓墨的？」
說罷，她便信步穿過脂粉交織的人牆，遠離人潮。觀眾一看沒戲了，紛紛四散，尋各自的樂子去。除了一人，獨坐酒樓二樓，倚著窗，撫弄懷裡愛貓，用指腹擼著牠柔滑的背，雙眼直視著九笙遠去的背影不放。
這時有位侍女上樓，探問道：「少主，要拿那姑娘怎麼辦？」

「傳下去，繼續盯著她。」

侍女頷首以應，為房間添上一爐濃郁的薰香，欠身而退。就在這時，房間暗角裡傳出一道聲音：「難為世姪了，這本來就不是件簡單的事。」

少主回身行禮道：「老世伯快別這麼說，既然是您要人手辦事，姪兒理當效勞。」禮罷，又吩咐侍女，「為葉老前輩添杯聖母玉露湯。」

「不必。」

葉非墨笑笑不答，走出暗角，倚著窗，俯望不夜市街，街上點點燈火，閃爍在他的玉白面具上。

「可是，老世伯，既然姪兒都找出他的藏身所在，何不……？」

「不成。」葉非墨沒等流塵問完，就打斷他的話，「要請他出來，透過小九兒最是妥當。我不便出面問小九兒，合歡聖女和她有點交情，不如請她去問？」

「老世伯這主意不妥，」流塵搖了搖頭，「她們一見面就要吵架，況且您老也看到了，那九姑娘心裡丘壑分明，平時做姊妹人家，談笑歸談笑，說到江湖事，怕是仙姑降世也勸不動她。」

「那就暫且作罷，靜觀其變。世姪千萬記住，你只是找到他的住處，但是千萬別動他，一動手，反會把他弄丟了，所以千萬不能急。」

少主不甚明白他的意思，唯有點頭附和，又問：「姪兒冒昧，再問老世伯一個問題。」

「蘇昀絕是個危險人物。」

葉非墨轉過頭來，彷彿能看穿流塵心裡的疑問：「他是個老昀泉人，但『十二氏』不認他。他不為我等所用，但也不能讓他給江湖任何一方劫走。」

「為什麼？難道他練成了『九倍穹蒼』？」

葉非墨笑了：「他啊，論武功算是末流，玩躲貓貓的本事倒是不錯。」

「既然他功力不足為懼，老世伯忌憚什麼？」

葉非墨壓低聲音：「既然你問了，我便讓你多知道一些關於他的事，但，為了你的安全，不能透露太多。」

「是？」

「先問一句，你對昀泉的歷史知道多少？」

「還好。」

「那麼，簡單的說，蘇昀絕出身『執筆』，家族歷代與三家『上參事』往來密切。」

葉非墨心知流塵對昀泉歷史知之甚少，多說無益，所以只提個概略：「箇中曲折一言難盡，總之，蘇昀絕知道太多事，從王朝到江湖，昀泉到中原，群英決、無心門，甚至罪淵閣的箇中祕辛，他都略知一二。從他身上套出任何一句真話，都足以動搖當今的江湖秩序。」

流塵驚訝之至，反而忍不住笑了：「當真這麼危險？那他怎麼能活得到現在？」

「因為沒人知道，假如他死了，會留下什麼遺囑，交代什麼人，昭告什麼樣的骯髒事？」葉非墨舉起一根手指，放在流塵的雙唇間，「絕大多數的江湖人，除非被逼到了絕境，否則沒有人會真心冒這個險去殺他，寧可他守住心裡話，安享天年，互不相犯。只要他不說話，他可以活得比你我還久。」

「既然沒人要殺他，老世伯怎麼突然關心他來？」

「我說沒人要殺他，是假設江湖人個個正常的很。可是江湖如今就出了個瘋子。」葉非墨道，「我已經派人去盯著，可那人被瑣事纏住了身，以防萬一，又請了你們來。」

「瘋子？」

流塵心裡忽然閃現一道不祥的想法。

「如果你在想那瘋子會是誰？別懷疑，就是他。」葉非墨道，「你甭擔心他，其他幫會已經有行動了，就等一個最適當的時機。話說到此，且別多問，以免洩露天機，我們優先保住自己人，為民除害這種麻煩事，就交給別人去做。」

說到此，葉非墨促狹一笑：「動刀動槍的，費勁又危險。」

這時，侍女又悄悄地回來，待流塵說完話，靠近他耳邊，輕聲通報一道意外的消息：

「監視的人來報，有三個人去拜訪大前輩。」

流塵臉上浮現困惑的神色：「蘇大前輩？什麼時候的事？」

「剛剛才得知的消息。只知道有一男一女，年紀尚輕，帶一群孩子闖入古墓密道，久久不出，貌似給大前輩邀了進去。然後，又去一個人，蒙住臉孔，看不清長相。」

流塵點了點頭，打發侍女離開。葉非墨在一旁聽得蹙起了眉頭：「這可有趣了。」

「老世伯，您不擔心嗎？」

「你擔心他們是殺手？這我倒不認為。」葉非墨摸著下巴，「後面那人另當別論，前面的一男一女，哪個殺手會帶一群孩子去殺人的？不過她們似乎有些來歷。不知是何方人物？」

流塵搖了搖頭，表示自己也一無所知。葉非墨則起身道：「好了，多想無益，該走了。」

「這麼快？您不多坐會？」

「此地不宜久留，你們也該離開了。」葉非墨邊說著，邊拍拍流塵的肩膀。

「這？這又是何故？」

「哎，現在不好說，總而言之，」葉非墨看著窗外，低沉道，「這裡不安全了。」

＊　＊　＊

三更天時，銀色月光撒在古佛寺外的荒漠。曾是昀泉的一代耆老，蘇昀絕，如今自我

放逐到這荒漠地下，百尺深處，獨居十年之久。今晚，他難得招待客人，包括遨遊、琋月幻華，以及隱翼和他領著的一群小貓賊們。

遨遊和琋月幻華，一男一女，並坐一張橫擺的石碑前。蘇昀絕拿一只石碑橫擺著充當茶几，倒三杯清水代替美酒，舉杯相敬。

待琋月幻華娓娓道盡今日種種事情發生的經過，蘇昀絕慷慨允諾，要為隱翼找一處安全的新家。琋月幻華振奮不已，但蘇昀絕旋即又開了條件：

「然而，眼下有件要緊事，正好請你們兩位幫忙。兩位先在這稍作休息，四更天時，隨我動身，到某處打掃打掃環境衛生。」

琋月幻華猶疑了一會，點頭允諾，遨遊則默不吭聲，打量這古墓密室的四周環境。這間密室裡有著滿滿的新奇玩意，有些甚至連飽覽珍稀的琋月幻華都未曾見過，遨遊常年專注練功，更是「睜眼不識夜明珠」；和滿室珍玩相形之下，琋月幻華手中的鳳霞金冠，竟顯得拙劣無奇。

「金冠不足為重，重要的是解開機關，奪取『穹蒼』。」蘇昀絕見遨遊的眼光漂移到幻華手上的金冠配件，便要了過來，「但，這可沒那麼簡單，要付出代價的。」

「前輩說的是，一旦解開，便能助自身功力攀升九倍，這機關必定複雜難解。」琋月幻華陪著笑，交出金冠，「在下資質駑鈍，肯定做不到的。」

「我說的重點是代價，不是機關。」蘇昀絕冷笑一聲，「要解開機關，得用性命交換。」

遨遊驚問：「前輩，這話怎說？」

「就拿這樣小東西來說，」蘇昀絕拿起金冠把玩著，「這件玩具，全靠習武者運勁生氣，啟動機關，但是『氣』這玩意兒，看不見摸不著，怎麼驅動機關呢？就是透過這個，瞧。」

蘇昀絕將配件放在石碑上，遨遊、琋月幻華、隱翼三人，像是瞧猴戲般的把頭湊過去。但見蘇昀絕臉色嚴肅，找根細棍，在配件上點了幾下。

三個觀眾只聽得「崩」的一聲，配件彈出一根長針，長針彈勢之猛，竟然「啪」的一聲刺穿石碑！

石碑應聲裂開一條縫隙。隱翼被這一聲嚇得連連退到牆角，一不留神，唧　唧撞翻好些古玩，而另外兩人盡皆臉色凜然，莫不敢作聲。

「氣，要灌入這玩意兒裡頭，就靠這根針。」蘇昀絕指著機關長針，「所謂『氣血』，氣隨血流，血流到哪兒，氣就傳到哪兒。所以要破此機關者，就得先解開此針，此針刺入自身，流進自己的血，方能談到下一步。」

「這針，要刺在哪兒？」遨遊遲疑半晌，「總不會刺在哪都行吧？」

「當然是心臟囉！」蘇昀絕比著胸口，「像這樣，刺進心口，藉心脈導血而出。最後能不能獲得其中『穹蒼』，都還不知道哩！」

琋月幻華聞之，不禁驚呼一聲。

「江湖上曾有個說法，『拿金冠，博九倍』，博，就是用性命來博。」

蘇昀絕說著，竟兀自冷笑數聲：「可是這一博啊，只要有個閃失，氣血俱喪，別說是高人神力，連自己修得的武功也全廢了，數十年努力，旦夕間歸一，這樣的悲劇，我可是看得多了。想想，這真的值得嗎？」

「可是，一旦成功了，那可就是天下無敵了，就像……」

遨遊話說到一半，忽然打住。

「小子，你想說那『深淵的惡魔』是吧？」蘇昀絕咧著嘴角，「是啊，當年他的確憑著金冠，提升九倍功力，可你知道他的過往，他的下場嗎？」

蘇昀絕枯乾的臉孔逼近遨遊。

「那是在你們剛出生時的事。」蘇昀絕訴說起過往，「那人，世稱惡魔，其實當年也不過是個孩子。」

「他曾是命運聖主的從弟。當年的命運聖門，在中原權傾一時，江湖人對命運門敬而遠之，對那惡魔也畏懼三分，畏懼的，是他背後那命運聖主的威勢。」

遨遊聽著蘇昀絕說著往事，不由得想起自己。

「他不甘心，誓言要靠一己之力，立足全江湖之上，他的夢想有一天，不止雲樓、兵府、天風浩蕩、霜月三妖，甚至連他的師父，上官風雅，屆時都要在他之下。一個人一旦有了這種念頭，行事，就會走上偏鋒，就像他一樣。」

「正巧當年，朝廷廣召江湖各幫，以名利誘之，舉辦水都比武，要選出江湖盟主。那場比武場面盛大，雲樓樓主、無心五絕、霜月三妖，甚至連東山再起的流雲飄蹤也參加了。豈料，比武前夕，這惡魔竟被人發現倒臥自宅密室，僅存一口氣，據說那現場的慘狀啊，哎！」

蘇昀絕說到這，迎著遨遊的渾圓鼻尖吁了口氣，轉身續道：「說到水都盟主一戰，當年場面極其盛大，可眾人預想的結局，倒是沒什麼懸念——流雲飄蹤舊傷初癒，論武功是可以剿剿亦水賊窟，卻難以匹敵無心門和雲樓中的一等高手：其他呢，霜月三妖各有其志，疾風鏢局夏宸忙著大漠生意，萍隱居士涼空獨善自身，這一班當年屬一屬二的江湖高人，卻都無意角逐盟主。」

蘇昀絕仰望洞頂，回想過去：「當時江湖間都是這麼說，『能坐上盟主大位的，不是凌雲雁，就是上官風雅』。結果啊？呵呵，出人意表！」

「怎麼個出人意表？」琋月幻華聽得入神。

蘇昀絕在密室裡踱著方步，邊解釋道：「比武總共花了七天，幾乎全江湖叫得出名號的人物都到了，甚至那深淵惡魔，不顧傷勢，硬是報名參賽。過了三天，有一半的人都給打下擂台，第五天，流雲飄蹤也敗了，而且是為了一個女人而甘願落敗，哈哈！可是到了第六天，事情卻生了變化。」

「第六天一早，霜月二妖臨光、水中月，陸續退賽，甚至雲樓樓主也退出了，那天下午，大夥看命運聖主兄弟對決，一邊是貴為聖主的哥哥，一邊是重傷的弟弟，這勝負優劣，很明顯吧？結果呢，情勢看好的哥哥竟然敗下擂台，可把大夥都嚇壞了。那天晚上，不時有流言傳著，『是哥哥心疼弟弟，故意讓的，隔天聖主從弟的對手可是上官風雅，這勝負總該了無懸念了』。」

蘇昀絕摸摸下巴：「別的不說，起碼場外插賭，賠率是一面倒，全押在上官風雅身上。當年我給一個貪字矇了眼，把自身家當也全押下去了。第七天呢？呵呵呵呵。」

蘇昀絕說到一半，又苦笑又歎氣，七分淡泊神色中仍帶了三分懊悔，好一會兒，他抬起頭來續道：「總之，當年江湖盟主，就是這個出乎意料的小伙子。他勝過自家哥哥，連他的師父也敗給了他。事後我方才聽說，他早在盟主一戰前就取得另一頂鳳霞金冠，顯然，他負傷拚命，奪得九倍穹蒼，卻把這件事給瞞了下來，直到拿下江湖盟主為止。」

「別的不說，這惡魔當年確實靠一己之力，做到了我等都做不到的大事，理應自那時

起，任誰都不敢再輕忽他了。」

說到此，蘇昀絕背對遨遊，忽地回頭，狼顧二人而問道：

「可真的是如此嗎？」

琋月幻華皺著眉頭：「難道不是？」

「小姑娘，一個人要立足江湖，憑的不只是一身武功。我雖然沒多長你們幾年歲數，但天下無敵、四海不容的人，我見的也不少了。」蘇昀絕徐徐轉過身來，「當年那惡魔即便奪得盟主，可各幫各派，各有其志，沒人肯服他啊！當然，表面上大夥不敢違逆他，見到他自是恭敬的很，可私底下呢，那閑話說的難聽之至，這邊就不多說了。至於這小子，何等聰明，當然看得出周遭的心思，於是呢，他行事益發乖張背道，鬧到最後，連凡事都依他的命運聖主，也把這心愛從弟給趕出了命運聖門。你說，這九倍穹蒼，又能為他做些什麼？」

遨遊問道：「因為如此，他才創了罪淵閣嗎？」

「沒那麼快。那年他被逐出聖門後，先去投靠了他的師父。這無心掌門倒也大方，雖然敗給這徒弟，卻還是將他納入無心門，可是也因此，背上江湖間莫大的批判。雲樓和無心門的關係，也是從那時起惡化的。」蘇昀絕負手在後，敲著手指回憶道，「至於罪淵，那是另一段故事了，在霜月三妖折了水中月之後。時間不早了，話且到此。幾位早點歇息，把個時辰後就要動身了。話說，」

蘇昀絕注意到隱翼身形佝僂可笑，原來是倒了件偌大的古物在背上，笑道：「這邪門貓兒倒發現了樣好東西啊！我還以為把她給搞丟了。」

遨遊回頭攙扶住隱翼，小心取下那件古物，順手用袍袖輕輕揮掉上面的灰塵。

「呀！」

待琋月幻華看清楚那古物樣貌，不禁驚呼一聲。

那是件身高四尺有餘的戲偶，約莫與十四歲的孩子等身大小，穿一身霓裳，做工精緻，有著一頭玄亮長髮，給燭火映出一抹流星般的反光，雪一般的雙頰彷彿吹彈可破，一點雀唇沾抹了豔紅的朱色，黛眼微闔，半掩住一對琉璃製的瞳孔。

琋月幻華輕撫她白瓷般的纖掌，吸著氣道：「她好漂亮！」

「現在的昀泉，已打造不出這等精品了。」蘇昀絕細細端詳那戲偶，「我大概五年前發現了她，可到現在都還沒取名字。」

琋月幻華又贊歎道：「她白得像『流月飛雪』一樣！」

話說崋瀾有一條瀾江，約莫在節氣「大雪」前後，江水仍未結凍時，人們可夜攀山崖，俯瞰瀾江流水映月，佐以江面大雪紛飛，其景如夢似幻。據傳曾有雅士，冬經崋瀾，見此景讚歎不已，謂之「流月飛雪」。此名就這麼宣傳開來，成了崋瀾一道著名冬景。

蘇昀絕揚起眉毛，思忖道：「『流月飛雪』？這拿來作名字挺好。」

「她動得起來嗎？」

「動嗎？」蘇昀絕聞而未答，沉吟半晌，不知在做何打算。

遨遊小心安置好「流月飛雪」，大夥便互道晚安，各找個尚稱舒服的地方睡去。唯有蘇昀絕，待貴客們都睡著了，滅了燭火，悄悄離開古墓密室。他憑一支幽微火把照路，走在暗道裡，不一會，遇到一名夜行人擋道，蒙著臉，不發一語。

「好久不見，又一位稀客。」蘇昀絕笑道，「誰請你來的？該不會是那惡魔吧？」

「不是。」

夜行人拉下蒙面青巾，是個外觀貌似尚未及冠的少年，有著異於中原人的白髮碧眼，答道：「我自己要來玩的。」

「我待會就要出門，沒時間招待客人。況且，」蘇昀絕反問，「你不是罪淵一代貴公子，夏小悠？江湖好玩的地方多的很，我這兒又暗又髒，有什麼好玩的？」

「你少給我擅自取些奇怪的綽號！什麼一代貴公子？真難聽！」夏小悠摸著下巴，故作思忖道，「不過你說的沒錯，這裡確實沒啥好玩，那我借樣玩具就走。」

「哪有做客人的像你這麼任性？」蘇昀絕又乾笑幾聲，「吶，你就說吧，要借什麼？」

「借一只戲偶。」

蘇昀絕聽罷，臉色沉了：「你挑的真是時候，『流月飛雪』重見光明，你就找上門

來。」

「什麼月雪的？我是要『天仙傀』。」夏小悠換了副臉色，「少囉唆，借不借一句話！」

「我沒說不借。」蘇昀絕徑自轉身就走，「今晚不方便，我明早出門後，你自個來拿。」

正說著，蘇昀絕忽地回過頭，狼視著夏小悠。

「提醒你，是『天仙傀』選擇她的主人，不是你選擇她，你們合不合得來，且看緣分。好了，我去睡了。」

「昀泉『執筆』蘇昀絕，」夏小悠對著他的後背喊道，「罪淵就要再起，這回你考慮的如何？」

「罪淵閣還擱在那兒，独孤客和十二羽都在，再起個什麼鬼？」

「那個，早就腐爛了。」夏小悠冷哼一聲，「我說的，是新的罪淵。」

「到時候再說吧！」

蘇昀絕丟下一句話，熄了火把，沒入黑暗密室，不再現身。

＊　＊　＊

三更天時，不夜城的另一端，雲樓的酒席正熱鬧。眾賓客紛然嘈雜間，忽然傳來通報：

「疾風鏢局，神疾風副鏢頭到！」

臨光聞言一振，驀然起身相迎，主賓蘇境離亦抱拳問候來客。神疾風邁步入廳，與大夥人寒暄談笑好一番，待侍女們為他置席於臨光和蘇境離間，三人相揖圍坐，神疾風便先開口道：「總鏢頭另有要事，不便赴約，請老祖見諒。」

「真可惜，在座各位錯過了這『江湖第一』的好男人！」臨光笑問：「師父有要事，怎不使『弟子服其勞』？」

「他現在的位置，不方便透露。」神疾風覷了蘇境離一眼，「總之他人還在不夜城，他交代屬下轉達，改天再相約敘舊。」

臨光頷首不答，而蘇境離卻感到渾身不自在。剛才神疾風那一覷，令他有些不好的預感：

不方便透露夏宸所在位置，是不方便在他面前透露嗎？難道夏宸現正在劍青魂的居所？劍青魂依計脫身後，必定先潛回居所蒐集消息，他是否因此撞見夏宸？會發生什麼事？

正當蘇境離揣揣不安著，臨光、神疾風兩人，互相勸酒應酬之際，貌似也各有心思，就在這時，又一個雲樓幫眾急忙跑來，附在臨光耳邊說了幾句。霎時臨光神色一凜，回答：「知道了。」便打發掉這使者。

言者語氣淡然，貌似這不過是樁小事，可是蘇境離看在眼裡，心知這是樁大事，而且絕

對不是好事。

「這混蛋！」

臨光端起空無一物的玉杯，雙唇抿得死緊，不一會，忽地大罵，一掌拍几，應聲拍碎掌中玉杯！眾人見之皆失了臉色，急喚侍女來收拾。席間的鼓樂停了，觥籌談笑聲也打住了，賓客三兩相覷無言，不知如何是好。

神疾風趕忙低聲勸了臨光一句：「不妥。」

話剛說完，忽然酒樓外傳來一陣悠揚樂聲，一批不請自來的貴客，徑入大廳，當中有男有女，夾雜而行，年紀似十六到二十不一，個個身穿五彩道袍，袍擺開衩，胸襟大闊，露出大腿和胸溝，男女個個嘻笑自若，無懼於席間賓客或詫異、或猙獰的眼神。

隊伍以一名少女為首，她肌白脂濃，一頭玄色浪長髮披在兩肩，身穿一襲金黃道袍，繡上陰陽太極圖，卻在前襟開了一道深口，毫無道家子弟的顧忌。

少女向臨光欠身請安，不待做主人的有何表示，媚笑道：「小女子玉璇璣，合歡宗極樂聖女。潡宗少主有交代，欣聞臨光大前輩蒞臨不夜，特遣小女子送禮。」

說罷，她手持粉紅的貂毛拂塵，拂塵一甩，頓時噴出一陣粉香，兩名隨從旋即邁步上前，各捧上一碗瓊漿玉液。

「潡宗天主聖母，親賜玉露聖湯，恭請大前輩一嘗。」

待玉璇璣說罷，一名女從手捧「聖湯」高舉臨光面前，臨光心知自己這做主人的剛剛壞了氣氛，於是勉強一笑，當眾一把摟住那女從，作勢要對嘴「敬酒」，女從扭捏竊笑，欲迎還拒，一來一往，十足逢場作戲了一番，哄得觀眾們紛紛大笑，酒席頓時又熱鬧了起來。

女從逗弄臨光足了，轉而戲弄蘇境離，磨肩蹭臂，作濃情款款狀，蘇境離表面笑笑，勉強應和一會，送走女從。同時，合歡宗一行人嘻笑四散，男男女女到處勾搭起作客宴席的江湖人，一時之間，席間巧笑軟語不絕。至於臨光，雖強作笑顏，藏在笑容下那副萬事俱休的頹喪樣，卻逃不過蘇境離的眼睛。

蘇境離沉默在脂濃酒香間，細細思索剛才雲樓使者報來的壞消息。使者當下說的極輕、極細，但逃不過蘇境離的耳朵：

「墨塵沒來不夜城。」

四奇墨塵，雲樓樓主一手提拔，身邊的第一忠臣，就在雲樓精英齊集不夜，廣邀賓客大宴時，竟然沒率領墨府家兵來守備？那他去了哪裡？

再者，臨光現身，設此酒宴，但理應脫困了的雲樓樓主、兵府流雲飄蹤少主，竟皆未現身這宴席？臨光對此隻字不提，意欲打發瞞混過去，必定當中另有計策。墨塵此行，顯然背離臨光的籌劃，可這會是何等大事？臨光何故如此懊惱？

蘇境離思忖一會，飲盡杯中物，開口關切：「大前輩，心裡有什麼不痛快的，何不說出

來給我們聽聽？」

臨光聞而不答，卻改個話題道：「現在想想，強留住你們師兄弟倆，傳出去也不好聽。主隨客便，你們想玩到何時離開都好吧。盟約依舊，不會刁難你們，你們儘管放心。」

蘇境離吃了一驚，未及回答，便聽到樓上又傳來騷動。兩人同時抬頭，見一道紅色身影，從二樓翩然翻身而下，落地時，踉蹌了幾個醉步，方站穩身子，徐然一揖道：

「明教弟子陸浩宇，來討杯酒喝。」

這不速之客打亂了賭局，神疾風「喧賓奪主」，笑迎著道：「想討酒可以，先罰三杯。」

這酒罰得正中陸浩宇下懷！他嘴角一咧，拱手一揖，大笑聲間，連飲三杯玉露湯！臨光笑問陸浩宇道：「你這位明教大師兄，拋下你的師門，到這裡做啥？」

「來打聲招呼。」陸浩宇睜開醉眼道，「我明教弟子駐軍古佛寺外，意外救了空虛禪師，這三天內，便要護送他來不夜城。到時候請在座各位賞個臉，為我們接風洗塵。」

「當真？」臨光抬起眉毛，故作訝異狀，「可我聽說那罪淵閣的羽家軍，揮軍往古佛寺去，不懷好意，你們可知道這件事？這一路可平安否？」

「羽家軍真要打，絕對不會贏。反過來，十二羽還要求我們救他一命哩！」說罷，陸浩宇大笑，笑裡散發濃烈酒氣。

陸浩宇說得輕鬆，在場眾人聽得心驚：羽家軍之善戰和殘酷，江湖盡知，這明教弟子是何方兵聖？居然敢發下這般豪語？

就在這時候，玉璇璣不知何時湊了過去，一把跨坐上蘇境離的大腿，摟著頸肩，用一把甜膩嗓音問道：「道兄，人生苦短，何不與小女子同赴心中合歡境，修仙得道？」

蘇境離環顧周遭一眼，陸浩宇笑過一陣，竟倒伏桌邊不省人事，而臨光和神疾風正不懷好意地看好戲，於是他一笑起身，搭住玉璇璣的腰，雙雙走出樓外，眾人只道他們欲做些不為人見的樂事，便只是在他倆背後竊笑著，不去打擾。

蘇境離領著玉璇璣，選個四下無人、燈火晦暗處，將臉湊到玉璇璣耳邊，泥濃細語道：「你老哥交代過，要是他的傻妹妹又在半夜搞那無聊修仙道，就趕她睡大頭覺去。」

玉璇璣聞之臉色一變，原先那股脫然超俗的仙氣頓時消散無蹤。她又窘又氣，頻頻跺腳，懊惱滴嗔道：「最討厭了！哪壺不提偏提哪壺！」

蘇境離笑笑，問道：「妳來這幹嘛？」

「還不是為了蘇哥哥你呢！聽說你們來了不夜，被雲樓給留了下來。我擔心，所以來看個究竟。」

「我這裡不要緊，可是雀道兄那兒呢？」蘇境離換了副神色，又低聲問，「他那邊要幹大事，更需要有人護衛吧？」

玉璇璣渾然不知蘇境離在套她的話，坦誠答道：「雀哥哥說，他一個人就夠了。」

「妳不擔心？」

「擔心呀！」玉璇璣輕吁一口氣，蹙起細眉，「可是他說，他去的地方倘若真有敵人，那也不是我能應付得了的，我去了，反而更危險。」

「他現在可是在將軍城？」

玉璇璣聳聳肩。蘇境離正要追問，忽然神色一變，跩住玉璇璣的手，將她拉進暗角。玉璇璣大驚，雙眼飄左忽右，不知如何應對。

「怎麼回事？」

「別張望，」蘇境離貼近臉，附在耳邊悄聲道，「附近有人不懷好意。」

玉璇璣聞言又是一驚，不敢作聲。

蘇境離悄聲交代玉璇璣幾句話，便打發她回宴席。而他則趁著夜色，沿著暗巷悄聲潛行，不一會，停下腳步，藏起身子，監視十尺外的巷子。巷子裡竄出一路人馬，輕裝便步，身帶長弓和箭袋，箭袋裡傳出刺鼻的燈油味。

「四生雀說他那兒危險，」蘇境離目送這支隊伍，兵分三路，貌似要包圍雲樓的宴席，「可是，這裡也不安全了。」

＊＊＊

三更天時，將軍城僅有北端的將軍府，依舊燈火通明。

這是一處靜謐的禁地，原本是一棟三層樓高的大宅院。三十餘年來，這裡先先後後住進一批批野心之士，他們包括雷家軍在內，來歷不一，每當得勢，便逐步擴建此地，藏身裡頭，醞釀諸多動搖朝野的陰謀詭計，然後胎死腹中。

如今的將軍府，佔地二里見方，四面高牆，圍起府中樓臺亭謝，宛若一座城中之城。府中庭園四端和中央，各有一座擂台，這五處擂台俱有方圓百尺寬，曾是當年雷家軍遴選私軍將士之處，然而自雷家軍垮台後，擂台便長年棄置。

此刻，五處擂台火光通明。四生雀在中央擂台擺了祭壇——所謂祭壇，不過是一張方桌，披五彩巾，擺著一只龜殼和一爐香，方桌四角立起四支火把，周圍點燃十二盞蠟燭。

不止中央，四方擂台也各有「人柱」坐鎮，柳芯便獨處西方擂台，盤坐一張蒲團上，遙見四生雀身披長擺道袍，兀立祭壇前。柳芯注意到四生雀背後還有一名女從侍立，戒備著祭壇四周，女從名為宋凌楓，和柳芯有一面之緣，她身高五尺有餘，一頭髡短刺髮，握一把丈八尺薙刀，神彩奕奕。

四生雀事前再三吩咐柳芯：「無論遇到什麼動靜，千萬別動搖、別出聲。」柳芯因此枯坐不敢動，感到又煩又悶又無聊，張望四周，隱約看得到一個南方異族女子抱著兩歲的小娃

兒，盤坐南方擂台。

她們正是珞巴和小夜繁，夜繁顯然和柳芯一樣不耐煩，在珞巴懷裡搖啊鑽地蠕動個不停。柳芯不認識她們，覷著夜繁小小的身軀，不禁心想：「這小娃娃有什麼力量？光是她聽不聽得懂人話都難說了！」

忽地，柳芯耳邊響起一陣隆隆聲，她驚地抬頭張望，但見位在中央的四生雀高舉一柄劍，四角火把和十二盞蠟燭俱揚起一團團熾烈的光，光團俱生出縷縷白煙，在空中凝結一團，須臾，煙團生光四射，如旭日藏入雲海。柳芯感到光芒照在她身上，旋即一陣暈眩，差點就要從蒲團上跌下來。柳芯勉強穩住心神，定睛一看，但見四生雀在中央祭壇揮劍做法，嘴裡振振有詞，吟哦念咒間，身上似乎散發出騰騰金光，恍惚之間，柳芯眼前彷彿又生諸多幻象，憑空冒出許多靈體之物遊蕩暗空，散發銀灰色的慘光，諸多靈物環繞另一名憑空盤坐的少僧，闔眼如一尊佛，訴說因果輪迴之道。

她勉強自己別關注那些怪象，猛地仰觀夜空，赫見滿天星宿竟由西向東逆轉，一時之間，更貌似見到日月倒序，西起東降，一切的一切，皆超出柳芯所能理解的範疇。

柳芯為這諸多異象震驚得不知所措，就要忍不住開口尖叫，突然一抹銀色的半透明身影飄在她眼前。柳芯自忖看得真切，看的是一道女子身影，年約十八有餘，有一雙甜棗般的靈活雙眼，和一張玉白杏子臉，即使長幼容貌有別，但女子顯然是南邊小娃兒長大後的樣貌！

「噓，」她迎著柳芯清甜一笑，伸出一指，示意她別出聲，「姊姊好漂亮，我想長大後和妳一樣。」

正當柳芯怔訝之際，那銀色身影忽然臉色一沉，失卻了笑容，忽地回頭望向南端擂台，一瞬間，霧散無跡。

柳芯回過神來，驚見中壇生了變數！一名身著夜行衣的神祕刺客，沉聲闖進中央佈陣，舉頭一掌，撲向四生雀的面門打去！危急時刻，四生雀卻不能離開祭壇，文風不動，眼看就要中了刺客的招，虧得宋凌楓早有準備，舞起薙刀殺向刺客，刀勢如波瀾洶湧，撥開刺客掌殺，旋即收回餘勢、抖了個刀尖，直指刺客面門戮去！刺客失了先機，迅速收掌，順勢迴身，避開刀尖殺招，而宋凌楓這招反擊傾盡全力，刀勢一去就收不回，刺客藉此從容踏個墊步，退了三尺，重整態勢戒備。

宋凌楓的薙刀，對上刺客雙掌，看似佔了上風，但她不敢大意，雙手緊握刀柄，刀尖微微發顫。她心知肚明：剛才那一掌只是試探，刺客真正的殺招還在後頭。

刺客冷哼一聲，挪騰身形，施起步法，他步法如同掌法一樣詭異，彷彿鬼魅般飄動，三兩步滑向宋凌楓，迎面送上一掌！宋凌楓側身傾前，勉強避開，身子卻受那凜冽掌風撫過，不禁感到一陣入骨寒慄！宋凌楓順勢揮刀反擊，又被刺客倏然閃過，兩人一使長刀，一使雙掌，較勁幾個回合下來，互有勝負，但交手時間一長，宋凌楓刀法趨於生澀紊亂，逐漸趨於

下風。

這時，本以單掌攻敵的刺客，忽改左右雙掌輪發，招式綿密如大雪紛飛，令薙刀快招架不住。正當刺客逮住一抹空隙，就要擊中宋凌楓的命門，眼前忽然橫來四生雀的一劍，令他一驚，連忙退守。原來宋凌楓按照四生雀事前交代，盡量走在祭壇三尺見方內，與敵周旋，這三尺見方的範圍，正是四生雀手中寶劍所及範圍，因此他得在施法之餘，搭配薙刀空檔，趁隙助陣，不時朝敵人的破綻處補上一劍，從容地像在揮趕蒼蠅似的。

刺客轉眼落於下風，便賣個破綻，引宋凌楓又一次奮力殺去，她手舉薙刀，從天靈蓋斬下，卻被刺客避開，揮了個空！刺客趁長刀勢頭未竟，轉身一蹬，躍向南方，宋凌楓回首驚呼：「他要傷害人柱！」

柳芯遠遠地，眼睜睜地看著刺客闖入南方擂台，迎頭一掌就殺向小娃兒夜繁，珞巴慌忙擋在夜繁前面，抽出腰間細枝反擊，細枝如鞭，打在刺客手腕，刺客趕忙收掌迴避，接著順勢一掌，直取珞巴面門！珞巴面無懼色，墊退半步，騰出施招空間，接著便舉枝虎揮一通，短枝在空中呼呼作響，甚少破綻，但僅足夠珞巴自保，卻前進不得半寸。刺客看了，冷哼一聲，再次掄起綿密雙掌，掌風詭譎，幽寒幾入骨三分，珞巴心知久戰不利，卻不得不撐住，只望能苦候到中央祭壇施法完畢，引兵援助。

宋凌楓趕忙從中央祭壇奔向南端支援，走到一半的同時，刺客頓了一頓，忽地傾身猛

撲，朝珞巴打出一掌，珞巴見敵手這招破綻大開，迅速舉枝旋身向前，反刺他的心窩，眼看這一反襲就要刺穿他的胸脯，豈知刺客竟施展驚人身法，將傾前的身子伏得更低，差個幾寸就要仆地，避開刺擊的劍路，接著他前掌掌心向下猛打，竟順勢以此掌為軸，來個扁擔掃堂大迴身，身轉腿旋，正好踢中珞巴下盤！

珞巴不及閃避，硬吃了這一擊，被踢飛了三、四尺遠，她翻滾個幾圈，顧不得痛，慌忙爬起身子，要回到夜緊身邊，可是遲了——刺客逼到夜緊眼前，只差一尺之遙，但見小夜緊睜著眼睛，毫無懼色，他便冷笑一聲，舉起寒掌，就要拍碎小夜緊的頭骨！

忽然從西方傳來一陣隆隆怒吼，由遠至近，動天撼地！這一波巨響震得眾人踉蹌一驚，同時回過頭去看。

「不管了！我呆不住啦！」

原來柳芯在西端旁觀戰局，起先不敢妄動，待刺客打飛珞巴，就要加害夜緊時，她終於按耐不住，啟動百寶匣的火飛箭，火飛箭瞬間射出兩道火光尾巴，她便蛰步一躍，像天外隕石般飛嘯而出，掃過中壇，不過兩秒間，便衝入南端擂台！

她腳尖點著擂台地板，踉蹌幾步，連翻滾個幾圈，正要撞向刺客的背脊！刺客連忙收招側避，而柳芯反應也快，穿過刺客身邊，猛然雙腳一踏，硬是煞住身子，停在小夜緊面前，順勢一迴身，隻手抱起夜緊。

雖然柳芯及時救了夜繁，但也滾得遍體擦傷，且一條腿在猛煞時似乎折斷了，她拖著這身傷軀和一條斷腿，絕對逃不過刺客的下一招。但她將自身安危置之度外，忍痛抬起身子，趁刺客未及反應，從百寶匣掏出兩粒搖鈴大的果核，喀喀擦響，奮力擲向刺客，刺客回神，一掌拍開果核，果核竟瞬時爆裂，燒成兩團小火球！虧得刺客及時運起冷冽寒氣護身，寒氣撲滅火球，生出好大一團濃霧。

豈料，柳芯竟還有後著！

待她擲出爆核的同時，旋即卸下百寶匣，使出平生所盡全力，咬牙旋身，將整只百寶匣連帶火飛箭，甩向刺客，刺客視線被濃霧所屏蔽，耳鼻又被先前爆炸和濃煙所波及，對這天外飛來之物竟反應不及！

甩出寶匣同時，柳芯轉身緊抱夜繁，不顧斷腿，死命拐步疾退，一邊轉頭向珞巴大喊警告：「大姊退後！要爆了！」

霎時，刺客發現寶匣，勉力反手一擊，正要拍開，寶匣裡的火飛箭竟應聲走火爆裂，在刺客面前轟然炸出一團煙花火雨！爆炸聲勢震得眾人耳朵嗡嗡作響，火雨連同碎片飛射四濺，將擂台轟出一個大洞，甚而近乎波及到柳芯自身！所幸柳芯自知這招可怖，拼死往擂台的另一端跑，只讓火舌給燒上了背，又受碎片多劃了幾道傷口，卻不至於丟了性命。

這波爆炸，刺客首當其衝，給火花燒著全身上下，他怪叫一聲，再無心殺人，慌張躍出

擂台，朝自身運起掌風，一番虎虎作響後，滅了身上火勢。

柳芯忍痛，勉強起身，伏在擂台俯視台下刺客，但見他一身夜行衣和蒙面被火雨燒破大半，幾乎要露出臉來，殘衣下的細皮白肉，卻是毫髮未傷。柳芯見此，驚自忖道：「都燒成這樣了，他居然還沒事?!」又想起剛才四陣星術施法時的諸多異象，不禁心生嚮往。

這時，四生雀和宋凌楓趕來南端，同時將軍府外又傳來一波喊聲，卻不知是哪一方援軍。但見兩名領軍者縱身飛奔，躍入刺客面前，竟是雲樓樓主凌雲雁，和雲樓四奇墨塵親自領軍來援！

四生雀在後，朗聲謝道：「多謝樓主來援！」

凌雲雁亦笑道：「幸虧趕上了。」

說罷，四人舉起各自兵器，正要包圍刺客，刺客啐了一口血絲，趁包圍網尚未成形，縱身一躍，消失在夜空中。四生雀見狀亦不追趕，靜待所有援軍齊集南端，重整態勢。

四生雀伸手接過夜繁，交付珞巴，然後正要檢查柳芯傷勢，柳芯此時竟單膝跪地，抱拳一拜，朗聲道：「師父！」

四生雀吃了一驚，失聲笑道：「這個節骨眼拜師啊?好，好啊！不過妳前面還有個師姊在，妳只能當二師姊。」

一旁的宋凌楓慌問：「那我呢？」

四生雀猛然想起宋凌楓也在，轉頭苦笑著搖頭：「妳還缺了些東西，有緣的話，他日當小師妹吧！」

宋凌楓哭著一張臉，欲辯卻不能言，一度想找柳芯理論，但見她身上有大大小小的傷勢，皮傷，腿折，後背還燒出一大片紅白相間的濃泡。柳芯迎著宋凌楓，忍痛燦爛一笑，這一笑，便令宋凌楓心軟了下來。

待援軍集結完畢，四生雀便與樓主商量道：「陣法已畢，此地不宜久留，且一同回蘇家酒樓休息。為提防敵人後著，正需要樓主你這批援軍，戒備酒樓四周。」這時四生雀注意到墨塵，又問：「可是，怎麼連墨兄也一起來了？我以為你該在不夜城戒備著。」

「吾料到樓主特請老祖大宴不夜，必私下埋伏將軍城，是故特來馳援。」墨塵答完，又向樓主抱拳道，「吾私違臨光大前輩之託，擅離職守，待禍事平定，請樓主責罰。」凌雲雁目視墨塵而笑，示意說這事就罷了。

墨塵又奮然道：「刺客氣勢已衰，吾等正好乘勝追擊！」

凌雲雁則擺擺手，勸道：「等天亮了再說。」

「此時不擒住此惡徒，更待何時？」墨塵再次抱拳一揖，「請樓主允吾率幫眾三十精英，拿下這惡徒！」凌雲雁拗不過墨塵再三懇求，撥了三十人，與墨塵一同追擊刺客，揚長而去。

待墨塵遠去，四生雀凝視凌雲雁，凌雲雁回覷一眼，蹙眉而嘆：「你別怪我，我還能怎辦？」說罷，又不住地搖頭歎息。

於是其餘一行人離開將軍府，到了蘇家酒樓，四生雀挑了一間廂房，供柳芯養傷。柳芯渾身裹著紗布，怯問四生雀道：「師父，剛才我隨便離開位子，法術會失敗嗎？」

「別在意，妳做的很好。」四生雀笑著安慰她說：「就在那刺客來襲前，我們已經保住要救的人了，妳別擔心。」

聽罷，柳芯釋然而笑，四生雀搔搔她一頭浪髮，要她好好休息。

四生雀走出廂房，俯見凌雲雁在一樓大廳等著他，待他下樓，凌雲雁便問起剛才的戰局。他將戰事簡略說了個大概，凌雲雁靜靜聽罷，只問：「那刺客，會是誰？」

四生雀思忖道：「顯然是我們的熟人，而且是這一連串風波的首謀之一。」

「會是米亞神君嗎？」

「應該不是，聽說宗祠亂時，十二羽也和『那傢伙』決裂了。那個吃裡扒外的兵府渾小子，理應先對付羽家，至於『四柱通變星陣』成功與否，空虛禪師是生或死，他暫且不會掛慮。」

凌雲雁以手扶額：「那我希望不要是他，可是，十之八九。」

四生雀聞而不應，默然以對。約莫半刻，凌雲雁又道：「先前我接獲飛書來報，五芒星

離開龍脈前遇襲，傷了自己，也傷了護國法師。」

四生雀驚問：「你們不是走在一塊的嗎？」

「我們中途就兵分數路，我和臨光由嚮導領著走中路，五芒星護送法師和幾個他幫要人走旁路，流雲和夏宸另一路，雲歌中途說有要事，自走一路，說好了回地上時派信鴿傳訊平安。」

「那現在呢？」

「幸虧五芒星不負所託，死命救出法師，現今人暫且投靠羽家軍療傷。」

「唔，姑且如此吧！」四生雀為凌雲雁斟杯養生酒，「十二羽和五芒星的關係非比尋常，不要緊的。」

「當然不要緊，然而空虛禪師被東歸的明教弟子留住了，那群異教徒和『百輪轉』過往甚密，看來是被留作人質了。」凌雲雁接過酒杯，「信中尚未提及羽家軍的動向，但依十二羽的做法，定以營救法師為由，出師討伐明教軍。刀劍無眼，亂軍中要是發生個萬一，問題就大了。」

說著，凌雲雁放下酒杯，傾前悄聲道：「此外，我更在意的是信中所述，五芒星形容那兇手的武功。兇手使一套幽寒刺骨的陰狠掌法，這掌法，和雀兄你描述的刺客很像。」

「樓主懷疑是同一人？」

「對，即便不是同一個人，兩者之間必定有關連。」

四生雀朝天花板吁了一口氣，「將軍城這兒，離邊關宗祠，將近百里。」

「對。」

「假如不是走地下龍脈，絕對沒法子這麼快。」

「我與雀兄所見略同。」

說完，大廳又是一陣沉默。

「另外一問，」凌雲雁問道：「四柱通變星陣，令星宿移位，挽留住護國大法師的命運，可是我等江湖人的命運，又會如何？」

四生雀心知瞞不過凌雲雁，遂低聲相告：「刺客奇襲南端人柱夜繁，和護衛的珞巴姑娘，柳姑娘在我收陣前一刻移位救援，導致陣法中斷在星宿歸位之時，兇星連線不散。」

凌雲雁深吸了一口氣，又問：「何時方得令兇星歸位，不再禍害江湖？」

「天一亮，我便動身回雪海佈局，且要商借各方高人，特別是像夜繁這類的天賦奇才，助我壞星卻災。」四生雀答道，「最快，也要到端午節前，才能解開此難。」

「此事你沒告訴柳芯姑娘吧？」

「當然沒有，事情既成定局，我何必多造一樁口孽，教她自責？」

「雀兄存心，著實仁厚。」凌雲雁拱手一揖，「至於雪海借人一事，我一早便召集人手

幫你，不過夜繁，她離開喻府太久了，只怕喻少侯愛女心切，不肯放人。」
「那也無妨，我再另外找人頂替小夜繁。」說罷，四生雀慨然一嘆：「其實，就差那麼一點時間，我在中壇便得收法完畢。只是這樣一來，勢必要在南端犧牲掉一個人。」
「誠如所言，但，這不是任何人的錯。」凌雲雁道，「但憑我等，誰也過不了這一關。」
四生雀深以為然，一想到不久後的可怕未來，又向凌雲雁一揖：「兇星不散，江湖上還會有好一場腥風血雨，到時會有多少死傷，連我也說不準。樓主，請保重自己。」
凌雲雁點點頭，回禮道：「雀兄，你也保重。」
說罷，他飲盡杯酒，起身望外覓月，此刻已是四更天，大廳二人卻仍無睡意。
不知又過了多久，四生雀聽見樓外紛雜人聲，悄聲道：「是墨塵。」
「遲早要來的。」凌雲雁隔著窗隙窺看，「好快，天就要亮了。」

＊　＊　＊

四更天，遨遊和琋月幻華給蘇昀絕輕聲喚醒，三人留下熟睡的隱翼和貓徒們，離開密室，從古墓另一端走入地下渠道。
渠道舉目灰暗，伸手幾乎不見五指，但路途堪稱平順，可是除了蘇昀絕外，其餘二人都不敢大意，高舉火把，張望四周，小心緩慢的走著，一點也不敢大意。蘇昀絕看似對這一帶

的地下通道甚為熟稔，即便幾近摸著黑走路，他仍舊一脈輕鬆哼著歌兒，不時回過頭續說些江湖的過往事，有些事情，甚至不為人知。

不知走了多久，蘇昀絕忽然停下腳步，「快到了，瞧，我們出來了。」

遨遊和琋月幻華相繼走出密道，發現自己身處一條羊腸山路，路的一邊是懸崖，另一邊是岩壁。憑著目測，路寬約四尺，仰首不見盡頭，自崖邊俯瞰山下，會發現一處狹長的葫蘆隘口，隘口北端，通往燈火通明的不夜城。

琋月幻華問道：「前輩，這是哪裡？」

蘇昀絕答道：「北天道。」

「我們來這做什麼？」

「我說啦，打掃衛生。」蘇昀絕笑著招呼兩人繼續往山頂前進，「走咯，離目的地還有一段路。」

「這裡是兵家駐軍要地。」

琋月幻華環望四周，語氣漠然：「前輩說是打掃衛生，要掃的，究竟是什麼？」

蘇昀絕停下腳步，對兩人笑道：「小姑娘眼睛挺利，除此以外，妳還看到什麼？」

「離此不遠，有一支兵。」

琋月幻華手指山路泥濘處，遨遊這才注意到路上有數條轍痕。泥濘處的轍痕甚深，顯然

負載極重。

「小姑娘果然厲害，」蘇昀絕的笑意更深了，「這麼一來，我就好說明了。」

這時，曙光乍露，天將微明。

＊　＊　＊

四更天，雨紛飛全無睡意。

雨紛飛自小便聽說「黑暗時代」、「十一幫亂」的江湖故事長大，對她而言，独孤客是一個矛盾的存在。他兇殘嗜血、武功高強、以殺人為樂，且能殺人於無形無蹤之間。但他行蹤飄忽不定，當小雨紛飛聽聞他的惡事，總會在心裡想像著：他是個什麼樣的人？長什麼模樣？聲音聽來如何？武功怎麼個高強法？

然後，他就這麼現身雨紛飛面前，他看待雨紛飛倒不像是仇敵，反而更像是許久不見的晚輩朋友。

雨紛飛不時提醒自己：「他是禍害江湖的惡人。」

独孤客自然聽不見雨紛飛的心裡話。他端詳血跡斑斑的地下懸案現場，繼續自說自話。

「當年，能令『深淵的惡魔』放下戒心，並打敗他的人，肯定是他的熟人，而且是江湖上屬一屬二的高手。當年他周遭的，唔，『正派人士』，」

說到正派人士，独孤客諷刺地乾笑幾聲。

「這些正派人士，嫌疑反而最大，包括那命運聖主，還有他的師傅，無心門掌門人，上官風雅。」

說到上官風雅的名號，独孤客頓了頓，續道：「我知道他和無始劍仙是怎麼說的，我危害江湖，殺人取樂，但是，他又是什麼樣的人呢？」

忽然，独孤客欺近雨紛飛面前：「江湖皆傳，上官風雅是個正義之士，但是妳可知道？他從來就不是個秉持正義的君子。」

雨紛飛心頭一凜，未及反應，独孤客又回身踱步，兀自繼續說道：「水都比武那年，朝廷並不平靜。先帝病篤，不出一年就駕崩，改朝換代。就在那時，我，十二羽，開罪淵閣，召募同夥，為的是支持太子繼位。這些年來，我早收刀不殺。但那時為了中原和平，罪淵閣不得不犯下多起暗殺和破壞，一切都是為了維持朝野的穩定。」

「反而是雲樓樓主和流雲飄蹤，妄稱新帝無德，圖謀叛逆，讓朝廷和江湖為之動盪。他們才是禍害江湖的元兇，雲樓也是，兵府也是，無心門也是。」

「胡言！」雨紛飛終於忍不住怒斥出口。

独孤客被打斷了話，不惱不怒，反而回報一笑，逡繞著雨紛飛，邊說道：「流雲飄蹤是『竊國者』，無論話說的多好聽、多理直氣壯，事實就是事實。為了扶持雲樓支持的世子繼承皇位，他們趁江湖皇帝出巡時，下手行刺，不幸，給他得逞了這麼一次。」

「雲樓和兵府，為了皇帝的大位，暗地裡幹下不知多少血腥事。他和我的差別在於，他暫時贏了，成王敗寇，於是流雲飄蹤佔了江湖正義的大位，而我等，只得退居黑暗中。」

說罷，独孤客迴身背對雨紛飛，又忽地轉迎向她——一柄東瀛寶刀不知何時出鞘，刀刃冷光正映著雨紛飛白淨的頸子。

「現在，妳我之間的差距，就像孩子和成人一樣，若是順妳所求，一決死鬥，誰死誰生，早已註定。」独孤客換了一副柔聲道，「但我惜才，不想殺妳，所以給妳另一條路子，我已通知守衛，准妳離開這裡，就當作這場決鬥從未提起過。」

独孤客凝望雨紛飛毫無表情的臉龐，又道：「上官風雅、雲樓樓主、臨光、流雲飄蹤，他們都不是妳嚮往的正義俠士，不要被他們蒙蔽了，為他們犧牲了自己，太不值得。」

雨紛飛感受到頸子上冰冷的刀刃，此刻她終於體悟到彼此間功力的差距。她不發一語，只是闔上雙眼。

独孤客失望地搖了搖頭：「妳把這些人信口胡謅的假仁假義，看得太重。」

雨紛飛以為那刀刃就要劃破自己的頸子，但意外地，独孤客將刀刃輕輕移開，緩緩收刀。

「我多給妳一點時間，明天正午前，妳還有機會離開這裡。好好想一想。」

說罷，独孤客留下酒壺杯盤，徑自經過雨紛飛身邊，走出染血密室，再不見其蹤影。

雨紛飛費了好一番功夫，勉強鎮定住心神，走出門外。

此時，洛水的渡口更樓傳來打更聲，原來已是五更天，天將微明。

＊　＊　＊

五更天，古城東山曙光初露，照在古佛寺的荒漠古城，透出縷縷金光。

山腰一處平台上，有一座古老的小亭子，亭蓋半殘，不能蔽日，但也因此不會礙到旅客的視野。亭外有一位男子，帶著一只布囊，一幅皮紙圖，端坐圓石凳，俯瞰數十里外的葫蘆隘口。

不久，又來了一男一女，女子年紀約莫十七八歲，一副商家大小姐樣，穿一身綢紅翠綠，留一頭烏亮長髮，盤在頭上，插一只梅花簪，挽了個朝雲近香髻，翹著一雙觀音玉足，坐在一張精美的烏心檀木椅子上，給一個年輕漢子，連人帶椅，負在背上，一步一步地爬上亭子。漢子張大著嘴巴，像條老狗般地喘息著，他為背上女子選個視野寬闊的位子，小心翼翼地放好椅子，方才鬆了一口氣，雙手撐住石几，大口吐氣。

女子望著那先來的男子寒暄道：「這位公子，初次見面。」男子則拱手回禮二人。

女子又問少年漢子：「我們可趕上了？」

「趕，趕上了。」

先來的男子笑問那對男女：「兩位，可是來賞日出的？」

女子回眸答道：「我們來看熱鬧的。」

「熱鬧？」

「是呀，再過不到一個時辰，下頭的葫蘆隘口，有熱鬧好看。」女子熒熒一笑，「看來公子是寒門後人，不也是為了看熱鬧而來的？」

男子沉了臉，不發一語，須臾，從布囊掏出一只壺，三只杯子，並排了杯子，自中間向左右，斟了三杯清水，徑自取了一杯，停在嘴邊。

少年漢子見狀，便伸手拿了另一杯清水，咕嚕咕嚕地一仰飲盡，放下杯子，抹抹嘴謝道：「好水，多謝啦！」女子面露不悅，叨念道：「天翩彻，你果然是頭二哈！隨便喝人家的茶水，忒沒禮貌！」

男子看了，忽然噗嗤一笑，拱手道：「兄臺是個真性情的漢子！在下笑望，有緣相見。」

女子勉強頷首回禮，渾然不知自己剛才逃過了一場血光之災！原來笑望確實是殘存的寒門弟子，而寒門最忌諱被陌生外人說破身分，一旦遇上了，非要殺人滅口不可！適才笑望本欲將這虞煙主僕二人一舉除掉，但臨時換了主意，拿現成杯盤，擺出寒門弟子不外傳的暗號「三才陣」，試探對方如何「鬥陣」，再另盤算。

虞煙並非寒門中人，對這道杯盤佈陣毫無反應，而天翩彻不識暗號，但憑本能察覺來者

不善，情急之下，慌忙舉杯仰飲，隨意將杯子擺個樣子，打算就這麼蒙混過關。惟他不懂箇中奧妙，當然也不知道，自己竟用杯位「自報名號」，是「顯門沐家後人」！看在道地寒門後人眼裡，答案錯得離譜，卻又傻的可愛，令笑望不禁心生憐憫，噗嗤一笑，化解了殺意。

笑望本著「先來者充主，後來者居客」的待人原則，親切招呼兩人，問道：「虞姑娘看來是商家子女，對兵家觀戰也感興趣？」

「家父說，做生意和做官的道理是一樣的，行商和帶兵的道理也是一樣的。」虞煙挺起胸膛答道，「所以有戰局，總要派人去探個究竟，這場就輪到我了。」

笑望微微哂笑，側眼餘光向山下一望，道：「開始了。」

虞煙立馬往山下俯探，果然殺氣騰騰。山上觀局三人，遙見十二羽率領羽家精兵，搶得先機，擋在葫蘆隘口上。虞煙見羽家軍擺出的陣式甚是詭異，兩路重裝騎兵，攜槍帶弓，排成兩斜列，乍看是道逆魚鱗陣，然而陣尾洞口大開，形成一只漏斗，斗底接上葫蘆隘口。

虞煙訝異地脫口問道：「噫？這是邀敵軍從中央衝陣？什麼打法？」

「姑且稱它『請君入甕』吧！」笑望望陣推論，「敵軍是明教部隊，隊伍中挾有空虛禪師為籌碼，除此之外，兩方戰力差距甚大，明教軍勢必不敢戀戰，但求盡速過陣，保全戰力，羽家軍中央留口，正好給個『機會』，收誘敵之效。」

「若明教軍兵分兩路，側鋒圍外，中軍裡應，先後圍殲逆鱗兩側，羽家軍就完了呀？」

「如果明教軍中有兵家大將，這些紅衣弟子又能征善戰，或許就做得到吧？」笑望慨嘆一聲，「顯然，十二羽早算出兩方差距，否則，他怎會走如此大膽戰法？」

正說著，一支紅衣軍隊自南方喧囂北走，正是東歸的明教弟子。領兵者自然是風潔綾，她身穿一副赭紅馬甲，手持二丈長槍，騎在高大駿馬上，煞是威風，環顧四望，指揮部隊行走佈陣。明教的子弟兵，個個身著紅袍，內藏皮甲，排成幾條長列，簇擁著一輛紅色馬車。

兩方人馬尚未交鋒，笑望對戰局已料著八、九分：「滿分以十成來算，兩軍短兵交戰，羽家軍的勝算起碼八成。」

「那不是贏定了？」

「事不盡然。古今戰局，勝負分曉前，從沒有『贏定了』的道理。羽家軍也有他們的弱點，兩位，請看。」

笑望伸手遙指十二羽，但見十二羽騎在馬上踟躇踏步，看似在環顧張望四周，一副心不在焉狀。

「再篤定的戰局，為將者的心思若不專注在戰場上，就有翻盤的可能。」

「那他心思跑哪兒去啦？」虞煙好生困惑，「看他的樣子，像是在找什麼東西？」

笑望瞪大眼睛：「姑娘說的對，」他訝然虞煙的判斷，「他確實在找什麼東西，如此一來，勝負難料了。」

「老兄這話怎說？何以前一刻說勝算在握，現在又勝負難料呢？」

「我大概知道，他在找什麼東西。」笑望思忖道，「這一戰的勝負關鍵，就在他找不找得到了。」

旁觀大局的人議論之間，戰局又生了變化。紅衣隊伍緩緩前行，在兩軍相距三里處停下——這正是兩軍衝陣的最遠距離，再靠近，就是開戰！此時，十二羽身旁的副官輕聲提醒他：「將軍，衝鋒隊準備好了。」

環顧張望的十二羽收懾心神，專注當前大敵，傳令道：「將士聽命，依計行事！上！」

羽家軍聽令，齊一策馬揚蹄，逆鱗陣兩翼並列向前，起先甚慢，幾近踱步，隨著兩軍距離越短，戰馬逐漸加速，從踱步到快步，每加速一分，殺氣就沸騰一分，終於，衝鋒隊距明教軍佈陣，不到七百尺，隨一聲號角長鳴，全隊齊一揮鞭，策動戰馬，全速殺近！隆隆蹄聲宛若旱地的龍捲風，幾乎要沖破兩軍耳膜。

「殺！！！」

紅軍這方，風潔綾不敢分神，待敵軍戰馬全速馳近，她一揮手，前鋒部隊齊聲大喝不已，舉起長槍，要將騎兵給刺下馬來！

「隆------！！！」

豈料！就在兩軍相接前一秒，衝鋒騎兵竟猛然勒馬！全軍隨一道衝天劃一的震耳馬蹄

聲，定在紅軍足前三百尺，還差個幾尺，就入了長槍的刺殺範圍！

局勢一變，原本已抱著覺悟，將死生置之度外的紅軍槍兵，忽地發覺在冷酷蹄下逃過一劫，心緒一鬆懈，求苟活之志油然升起，一想到自己剛才幾近喪命，幾個戰意不堅的小兵，頓時發起抖來。

十二羽從衝鋒隊後方策馬徐前，敵軍的軍心生了間隙，自然逃不過他的雙眼。他冷笑一聲，穿過行伍，來到衝鋒隊前，正好迎上明教紅軍的目光。諸軍但見十二羽橫槍冷笑，渾身散發縷縷黑煙，黑煙徐然騰空，凝成一條烏黑巨龍，巨龍一雙紅目，獰視眼前畏怯敵兵。

然後，十二羽大笑！他忽地大笑，笑聲如鐵蹄聲般震耳！

「哈！哈！哈！哈！」

一會，他打住笑，高舉右臂長槍，以為信號，羽家眾軍見了，一起齊聲大笑，笑聲劃一，同樣震耳欲裂！這陣狂笑，聽在紅軍耳裡，竟和方才的鐵蹄殺勢一樣恐怖！

「哈！哈！哈！哈！」

「哈！哈！哈！哈！」

「哈！哈！哈！哈！」

戰局至此，羽家軍甚至尚未損傷一兵一馬，就已令敵軍戰意全失，怯不敢行，紅衣步兵紛紛不自覺地錯亂步伐，左右張望，欲覓得一條逃跑的活路，卻絕望地驚覺張目四面，竟像

是都佈滿了陷阱！陣形既亂，領兵者的號令也傳不下去，行伍間全不成章法。這一切，看在旁觀者笑望眼裡，亦不免感到意外。

「雖說我不欣賞羽家的作風，但這『破軍星』果然領兵作戰有一套。」笑望慨嘆道，「如今，羽家掌握起碼九成九的勝算，要說紅軍還有什麼機會，就得看領兵大將了。」

「喝！」

一聲揚長亢喝，柔中似有千斤重拳，竟能鎮住羽家軍的傲笑！

風潔綾將長槍耍的虎虎作響，策步向前，直指十二羽，高聲亢道：「一較高下！」

「果然。」觀局的虞煙遙望風潔綾的馬上英姿，贊歎道：「軍心潰散前，身為大將的，就要挺身而出。這大概是明教惟一能逆轉勝的機會。」

然而說罷，她又吁了一口氣：「可是，這也要對方大將願意成全。現在羽家軍佔了上風，當大將的，哪會冒著被逆轉的風險，應戰單挑呢？」

正說著，三人驚見十二羽竟冷笑一聲，單騎向前，應允了風潔綾的挑戰。羽家軍馬不為所動，似乎早預料到有這麼一戰。

「怎麼會？他真要賭上大好形勢應戰？」虞煙不免詫異。

笑望雖然有幾分訝異，卻很快地明白：得保全軍力的，不只是明教軍。

「看來這第一場勝負，就看這一戰了。」

晨曦乍露，十二羽和風潔綾四目冷對，心裡明白：旭日完全升起之前，勝負就會分曉。

不但是兩軍死生一戰，也是兩人瞬死一戰！

亂戰

時間且拉回到兩天前，宗祠之變的第三天，是時，陷入的諸多江湖要人尚且生死不明，而宇文承峰和曲無異，趕在正午過後抵達了寒天宮的寒門書閣，在那遇到了操屍道人青鳥。

那天日落，天色將暗，白雪藹藹的寒天宮前，又來了三五個不明訪客，身著皮甲，背甲大大寫一個「雷」字。當他們造訪書閣，出閣招呼貴客的，竟是青鳥。

青鳥拱手問候：「雷家軍？」

「是，也不是。」訪客中有一為首者，頭戴黃巾，出示信物並問候道：「想不到是居士大人來為我等接風，倍感榮幸。但是只有您一人在此？」

「其他的都在裡頭，進來看看吧！」

青鳥引領貴客們進入書閣，但見閣中一片狼藉，貌似剛經過一場慘烈大戰。書閣閣主孜然、雲樓特使曲無異、兵府策士宇文承峰，盡皆倒地不起，七孔流血，面無生色。領頭的黃巾男見狀表露欽佩之意，拱手一拜說：「佩服！敝社長的心頭之患，竟然被居士輕鬆收拾乾淨！」

「不過一點小伎倆。」青鳥拎一袋陳舊地圖，交給黃巾男，「拿去，你們社長要的地下

龍脈圖。」

黃巾男諂笑著收下地圖，青鳥又道：「天色晚了，幾位在這暫歇一晚吧！」

「正有此意，就睡這兒就好。」

「不了，這裡不乾淨，晚點找間大一些的房間。我在別處準備了酒菜，為兄弟接風。」

於是青鳥領著一夥人走出書閣，來到一間簡陋木屋，木屋甚窄，儘容二人入內，黃巾男遂令隨從們守在外頭把風，惟他和青鳥二人擠身在木屋裡。屋裡有一桌二凳，桌上擺兩盤醃菜，木壁邊有一只爐子燒著小火，煮著一壺濁酒。

「寒天宮偏僻，臨時找不到什麼像樣的東西招待。」

「居士多禮了。」

青鳥斟了兩杯酒，與黃巾男舉杯相敬。黃巾男仰頭飲盡溫酒，酒味辛辣，令人大呼過癮。勸完酒，青鳥嘆道：「想不到一年前，『百輪轉』就已經預料有這麼一天，佈下此計。」

「社長有勇有謀，聯合朝野精忠之士，兵多將良，上應外合，形勢大好。」黃巾男又連灌數杯溫酒，身體暖和起來，臉上顯露出酒意，「居士賢明，擇我等『百輪轉』這根良木來棲，他日一統江湖，社長必定器重您。」

「這是當然，不過，」青鳥拱手遜謝，「還要仰賴你們，眾志成城。」

「小的不敢當，必然盡我微薄之力。但願居士也別忘了為我等美言幾句。」

「好說，好說。」

接下來青鳥又大大的敷衍了黃巾男一番，連連勸酒，滿口恭維，哄的黃巾男滿臉得意喜色。這時，青鳥問道：「雖然眼前形勢大好，但憑兵多將良，還不足以掃蕩江湖諸幫吧？畢竟江湖人也不是吃素的。你們應該還留了一手，可不是？」

黃巾男笑道：「這是當然。」

「這半年來，我輾轉聽到一些消息。」青鳥又問，「關於祕密武器的消息？」

黃巾男上下打量青鳥，笑意更深了：「居士果然厲害，連這也給你打聽到了。」

「這麼說，祕密武器是真的？」青鳥抬起眉毛，吟哦不已，「這可是橫行中原的利器。甚至雲樓傾盡全幫之力，都抵不過它。」

「我們張羅這批武器，花了三年功夫，很快就會知道它的厲害了。」黃巾男拎起那袋舊圖，「百輪轉有了這武器，又得掌握龍脈密道全貌，一年之內，不夜以東，將軍以南，都將是囊中之物。三年之內，我等必會一統江湖！」

「說得好！」青鳥豎指喝采，「由百輪轉統領江湖諸幫，江湖勢必渙然一新。當今無論朝野，都聽雲樓和無心門的，宛如一灘死水，了無生氣！」

「這全是因為雲樓謀逆得逞！」黃巾男臉色一沉，「當今皇帝資質平庸，全因雲樓的陰

謀，才得上位！現在朝野上下都充斥偽君子，遮蔽皇上耳目，任雲樓予取予求！否則朝廷又何必給空虛禪師搞個『護國大法師』的頭銜，說什麼世道表率的好聽話？根本就是給雲樓一個罷黜百教的名義！」

「確實，雖說江湖上是百教齊名，可是只有一宗得入主霜嶽大典。」青鳥點了點頭，「一山向來不容二虎，朝廷既尊崇護國大法師，自然就沒地方容得下我等道家子弟。這些日子我便過得挺艱難，想來神君大人也不容易。」

黃巾男聞而慨嘆，但臉色旋即轉鬱為喜：「不過，時運變了。空虛禪師命在旦夕，一旦這和尚死了，就可用『護法不力』的罪過，在朝廷先參他雲樓一筆！」

「慢著？空虛禪師還年輕啊？怎麼可能就這樣死了？」

「這也是不外傳的消息。」黃巾男壓低聲音，「空虛禪師身中劇毒，估計活不過今晚了。雲樓樓主和兵府少主百般壓住這條消息，但遲早要傳出去的。」

「這消息可是真的？」

「就算是假的，也要給它弄成真的。」

這「弄成真的」四字，意義深遠。青鳥聞之不禁揚起眉毛，兩眼朝天花板望去，須臾，視線慢慢落回黃巾男身上。

「就算如此，朝廷如今尚給雲樓派系把持著，百輪轉要如何說動言官，上達天聽？」

「自然是靠挺有力的門路，前些日子的大漠血案，也是利用這條門路，差一點就拉下疾風鏢局。」黃巾男連飲數杯溫酒，大吐酒氣，「詳細情形我也不清楚，只知道一旦扳倒雲樓，罷黜佛門，就要輪到我們神君大人當道！咱們百輪轉，神君道，可比那些吃素念經的和尚厲害多了。兵府老太爺，退隱多時，年歲已高，全靠神君仙丹加持，才吃得下飯、走得動路，試問那些和尚又幫了老太爺什麼？如今老太爺深信神君，甚至哪天入我『神君道』洗禮，也是必然之事。」

「兄弟說的有理，什麼命運、傲寒雙教、護國法宗，這都過去了，如今，正是神君當道之時。」

「就是這個意思！」黃巾男喝的滿面通紅，說起話來更無以忌憚，「今天是流雲老太爺，有朝一日，朝廷諸臣，甚至皇上，都將信奉『神君道』。此外，宇文承峰既死，有神君大人為我們撐腰，百輪轉必將取代宇文承峰，執掌流雲府的臨湘兵權，您想，這會是一股多強大的力量！」

「如此一來，江湖諸幫，甚至是雲樓和無心門，也要對百輪轉和神君道忌憚三分。」

「豈止忌憚三分？江湖諸幫，實力最強的不外乎雲樓和無心門。無心門且當別論，雲曦迴雁樓，很快就要沒了！」

青鳥聞之不免一驚：「雲樓將敗？此話當真？」

「當然！」黃巾男將身子湊近青鳥，悄聲道，「雲樓靠的就是臨光和雲樓樓主，而臨光再活不了多久！死了護國法師和臨光，雲樓豈能久活，雲樓敗了，無心門又怎能獨存？」

「臨光可是往昔三妖之首，江湖聞名的萬人敵啊！要如何殺他？」

「那都是江湖人的誇大之詞。他們終究是人，怎麼可能敵得過真正的萬人敵？」黃巾男獰笑道，「據說一個月前，神君大人從『百輪』中拔擢近百人，賜予三丹七藥，獨得超凡仙力，聽說光是憑一人之力，就足以夷平一座城池！」

青鳥瞪大了眼：「我從未聽說過這事？」

「這可是機密要事。」黃巾男道，「有這三樣神兵利器在身，拿下兵府軍權和臨光的性命，亦非難事。我百輪轉霸業，就此開展，如果此刻由我引薦居士，入『神君道』，那是再好不過了。」

「好說，好說，我早預料百輪轉就要時來運轉，今天看來果然『慧眼識英雄』。」青鳥舉杯又敬黃巾男，「可是，即使百輪轉於我有恩，我也為百輪轉盡了不少力，但要我捨棄本道，我可辦不到啊！」

「假如居士入我神君道，神君大人必定重用你，甚至讓居士主持朝廷霜嶽大典，也不是不能談。」

「聽來頗動人，可惜，我行我道，此生不渝。」

「既然這樣，社長另有交代。」黃巾男沉了聲音，「他說『如果居士不識相，只好對不起他了』。」

「買賣不成仁義在，社長又何必如此絕情？」青鳥冷哼一聲，「況且，就憑你？」

「居士欺我酒醉，但，我好歹也有點修為。」

說罷，黃巾男沉聲一哼，自丹田運氣發勁，臉上酒色迅速褪去，酒氣化作水汽，自指尖凝結滴落。

青鳥微微揚起眉毛，說道：「原來你也懂蓄氣凝水？看來我低估你了。」

「居士，現在還來得及。」黃巾男冷笑一聲，「等我舉起手來，外頭人馬就要闖進屋子裡，到時就來不及了。」

「那也要你舉得起來。」

黃巾男聞言一怒，意欲揮臂，卻驚覺自己不知何時給痲痺了身子，不得動彈。

他忽地頓悟：「這酒有問題！」

「只是摻了麻藥，瞞住你的五感，阻斷手腳知覺。」青鳥自己又飲了一杯酒，「要你察覺不到外頭動靜。」

正說著，房門開了，黃巾男回頭一瞥，嚇得從椅子上跌下來。開門的是曲無異，臉上慘白無血色，細瞧原來是畫了一副「大體妝」，畫工精巧，出自青鳥之手。她手上還拎著一串

人頭，像串粽子似的，正是外頭把風的一干百輪轉同夥。

黃巾男驚怒交加：「妳沒死！」

「我還有好幾年可活，」曲無異冷笑道，「倒是你，」

話未說盡，曲無異一把將人頭串甩到黃巾男身上，又一個邁步，甩出鎖鏈，打碎黃巾男的頭蓋。

「就要死了。」

黃巾男隨一道血泉倒地，抽搐幾下，再無動靜。曲無異攙扶著青鳥離開木屋，又把黃巾男等一干死人拖進木屋裡，順手一把火燒個心清氣爽。

為了取信於黃巾男，青鳥也喝下不少杯毒酒，此刻凝望烈焰衝天，靜坐調息，待藥性退減。

他忽開口：「曲姑娘，妳也太心急。」

曲無異漠然回應：「我本來就不認為，從這小角色口中套得出什麼機密。」

「多少問得出一些話，那個萬人敵，就是頭一次聽說。」

「萬人敵……曲無異欲言又止，「沒什麼，或許我多想了。」

話既說到此，青鳥也不追問。倒是曲無異轉而自忖，現在情況非比一般，宜坦然交換情資，以示誠意，於是又道：「當流雲飄蹤執掌自家府務時，米亞神君亦為老太爺做事。米亞

假老太爺名義，私運軍資進自己府庫，一點一滴，累積自己勢力，這幾乎是兵府和雲樓之間公開的祕密。我看，流雲飄蹤幾度想根治這處『隱疾』，但礙於老太爺的態度和面子，不好明明白白的『做』。」

「做？」青鳥打斷了話，「怎麼個『做』法？該不會？」問著，他用指尖抵住喉嚨，畫了一痕。

曲無異道：「流雲不是那種人，但他必會設法將那一班『神道』抽離兵府。那廝說的萬人敵，或許就是個機會？」

青鳥深為困惑，曲無異解釋道：「近日來，臨湘有此一說：六大幫為老太爺祝壽的生辰禮，有七十二樣舉世難得的上等藥材，據傳這批藥材也給米亞剋扣一份下來，合出一帖九轉仙丹，並拿他自己的私兵來試藥。剛才這廝所說的萬人敵，或許和此事有關。即便兵府老太爺再怎麼袒護這個神棍，連六大幫的禮物都敢私吞，這事可大大損及老太爺的顏面，他總不能再護短了吧？」

青鳥問：「但是，此事沒有證據吧？除非那個萬人敵自曝身分。」

曲無異搖首以應。

青鳥感到體內的毒性退的差不多了，伸展身子道：「既然是兵府的事，就該問守在閣裡的宇文老弟。」

於是兩人放著火場繼續燒著，打道回閣，短短路上不曾再說過一句話。青鳥心中有千百條疑慮，除了萬人敵以外，還有「祕密武器」一事。

百輪轉為了鏟除雲樓和無心門，費了三年時間，私募一支部隊，握有某種可震撼中原版圖的「祕密武器」。這是青鳥早輾轉打聽出來的消息。

但那黃巾男死前不慎洩露：「三樣神兵利器在身……」，顯然祕密武器除了「萬人敵」以外，還有兩樣？

＊　＊　＊

龍虎山北麓，深林之中，有一處奇境。乍看之下，那是個躬耕邊陲的隱士居所，一間矮房，從外牆到屋頂，漆上濃淡不一的綠，屋外良田幾畝，綠草茵茵，彷佛世外桃源。若非熟悉當地，恐怕都料不到，這間綠得毫不起眼的宅子，竟是奇兵院本部所在。

自流雲府大漠宗祠發生事故起，已過了五天。夜半三更，北方的古佛寺殺氣四伏，不夜城笙歌猶盛，而在這深山的宅院中，只有零星蟲鳴烏啼，伴著坐鎮中央的洛湮。他獨處某間小書房，毫無睡意，獨坐燈下，攤開地圖，備好筆墨紙硯，不疾不徐，寫下幾紙要點，方才擱筆起身哈腰，捏住酸澀眉頭。

洛湮此人行事低調，來歷卻不簡單。洛氏乃龍虎山一帶的中原大姓，為了避開械鬥威脅，帶領家人躲藏在山麓一帶，搭蓋草廬，名『穗落堂』。洛湮年紀輕輕便得長老洛子鋒推

薦，入主堂務，白天與族人一同務農，入夜則博覽群書，並私著十來部書傳世，內容廣泛，從農法、兵法，到小說雜學皆有之。短短時間內，洛湮和穗落堂的名聲傳遍龍虎山一帶，不少受械鬥之苦的顛沛百姓人家，不分族氏，紛紛投靠洛湮，洛湮一概廣而納之，春夏耕作，秋冬講學習武，練出了一支足以自保的民兵。

日後，洛湮的名聲傳入龍虎山，自在莊和蘇家觀皆遣使造訪，意欲將洛湮的這支民兵納入門下。洛湮最後選了蘇家觀，率一夥族人親臨久陽宮，拜蘇境離為師，行奉茶禮。當劍青魂離開蘇家觀後，四處召募能人志士，創奇兵院，流轉在龍虎山一帶。蘇境離求洛湮助劍青魂，於是洛湮以穗落堂主的名義，大開洛家大院，收留奇兵院生，穗落堂的草廬，就這麼在劍青魂和洛湮聯合授意下，逐步擴張，最後成了奇兵院的本部，而洛家民兵便是鎮守本部的主要部隊。

劍青魂日前往不夜城出發前，將本部的守備托付給琋月幻華和邀遊，然而暗地裡，他托付洛湮擔起全院的防守工事。洛湮當下極力勸阻劍青魂，但劍青魂婉拒道：「我知道你在擔心，我和你一樣，相信不夜城會出大事，但正因為如此，我更要去那裡。」

而今，琋月幻華和邀遊亦前往不夜城，守備本部的重任，完全落到洛湮頭上。他多年前就明白，背負他人賦予的責任是多麼沉重的事，現在更是體會深刻。

這時有一道身影竄過，洛湮眼尖，招呼道：「慶熙，進來吧？」

那人便入堂拜見洛湮，原來是穗落堂外姓弟子許慶熙，問洛湮道：「堂主，晚上來的自在莊訪客，該拿他們怎麼辦才好？」

洛湮答道：「當然是好好招待他們幾天。」

「可是自在莊和蘇家觀的關係不好，更別說奇兵院了。」

「可是這個節骨眼，能少一個敵人都好，能多一個朋友更好。」洛湮道，「何況，來者是自在莊的大莊主和三莊主，好好款待他們，對我們有益無害。順便套問看看，另外兩人去了哪裡？」

「兩人？」

「他們此行應該有六個人，還有兩個下落不明。」洛湮用指尖點著地圖，「按這速度，這兩人或許在破曉前，就能抵達古佛寺？他們是誰？有什麼目的？」

說罷，洛湮雙手倚著下巴，蹙眉自忖：「罷了，其實這都還不打緊。我現在更擔心，不夜開戰在即，院主大人，能否全身而退？」

＊　＊　＊

柳畫眉在不夜城住了好一陣子。她的出身是一團謎，有些姿色，平日穿的一身豔紅，商借來一輛牛車，搭成一間烤鳥攤子掙錢。她的人緣頂好，生意穩當，自忖平生不曾做過什麼傷天害理的事，但是壞事終究找上她來。

晨光乍露，該是一天生意開始的時候，她前一晚聽說雲樓在中城大宴三天，心知這是個攬生意的機會，於是四更天就起個大早，準備周全，趕著牛，拉車到北門進城。她如果想得周全一點，就會發現不對勁：入北門便是中城，乃不夜首善之區，為何她能如此輕易過關？

到五更天，天色微亮。隨著曙光乍露，不夜城的燈火逐漸熄了，徹夜尋歡的遊客們也都倦了，就連城內的守備，也熬不住連夜的任務，一個個都面露乏色，心不在焉。

這是不夜城入睡的時刻，也是不夜城最脆弱的時刻。

一開始是打更的更夫，注意到有支數量龐大的馬隊，自城門魚貫而入，卻不見守備將士攔阻。他正要呼喊，背後有人一刀劃開他的喉嚨。

他們是嘯聚不夜一帶的山賊群，三、四個寨子，共有數十騎精銳，多日前便聯手欲掃劫不夜城，但苦無一個偷襲的好機會。今早，機會來了，他們靜候城門大開，衝入城中，旋即熟練地分兵多路，大搶四方，沿途的成排賭場、酒家，無一不能倖免，山賊但經一處，立馬砍開大門，見人就殺，見錢就搶，搶完了就燒房子，轉戰下一戶店家去。

甚至有一路人馬，發現了逃難時落單的孩童，二話不說便綁起來，套進麻布袋裡，盤算著日後賣到「人販子」撈一筆錢。

「叮鈴。」

忽然傳來一陣莫名鈴鐺聲響，這一路綁匪聽聞鈴聲，個個像點中穴道似的停住身子。

九笙嬌小身影從暗巷浮現，手持一串銀鈴，「叮鈴、叮鈴」連搖數聲。

「等會。」

九笙打開麻布袋，放出餘悸猶存的孩子，笑著輕拍他的背，安撫他，牽著他躲進一間破敗的荒屋裡避開戰火。將孩子安頓好了，九笙方走出屋外，令山賊道：

「行了，死吧。」

九笙語罷，匪徒就好像發了失心瘋，個個拔刀砍上自己的頸子，頓時噴血如湧泉，斷氣身亡。待最後一人也斷了氣，九笙避開四處橫行的賊眾，攀上城東最高的一間華宅，居高臨下，俯瞰城中。

是時不夜城烽烟四起，環望八方皆可聽到呼救哀號聲，守軍匆匆趕來，尾追山賊不止，卻追不上四處橫行流竄的匪徒，還不時得停下來搶救失陷火海的店面，這些店家盡歸不夜城的幾個豪紳所有，救漏了一處，日後可有的麻煩。至於城中的江湖人，泰半早喝得爛醉，有的被喊聲驚的翻下床來，照睡得不省人事，有的慌忙下樓，還來不及拔劍，就被山賊的大刀給砍倒。於是就在半短不長的半個時辰間，山賊竟如入無人寶地，大舉肆虐不夜城。

九笙環望這修羅沙場，嘴角間竟浮起一抹冷笑。

然而此刻，局勢忽現變化。西城門外揚起陣陣塵土，九笙細眼遠望，隱約見一少俠，風塵僕僕，雙手拖著一柄丈長巨劍，宛若一尾巨龍，挾著衝天怒火，拔山震地，衝向不夜城！

據守西城門把風的零星山賊，見城外少俠來勢兇猛，絕非友軍，趕忙關起兩扇八丈城門，少俠奔近城外二十尺處，大喝一聲，奮力一躍！

剎那間，但聞驚天巨響如轟雷，煙石砂屑齊飛，少俠手中巨劍揮掃出一輪熾陽烈焰，劈開百石重的城門！山賊連忙亢聲招呼鄰近同夥，撇下賊贓，朝城門聚攏過去。細看少俠臉白唇淨，一張瓜子臉透著紅暈，喘著氣，睜一雙杏子眼怒視群敵，毫無懼色。敵軍一眾惶然相顧，竟未有一人發覺，這少俠正是雷皇日月！

這時有把聲音嘶喊：「怕什麼？他只有一個人！」喊罷，四個壯漢應聲而出，手拿銅環刀，從四方包圍日月，迎頭一齊揮刀，刀勢快如脫兔，眨眼間就要將日月柴劈成碎片！日月不躲不逃，揮動巨劍，但見劍芒隨一聲虎嚮，舞出一輪明月，將四把大刀，連同四個山賊一起斬斷！山賊腰身斷成兩截，立著的半截身子血沖三尺，灑落漫天血花，點點綴在日月的玉顏怒目間！西門賊眾見狀不妙，慌張沙散四逃，日月毫不留情地追擊，以往的溫雅柔和，在此刻蕩然無存。

這時，後方又來三名少女，追上日月，正是昀泉三司姬。為首的容纓嬌斥道：「哥哥你傻了！你還被官府通緝，幹嘛回頭救城？」

「我不要緊，救人要緊。」

繆箏、末祤跟在容纓背後，連番喊道：「光是我們幾個，要怎麼救一城的人呀？」「追

兵還在後頭，快趕上咱們了呀！」

「我就是要他們追上來。」

原來日月遭宇文家追捕，在三司姬相助下逃出不夜城，宇文私兵不顧一切，拉著城門守軍一起追了出去，不夜城防務漏洞大開，這才讓山賊有機可乘。日月逃了一夜，待天微明，回頭驚見不夜起了烽烟，遂不顧一切，回頭馳援。他心知宇文家兵在後頭緊追不捨，將計就計，欲令宇文軍尾隨他重回不夜。宇文私軍果然趕回西門，兵分多路，本欲揪出日月，然而城西各路山賊見宇文軍闖來，只道是官兵圍剿，紛紛拔刀對殺，這批私兵只得拋下日月，先攔殺各路山賊，順便助官兵撲滅火勢，穩定戰局。

當城西戰況初露轉機，城南也起了變化。疾風鏢局來了數十名精銳之師，兵臨城下，徑自闖開城門，由一青年俠士領軍高舉大旗，旗幟大書「疾風鏢局」四字，字質樸實，筆鋒滄茫。

此俠揮舞大旗，亢聲高呼：「疾風四龍，青闕在此！」原來是「疾風四龍」之首，青闕，以一把夏宸家傳寶劍為己名號，自許化為疾風鏢局的一把絕世好劍！

青闕令一眾鏢師兵分三路，中路接過鏢局大旗，固守城門，左右兩路佈長蛇陣，化作兩條銀蛇，蜿蜒在城南巷弄間，狩殺惡賊。青闕自當左路蛇首，一遇上洗劫店家的敵軍，便親冒刀光箭雨，俯身衝入敵陣，其步法之快，竟教敵軍只得見其手舞劍影，飛快鋒芒點點耀

眼，似片片銀鱗，彈開兩側山賊殺招，穩住自軍長蛇陣，令「蛇身」在兩軍對陣交攻之際，穿梭無傷，衝破敵陣數個大洞。敵眾守陣一被破，便任由長蛇陣逐一分圍，縮陣圈殺！盤據城南的賊軍不下百人，竟然就這麼被疾風鏢局的人馬各個擊破，僅存三兩餘眾散逃別處。

待鏢局平定城南賊患，忽有三人昂首闊步，朝中路守備迎面而來，原來是夏宸、神疾風，以及奇兵院主劍青魂！青闕令二路蛇陣回師城門，齊向夏宸抱拳行禮，這時神疾風朗聲道：「雲樓臨光老祖，在中城宴請四方豪傑，如今被賊軍圍困，我鏢局當率師解圍，護善鋤惡，名揚中原！」

待神疾風說完，青闕不顧自己剛打完一場街巷惡鬥，奮起而道：「青闕不才，受封四龍之首，願為此戰前鋒，光我鏢局之威名！」

夏宸好言嘉許青闕一番，命他領一隊精銳開路，神疾風則於後方指揮，浩浩蕩蕩，往中城馳援去。至於劍青魂，他隨鏢局隊伍走了一會，忽然一個側身轉入暗巷，旋即不見蹤影。青闕轉頭用眼角餘光見了，納悶不已，神疾風低聲提醒他道：「別在意，救援要緊。」

此時的城西山賊為日月和宇文家兵所破，城南則有疾風鏢局坐鎮，而城東也出現好幾批江湖人，這些江湖人本入宿城東旅店，從凌晨偷襲中逃了出來，身覆傷勢，輕重不一，不知所措時，忽然見一名郎中迎面而來，背後還跟了一位高大保鏢。郎中打開懷裡的藥匣子，柔聲道：「這裡有傷藥和內丹，各位好漢盡管取用。」眾人聽了大喜，紛紛圍上去討了藥膏藥

丹。

這郎中原來是有毒姑娘，昨夜，她本留在劍青魂的住處待命，卻見疾風鏢局圍住屋子，遂與梧鴆商量一番後，暗中逃了出來，躲藏城東一帶。待天將明時，她見山賊四處肆虐，便在梧鴆的保護下，開箱施藥，援助這群遇襲的江湖好漢。一眾俠士把傷口包紮妥當，養足氣力，紛紛謝過有毒後，抽劍拔刀，三五成群，兵分城東各處，伺機反擊山賊，此時山賊經過久戰，氣力漸衰，被這麼一反擊，竟連連敗退潰散，城東的局面，就這麼逐步扭轉過來。

九笙安坐高處，見不夜城兵災俱已逐漸平息，長歎一口氣，起身正要離開，背後忽傳來一把低沉嗓音，冷問道：「妳這清倌人，坐這麼高，不怕摔下來？」

九笙回頭一瞧，果然是劍青魂，見他久病的雙腿微顫，不禁冷笑一聲，反問道：「難為院主大人，爬這麼高，不怕腿軟？」

「伶牙俐齒的，看來妳不是普通的清倌人。」劍青魂又問：「我有好些話要問妳，且看妳怎麼回答。」

「院主但問無妨，然而小女子見淺識薄，怕是沒什麼可奉告的。」

「那就先問妳，雖說不夜城一夜門戶大開，但周圍的賊窟理應沒這麼快就發現，顯然昨晚有人出城，通風報信。」劍青魂問道，「我知道妳昨夜到過寒舍，之後久久下落不明，去了哪兒？」

「難道您以為，是小女子招來的山賊？」九笙嘴角微咧，「小女子何德何能，能隻身入城外賊窟，又全身而退？況且若真是小女子通風報信，既知城裡危險，又何必回城？」

「城裡陷入危險，妳臨危居高，坐觀虎鬥，存的什麼居心？」

「畏戰而避走飛檐間，有什麼不對呢？難道院主大人竟要一名嬌弱少女，赴那殺場送死？您的心好狠！」九笙故作嬌嗔，反問劍青魂道：「倒是您，剛才見您與疾風鏢局為伍，陣前脫逃，又打的什麼主意呢？」

「說的挺有理，卻沒有半句真心話。」劍青魂冷道：「看來昨晚將我們師兄弟的脫身大計，托付給妳，真是大意了。妳是這裡屬一屬二的危險人物。」

「承蒙院主大人抬舉，」九笙如銀鈴般輕笑，「但您太高估我了。」

「我從不低估任何人，」劍青魂舉掌，邁步踏前，「尤其是可疑之人。」

「我也是。」

說罷，九笙從袖中拿出鈴鐺，叮鈴一聲，劍青魂竟乍然止住了身子，神情茫然，如同剛才的那路綁匪一樣。

「雙手掐住自己脖子，」九笙獰笑，「死吧！」

劍青魂猶如傀儡，雙手握住自己的脖子。

「停，慢著！」九笙忽然制止他，「先交出青皮冊來。」

劍青魂便掏出懷中一本青色小冊子。九笙又令道：「放下冊子，然後走到屋簷邊。」

劍青魂聽令，放下青皮冊，一步一拐，走向屋簷。待他遠離，九笙方才安心向前，彎腰拾起冊子。

「好，跳下去。」

劍青魂聞言，奮力一躍，自側面撲向九笙！九笙大吃一驚，迴身不及反擊，就迎面和劍青魂撞個正著！劍青魂用他高大身軀，傾盡全力推抵九笙，將她壓制在另一端的屋簷邊。

九笙被制住咽喉，啞聲怒問：「你，沒事？」

「差那麼一點，就著了妳的道。」

劍青魂臉上掛著笑，喘著氣，右手輕拍涔涔流血的大腿，痛得皺起眉頭。原來劍青魂一瞥九笙的銀鈴，驚覺不妙，情急之下，竟以掌尖刺入後大腿，險乎刺斷動脈！這深刻的痛楚，令劍青魂得以回神，不受幻術所控制。惟他自知腿傷不能久立，更遑論久戰，於是假意中了九笙的招，順其擺佈，待九笙鬆懈的一瞬間，奮力反制，一舉成功！

九笙卻不放棄，一咬牙，右手奮力掙脫，從腰邊抽出一把銀色短刃，猛然刺向劍青魂的側頸，拼最後一博！可惜劍青魂快了一步，後發先制，起身閃過殺招，左手順勢反掌一揮，拍中九笙右腕，痛的她悶哼一聲，鬆了手，讓手中銀刃自樓頂落下。

「噫！」

九笙掉了銀刃，竟不顧劍青魂，慌張掙扎轉身，伏身尋找銀刃蹤影，惟下方街巷正遇上兵賊兩方交鋒對決，此來彼往不可細看，只見得銀刃閃過一點餘光，隨即消失亂軍潮中，不得其蹤。九笙失去銀刃，咬牙閉眼，悲不能言，這般懊惱神情，是劍青魂從未見過的。

劍青魂退開三、五步，撕下衣擺，紮住大腿傷口止血。在最後一瞬間的攻防中，雖然只是匆促一瞥，劍青魂自認已看清了那把短刃樣式，須臾間，他腦中有千百念頭繚繞閃逝，儘管只是片面猜測，但他大概明白了九笙的來歷。

「桃花紋，」劍青魂姑且試探一問，「『天下總攻』？」

九笙聞言不答，悠然起身，背對劍青魂，癡然望下五層樓高的地面。

「別尋傻。」劍青魂見九笙神色不對勁，忽然勸她道，「東西掉了，還找得回來。人死了，如何復生？」

九笙徐然迴身，空洞眼神望著劍青魂，嘲諷的笑。

「誰想尋短了？」九笙雙唇微微顫著，「還沒看到你毀滅前，我不會死。」

說完，九笙一個翩然翻身，雙足交錯連點，蹬著高牆順勢而下，消失在劍青魂眼前。劍青魂腿傷加劇，欲起不能，乾脆盤坐屋頂上，環望四面烽火，悵然若失，時而長吁不已。

這時，不夜北端的中城，傳出一陣巨響！劍青魂心頭一驚，知道那聲響是中原難得一見的奇兵器。

「夷火槍？」

他轉頭望向響聲來源，竟是臨光大宴的酒樓，不知何時，整棟酒樓已陷入熊熊火泉，且隨著第二陣火槍響聲，轟然垮下！

待殺聲逐漸平息，劍青魂勉強站起身子，想看得更清楚一些，卻在重重濃煙外，發現一點豔紅身影。

＊　＊　＊

話說柳畫眉甫進城，遠遠聽到遠方陷於殺伐聲中，心裡明白：今天的生意全完了。她正要回頭出城，驚聞一連串細碎步伐聲，暗叫不妙，情急之下，找到個隱密處，藏好牛隻和一車生財工具，躲到不遠處的隱巷暗角，不敢動談。

步伐聲來自一支比山賊更加兇險的伏兵，人數近百，訓練堪稱良善，行蹤幾近無跡，一個個短兵輕裝，前三排身背長弓和箭袋，每支箭頭都包裹了燈油布，顯然是做火箭用，後七排身背一只長袋，不知裡頭裝了什麼東西。隊伍潛行到臨光開宴的酒樓，自二十尺外團團包圍，於四面佈下方陣，弓手列前，靜候信號。

忽地，領兵隊長猛然舉劍，四面弓手遂齊一點燃箭頭，舉弓架箭。

「射！」

隊長手中寶劍向下一揮！四面弓手一齊向酒樓射出一波又一波火箭，不一會，整棟酒樓

便陷入火海。

「火槍上前！」

後兩列士兵解下長袋，裝的竟是漆黑發亮的長管火槍！第一列火槍兵整備完畢，聽令上前，舉槍瞄向失火的酒樓，第二列塞藥填彈，預備在後。

「有逃出來的，就射！」

火槍兵屏氣凝神，槍口齊指熊熊火場。但有目標，惟殺無赦！

豈料火勢猛烈，眼看就要將整棟酒樓給燒垮了，卻不見半個人影竄出。領兵隊長不禁納悶：「奇怪啊？難道他們全死在裡面了？」

忽然，隨著一聲巨響，火槍兵腳下的地竟然裂開一口巨大的坑，火槍兵陷入坑中，驚恐之餘，不慎擦槍走火，連番巨響後，有十餘人給打出好些個窟窿！隊長急攀在坑邊，驚駭得臉色慘白，喊道：「別射！穩住！」

一道潔亮衣帶纏上隊長的頸子。

「咦？」

領兵隊長未及反應，身子便落入坑裡，頸上人頭則飛了出去！

坑邊多了一名衣潔光鮮的男子，居高臨下，像貓兒戲弄獵物般的，笑盈盈的俯瞰坑下。

幾個熟稔世道的老手驚喊：「是臨光！小心！」

男子正是臨光！眾軍料想不到，臨光竟先一步逃出酒樓，設下陷阱，反坑陷這批精銳。眾軍更料想不到，臨光竟翩然躍下陷阱，一身光潔白衣，兀立兵甲之間，格外耀眼。

眾軍見臨光忽落在眼前，立馬揮起手上長槍便打。臨光身處敵陣中，負手在背，怡然不亂，待敵軍揮槍的那一瞬，竟忽地沉身一躍，翻上二丈高，眾軍的槍桿子收不回，就落在彼此同志的腦袋瓜子上，霎時，又是一陣血光四濺，哀嚎震天。臨光趁敵勢大亂，凌空甩下手上衣帶，畫一周圓，連頭帶盔，像斧砍蜜瓜般地削成數瓣。

臨光冷笑道：「『百輪轉』，果然是你們作亂。」

百輪兵這時死傷大半，潰不成陣。倖存的驚怒交加，朝臨光狂呼：「不可能！你是何時逃出來的?!」

原來四更天時，合歡聖女玉璇璣回到宴席，找出臨光，附耳交代蘇境離的留言：「火槍入城，請老祖小心。」臨光當下不動聲色，謝過玉璇璣，並懇請她聽計行事，聯手制敵於先。臨光再三保證：「那些要加害我們的，也不會放過你們，但他們不知兵家要領，我們合作，可令他們死傷慘重，而我們的死傷會極其輕微。」

玉璇璣信了臨光，將合歡弟子的性命托付給他。於是臨光不動聲色，暗中囑咐雲樓幫眾，連同一班壯碩可用的合歡弟子，將一個個醉得不省人事的賓客們，全拖進酒樓的地窖，這地窖空間寬闊，且有數條連外密道，通往三兩間荒屋中。臨光僅留下三五個步法矯捷的幫

眾，緊閉門窗，點亮燭火，用紙偶詐作人影，假裝宴席主客仍在酒樓中作樂，至於其餘可用人馬，則埋伏樓外方圓五十尺至百尺不等處，準備從外頭反圍住敵軍。臨光又在地窖天花板埋了火藥，可自引線點燃，做為陷阱。待一切部署妥當，他便自地窖密門遁出，屏除氣息，靜候來敵，當百輪軍一心都放在酒樓上，他便伺機突襲。

臨光翻身空中，大殺一陣後徐然落地，失火酒樓此時轟然垮落，而四周街口和簷頂，忽然冒出數列百輪援軍，拉弓持槍，無視陷阱裡的友軍，瞄向臨光，亂箭火槍齊發！臨光淡定施展身法，左挪右騰，閃避漫天火力，翻入一所空院子，藉矮牆掩護身形。

然而就在這時，一團黑影由天而降，巨掌一劈，轟隆一聲，矮牆劈成兩半，磚石亂飛！虧得臨光早一秒驚覺殺氣，蹬牆而走，避掉殺招。

突襲臨光者，乃一名十尺大漢，百輪軍見之大為振奮，齊聲高喊：「萬人敵！萬人敵！」

臨光還不及細細審視對手，遠方再度火彈齊發，他不得不連逃帶躲之際，和眼前這高大的「萬人敵」周旋。不一會，數十名同樣的十尺大漢，紛沓而至，一看到臨光便「噢啊啊啊」連聲嚷著，亂拳揮向臨光，臨光挪騰身形，信步閃避，邊觀察這些惡漢神態。他們樣貌無異於凡人，骨骼亦無精奇之處，惟滿身赤肉鼓脹，如燒紅的炭塊，發散著蒸騰霧氣，紛紛用吊白三角眼狠視臨光，嘴角流涎，嘎嘎咬牙作響，精神異常。臨光心知，此乃強逼俗人服

用過量丹藥所導致，暗自思忖道：「原來傳聞兵府失竊的仙丹，全用在這些怪物身上！」

臨光連番閃避這群萬人敵的亂擊，乍看落居劣勢，豈料這時樓頂忽傳出連番哀號，原來伏兵背後又有另一批伏兵，正是陸仁賈領著雲樓幫眾反擊，把疏於顧後的百輪兵一個個推墜下樓，頭破頸折而亡。街口也傳出殺伐聲，但見多路援軍，高舉「疾風鏢局」大旗，正是神疾風和青闕來援，欺身抽刀，把不善近戰的弓手槍兵一個個剁下來！

神疾風見臨光正與數十名怪物交手，且戰且避，遂喊道：「總鏢頭的大弟子，居然在陣前玩起躲貓貓！」臨光朗聲回道：「來得是時候！幫我除掉火槍兵，這大傢伙交給我來！」

正說著，他忽然感到背後起了另一股殺意，又一怪物從暗處殺出，一掌拍向臨光的天靈蓋！

臨光迅速轉身回防，不及打出緄帶，索性順勢旋臂揮掌，

「啪！」

兩掌打個正著！

＊　＊　＊

夏宸坐鎮南城門，遙見中城火起，心知戰況有變，連忙把防守任務交付幾位資深鏢頭。臨行前，鏢師苦勸道：「戰局正亂，起碼帶幾個護衛跟著您。」但夏宸執意隻身往北，一來考慮南城須留多些人馬防守，二來不想讓鏢師拖慢了自己踏梢疾行的步法，情願隻身快步，

能早一秒去救人也好。

然而夏宸正要動身，卻又停住腳步。鏢師問：「總鏢頭，怎麼了？」

「有聽到嗎？」

幾個鏢師豎起耳朵，緊蹙眉頭，面露困惑神色：「似乎是砲聲？」

「對，從南方傳來的。」

「可是這砲聲陣仗不小，怎會在這出現？又是要對付誰？」

夏宸握緊雙拳。

＊　＊　＊

砲聲來自不夜南方，古佛寺北的隘口。此時此地，羽家軍和明教軍雙方的戰事，又起了出乎意料的變化。

遠在山腰觀戰的商家少女虞煙，看得呆了，脫口驚呼：「怎麼會？」

她看到的，先是羽家軍一展盛壯戰力，震懾明教眾軍，大將風潔綾為挽回士氣，求一對一單挑，占上風的十二羽竟一馬當前應戰，背著晨光，笑對戰場，儼然不把風潔綾的武功看在眼裡。笑望亦自思忖道：「天時地利人和，都在十二羽這邊。對手顯然不擅長馬上槍法，是人和，戰場平坦適合騎馬戰，是地利，十二羽背光面西，迫使敵將逆光而戰，視線受阻，是天時。」

觀台這邊正說著兵理，戰場那邊已開戰，風潔綾意欲先發制人，直指要害，舉起銀槍就戮，可惜受晨曦逆光干擾，連發數招，都是不成章法的瞎刺，十二羽從容應變，見招拆招，一次次架開攻勢，風潔綾徒費氣力，心急氣亂，奮力一衝，刺了個空，勢盡收不回，罩門大開，給十二羽抓準這瞬間，一槍掃向側胸要害！風潔綾慌忙間，先一步順勢翻身，避開這招掃槍，卻幾乎要滾下馬來，多虧她尚稱熟悉馬性，身落馬側，仍抓得緊繮繩，狼狽逃開，見十二羽不追擊，方才勉強迴身上馬，重整態勢，然心中餘悸猶存。

「哈！哈！」

羽家騎兵正要大笑助陣，十二羽揮槍制止，抖擻槍尖，殺向風潔綾！兩把槍尖屢次擦出閃爍火光，然而風潔綾交手不過又數招，便顯露出頹勢。但見黑槍刃光益發綿密，一面逼退銀槍，一面斷風潔綾的退路，旋即十二羽大喝一聲，彈開銀槍，令風潔綾二度中門大開，十二羽見機不可失，舉槍便戮！風潔綾心知這招再避不了，竟置之死地而求生，奮力傾回身子，策馬衝進十二羽！

眼看十二羽的槍尖就要戮穿風潔綾的胸甲，十二羽竟在得勝的前一毫秒，火速收槍退身，右腳順勢往前一蹬，踹開風潔綾。兩人再度拉開距離，舉槍戒備，兩方諸將士盡皆沉默，兩名大將也是滿面困惑。

「怎麼會，想起她來？」

十二羽在戰局中頭一回露出不悅神色，黑槍一閃，三度殺向風潔綾，這邊風潔綾卻是文風不動，神色坦然，彷彿歷經剛才生死一瞬間，在戰場上頓悟了至理？

待漆黑槍尖離對手僅剩十步之遙，風潔綾忽地策馬衝前，一口氣反逼近十二羽，十二羽驚而不慌，抽出另一把短槍護身，以單手持長槍，刺向風潔綾！豈料風潔綾竟又一個翻身，滾下馬來，與十二羽錯身而過！她以槍尖猛然柱地，撐住身子，兩人就這樣換了方位。十二羽連忙棄了短槍，跩住繮繩，迴馬向東，正好迎向耀眼曙光，無意識地半瞇雙目。

風潔綾棄馬、棄槍，賭的就是這毫微間的機會！

她使力握緊槍桿，以桿為軸，旋身回勢，踏足一蹬，先一步衝近十二羽，騰躍間，她雙手抽出腰間一對輪刃，交叉護前，令自身化作一支銳箭，撞上十二羽的胸膛！

兩道輪刃正好劃斷了十二羽的肩甲，切肉斷骨，並在他的咽喉劃開兩道血痕！瞬間，十二羽悶哼一聲，猛然墜下馬匹，倒地再起不了身！

風潔綾這捨身一擊，重傷了十二羽，然而風潔綾亦用盡氣力，四肢疲軟，給紅衣教徒攙扶著勉強起身。紅衣眾軍趕忙上前護衛，喝采聲動天地！而羽家軍眼見主帥落敗，卻是面無怨怒之色，無人指揮下，沉聲策馬，自發排下逆馬蹄陣，圍住對陣的兩名主將和明教諸軍，旋即按兵不動，靜候主將下一步指令。

十二羽僥倖逃過一死，攤倒在地上，仰望晨空，臉色竟毫無羞怒之色，喘著氣，勉強擠

出個堪稱滿意的笑容。他無視明教將士，用傷臂奮猛高舉起黑槍。待副官策馬到他身邊，奮力開口道：「東北東、三、兵馬雙。」

副官得令，立馬迴身，朗聲傳頌：「東北東！三！兵馬雙！」羽家軍聞令迅速變陣，半數棄了戰馬，扛起精鐵長盾，化作數團步兵鐵桶陣，面向東北東，肅然戒備；餘眾領著多餘空馬，分成兩路縱隊，自南北兩端，迂迴向東北方的山陵而去。

「我找到我要的東西了，在東北東三里外。」重傷的十二羽給副官攙扶著，藏身鐵盾後，提點風潔綾道，「妳們最好找掩護，真正的大戰才要開始。」

方才說罷，四面八方忽揚起漫天箭雨，落向戰場中央的羽家軍和明教軍！

十二羽拉著風潔綾躲進鐵盾下，遙指東北東，示意風潔綾。風潔綾遙望遠方山陵，不知何時出現了成排弓手，沿著山陵排成長陣，人數不下百人，拉弓舉箭，又射出一波箭雨，射的不只是羽家軍，還有明教軍。原本對陣廝殺的兩軍，現在俱陷於第三軍的奇襲而苦戰。羽家軍以鐵盾護身，勉強擋下一波箭雨，明教的紅衣兵士毫無防備，傷亡慘重，哀聲遍野。

「是米亞，還是百輪轉？他們大概對妳說，在隘口拖住我，然後他們從外頭圍殺我軍，送禪師過隘口。對吧？」

漫天血風箭雨中，十二羽笑道：「可是這些傢伙一開始，就打算連妳們一起殺了，甚至殺了空虛禪師也無所謂。我這一戰寧願敗給妳，也要保全兵力，就是為防住這招。妳們

呢？」

風潔綾呆望沙場死屍，一時竟茫然無措。十二羽不顧身上肩傷，用力按住她的肩膀道：「我一生很少求人，今天求妳，聯軍破敵。我派盾陣掩護妳，逼近弓手一百步內，妳們輕裝突擊弓陣，弓陣一破，敵軍必敗。妳是大將，要穩住心，制敵優先，這不容易，但唯有如此，才活得下去。」

風潔綾專心聽完，深吸一口氣，用力點頭，就算是答應這臨時的盟約了。十二羽立刻以手勢傳令盾兵陣，待箭雨稍歇，整隊掩護在明教殘軍前，明教軍驚見剛才的強敵竟冒險保護他們，訝然不能言語。

笑望遠在觀台上看著戰局，笑問一旁的虞煙：「局勢出乎意料，姑娘妳可知羽家軍的盤算？」

「一定是十二羽說動明教軍的大將，聯手突圍。」虞煙纖指交錯，望向戰場，「山陵的長弓陣，想趁兩軍傷亡之際，坐收漁翁之利。羽家軍則佈下『兵馬雙陣』反制，馬隊從兩翼迂迴接近長弓陣，鐵盾兵則從中央突進，三路夾攻，要令長弓陣首尾不能相救。」

虞煙躊躇一會，又自思忖道：「可是，長弓陣似乎現身早了些，就算羽家大將單挑敗了，也應該坐等兩軍交戰，傷亡加重，這樣勝算才大呀？」

「大概是領兵將領，看羽家軍背對明教，佈下兵馬陣，就猜著是要對付他了，不得已，

只得先發制人。」笑望道，「這第三方的領兵者擅於應變，看來是『陳家班』。」

虞煙大惑不解：「陳家班？誰？」

笑望忍不住奚落她道：「大漠龍泉一帶的商家，最忌憚的人物，『百輪轉』專職領兵劫掠的『陳家班』，妳居然沒聽過？」

「百輪轉？這場戰事和百輪轉有關？」虞煙大吃一驚，臉色由白轉紅。

「正因為事關百輪轉，所以才重要。」笑望道，「對手是百輪轉，長弓之外，必定還有後著。我來這觀戰，正是為此。」

虞煙正要發問，遠方忽傳來震耳轟隆響！長弓陣後方五里處，揚起濃煙，同時羽家軍的鐵盾陣間，炸出十來發大坑，轟翻了好些人。塵土飛揚，人聲交雜紊亂。

「『百輪轉』祕密籌備三年的鐵砲軍，果然趁今日一戰，拿羽家軍來試招。」笑望面露滿意的微笑，「姑娘，好好看著，這可說是當今中原第一的鐵砲，沿山陵線，居高臨下，佈三面砲陣，夾擊中央，即使是羽家軍，也難逃此劫。」

正說著，山陵傳出第二陣砲聲，山下兵馬雙陣再吃了一波炮擊，兩翼馬陣亂了隊形，盾兵亦顧不得炮擊死傷，在煙塵中緩慢前進長弓陣。一刻鐘之間，羽家聯軍又挨了三、四波炮擊和箭雨，勉強維持陣形，徐圖逼近弓手。

笑望看著炮擊，納悶道：「但這砲陣的規模，不應該這麼弱的？起碼該有兩倍，甚至

三倍的鐵砲才是？」他順手拾起一根枯枝，在石几上為虞煙比劃幾個圈圈：「妳瞧，這一帶適合佈下砲陣的點，起碼有五、六處，但剛才的炮擊，僅從北天道這一處來，看來事有蹊蹺？」

兩人思忖間，又驚聞轟天巨響，一抬頭，便見遠方山陵冒出大團濃煙。笑望指向濃煙道：「那正是北天道，顯然十二羽早有準備，如此一來，局勢難料矣。」

* * *

正如笑望所猜測，十二羽在籌劃戰事時便思忖著：「在最壞的狀況下，該如何先削弱百輪轉的鐵砲威力？」於是他借鳳顏策士蒼羽夜之力，將古佛寺一帶適合落砲的地點，都記了個清楚，並分出一批擅於山戰之兵，交付驚神羽，令他沿山陵而行，盡可能在兩軍交戰前，找出鐵砲陣並毀壞之；正巧雲樓使者曲洛紜，夜訪羽家軍，十二羽知她擅於山林潛行，便開了條件，委她作為斥侯，為驚神羽探路。

驚神羽這路分隊從四更天起，遍沿荒漠北嶺的陵線，一路探查。曲洛紜為前端斥侯，每發現一處砲兵陣營，便引導驚神羽領兵突襲，將砲兵悉數殺之。惟十二羽曾叮囑「此行須迅速低調」，是故遺留的鐵砲，驚神羽既不費時坑之，更不敢貿然燒掉，簡單的將鐵砲毀了，就出發尋找下一個陣地。

然而當這支游擊隊潛行荒嶺間，卻額外衍生一樁插曲。

正當曲洛紜專注尋找砲陣時，竟不曾察覺還有另一人也正追蹤她。此人名號西門冷火，出身獵戶，能走擅射。他四處為家，以打獵維生，也兼做不少「檯面下」的生意，年紀輕輕，便以獵豔揚名不夜城的青樓間，初識的姑娘愛他，熟識的姑娘恨他！他毫不在乎，他只享受著追逐獵物的快感，無論那獵物是野獸、是生意、或是女人。

西門冷火經手了好些鐵砲生意，並受百輪轉重金所託，巡視荒漠北嶺，以防有人偷襲砲陣。然而他發現曲洛紜，卻未通報百輪兵，只是盯住她，待時機到，張弓就是一發冷箭！虧得曲洛紜及時感到殺氣，慌忙閃過暗箭，這才驚覺自己正被追殺，而且此人和她一樣擅於山林游擊。

「厲害，躲過這一箭。」西門冷火不識曲洛紜，冷笑自嘲道，「不過妳這隻白毛兔，好認的很吶！」

西門冷火快步急驅，穿梭山岩亂石間，行進間又是一箭！曲洛紜旋身避箭之際，蹬步上下岩壁陡坡，急欲找出西門冷火的身影，卻找不到也逃不掉，而西門冷火每一箭也都瞄向曲洛紜的要害，卻每一箭都落空，兩人彼進此退，一時之間，膠著不能分勝負。

「好久沒遇過這麼厲害的獵物，真的有趣！」

西門冷火正享受著追獵的樂趣，忽然心頭一驚，不自覺停下腳步。甫站住身子，「哇」的一聲，一支脫手鏢掠過西門冷火眼前，打入樹幹三寸！

西門冷火心知，自己也成了某人眼中的獵物，於是知難而退，臨走前向曲洛紜拋下一句：「給我記著，下次一定逮到妳。」遂三兩步翻下山坡，身影沒入滄茫草原，不見蹤跡。

曲洛紜見西門冷火逃了，不知箇中原因，亦不敢追擊，遂與驚神羽會合，繼續搜索剩餘的砲陣。當他們正要翻過又一個山頭時，忽聞北天道傳來爆炸聲響，驚忖：「是誰搶先一步？」

爆炸聲響徹古城隘口，山下的百輪兵心知鐵砲陣完了，頓時軍心動搖，反之十二羽精神大振，奮力咆哮，鼓舞全軍加速前進！然而戰場眾軍盡渾然不知：在北天道毀了砲陣的，是另一支奇兵。

＊　＊　＊

且將時間倒回當天凌晨，天尚未明時說起。那時，百輪轉的鐵砲軍在北天道擺下陣形，靜候山下的信號。他們在砲陣四周設下重重防哨保護，然而終究給三人滲透過去。

那三人正是遨遊、琋月幻華、和蘇昀絕。他們遠在陣地五百尺外，藏身隱密處，觀察砲陣動靜。蘇昀絕遙指砲陣道：「人數比我想的多，但你們應該對付得來。」

蘇昀絕聽不到兩人回應，回過頭去，但見遨遊臉色敗壞，鎖眉皺鼻：「前輩，您本是說要清理打掃的。」

「對。」

「為什麼要殺他們？」遨遊虛聲問道，「我們並無冤仇啊？」

「這無關忽冤仇，關乎江湖。」蘇昀絕語氣冷了下來，「你此刻不除掉這些百輪兵，他們就會殺更多人。」

「這不是殺人的理由。」

「即便它們有一天，會殺了你珍視的人？」

「我不想自己學來的武功，用在這地方。」遨遊說罷，閉目不應。

「從我們出了洞口，你就想說這句話了，對否？」蘇昀絕輕吁一口氣，面無慍色，「你還年輕，我不怪你。但你人在江湖，總要有個人教你這件事。」

話說到此，他停了半刻又續道：「武術就是殺人之術，輕者傷人，重者致命。無論你說的多好聽，粉飾多太平，事實終究是事實。學得至上無敵的武功，就要想到，終有一天，你要用它來殺人，而且是殺你不願殺的人。」

蘇昀絕見兩人俱靜默不言，又道：「離天亮還有些時間，不妨我們在這兒看著，有人發現，我們就走，沒發現，我們就看他們會怎麼對付山下的兩軍，然後再做決定。」說罷，他倚著岩壁，閉目調息，不再多言。

待天明時，從山下隱約傳來殺伐聲，頭插羽標的領兵官，吆喝砲手行動，觀測、算位、運彈、塞藥、填彈，一切就緒，約莫半刻，旗號揮下，砲手一齊點了砲管引信，須臾，連番

地井然有序。

轟聲大作，硝煙自陣地瀰漫開來。旋即領兵官又發號令，眾砲手齊身預備下一波砲擊，無情

就在三、四波炮擊後，琋月幻華忽然移身：「前輩，在下來動手，從哪開始？」

遨遊吃了一驚：「幻華？」

蘇昀絕欣然起身應道：「多謝琋月姑娘，兵法云『擒賊擒王』，就從那舉旗官開始吧！」

「幻華，想清楚。」隆隆聲中，遨遊按住琋月幻華的肩膀，「妳一動手，就回不了頭了。只有一直殺下去，像大師兄一樣。」

「小師叔很幸運，不曾經歷過什麼傷心事，」琋月幻華撥掉遨遊的大掌，「不曾見過渾身是血的孤兒，在灰燼中哭泣。」

琋月幻華回眸，哀戚一笑，拜別遨遊，抽劍潛行至陣地後方，離領兵官僅十步遠，待領兵官再度舉旗，琋月幻華亦伏低身形，靜待兵官揮旗下令的一瞬間，就要一劍斬飛他的頭。

「我來！」

遨遊大喝一聲，氣血充斥全身，鼓脹筋肉，沉身蹬步一躍！琋月幻華吃了一驚，領兵官聞聲亦驚惶回頭，但仰見遨遊彷彿一團赤熱火球，俯衝而下，撞翻領兵官！

遨遊順勢一把拉開琋月幻華，沉聲嘶喊，翻身殺進鐵砲間。

「幻華！退！」

琋月幻華頓時臉色驚恐，應聲連墊數步而退，蘇昀絕心知不妙，連忙跩住琋月幻華，轉身就跑。此刻遨遊早按耐不住周身的奔騰氣勁，亢聲大吼，馬步一蹬，霎時地動天搖，彷彿群山亦為之震懾，眾兵亂成一團，有的踉蹌奔逃，有的拔刀就砍，刀刃卻砍不進遨遊的肌膚裡。砲管鐵彈四處滾落，漫天揚起黑沉沉的藥粉，粉塵瀰漫間，遨遊一個旋身，信手捲起兩發鐵彈，一手一彈，一合掌，砸出一絲火花！

「爆！」

隨著驚天轟響，漫天粉塵走火爆炸，燒成一團巨大火球，吞噬了陣地，可歎一千百輪砲兵，或被鐵砲炸得骨肉四飛，或被火球燒成一團焦屍，悉數盡亡於火海中，無一生還。

蘇昀絕和琋月幻華及時逃離，未受爆炸所波及。琋月幻華眼光急急逡視火海，欲尋遨遊的身影。這時後方傳來怒喊聲，蘇昀絕只道援兵來襲，轉身抽劍正要備戰，卻赫見到幾個百輪傷兵，渾身是血，半殘臉孔因驚恐而扭曲，開口不及發聲，旋即倒地。他們後面站著一只嬌小身影，舔著指尖的血，竟是隱翼！原來隱翼夜半於古墓中驚醒，循著兩人氣味，一路跟蹤到砲陣，遙見幾個百輪兵，張弓瞄準琋月幻華，不禁油然而怒，閃身撲前，信爪撕爛援兵的頭皮和面皮，帶著滿手鮮血，與琋月幻華會合。

至此，北天道的砲陣遭破壞殆盡。琋月幻華亦欣見火海中冒出遨遊的寬厚身影，儘管身

處火海中央，遨遊以金剛氣勁護體，竟得毫髮無傷，徐然而歸，惟他一身翠綠道服幾乎燒得精光，臉色暗沉，闔眼不言，

琋月幻華忽地心生愧疚，囁嚅道：「小師叔？」

「我不要緊。」遨遊淡然嘴角一咧，「是我自己選的。」

失卻了鐵砲助陣，山下戰局頓生變數。百輪兵士氣已近潰堤，而羽家聯軍三路兵馬一鼓作氣，逼入長弓陣前，兩路馬隊當先，自兩翼肆虐長弓陣端，然而長弓陣裡忽地竄出五、六名巨漢，身高十尺，渾身銅肉，個個咬牙流涎，兩眼無神，正是和不夜城中同樣的「萬人敵」！但見其一巨漢，不過旋身一鎚，便將羽家軍連人帶馬撞飛三十尺，他們個個雙拳狂揮亂舞，不成招式，與其說是人，更像是怪物！

羽家兩翼騎兵就這麼又給逼出陣外，百輪軍的大將趁機重整態勢時，遙見羽家中路鐵盾兵已趨近到一百步內，遂下令弓手搭箭，欲以箭雨逼退中路，此時忽有兩名紅衣軍士自中路竄出，躍過鐵盾，疾步如脫兔，衝向陣前，一個揮出大刀，虎虎旋身，便見弓斷箭落，人頭殘肢亂飛，忽有一支冷箭飛來，射落刀客頭罩，原來是龍破天！另一名紅衣人，徐然信步弓陣間，伸展雙臂衣袖，頓時周圓弓手哀聲而亡，屍首乍看無傷，細瞧竟都有千枚細孔，貌似給亂發無形暗器射死。餘眾驚駭不敢接近，甚至連一箭都不敢發，那人環視沙場，冷笑一聲，正是墨羽夜。

百輪大將忿怒不已，喝令兩翼的巨漢分兵迎擊，要將中路的墨羽夜和龍破天給分屍萬段！龍破天不識這群吞了仙丹的巨漢，不驚不懼，揮刀相迎，豈料大刀砍上這巨漢的銅臂，竟不能砍入肌膚半吋，墨羽夜蔽身在後，朝敵揮袖，甩出無數發漆黑影針，團團刺中對方的臉孔和胸口，但是對方竟仍不為所動，一臂架刀，邁步逼近，揮舞單掌，就要拍掉龍破天的腦袋！龍破天慌忙棄刀，踉住墨羽夜轉身急退，脫口驚呼：「這些個什麼怪物啊？」

剎那間，兩人後腦三寸處呼嘯過一陣掌風，只差這麼一秒，他們倆的人頭就要不保！這時戰場忽然流竄出陣陣漆黑妖氣，自「萬人敵」五官竄入體內，這群怪物頓時一陣顫動，止住了身子。

原來是藏身中路鐵盾後方的十二羽，操縱邪龍妖氣，制服這群巨漢。但見十二羽紅了眼，怒目咬牙，嘴裡嘎嘎作響，矍然挺身而出，切齒亢聲道：「從我龍魔天令羽，殺！」

風潔綾大驚：「不是十二羽嗎？」

然而羽家諸軍盡知，十二羽先前便曾告誡道：「我體內暗藏『邪龍真神』，危急之時，或將取代我，馭我身心神智。此尊自謂『龍魔天令羽』，若是見祂現形，毋須疑懼，當從祂命令，如從我一樣。」

於是，號令既下，巨漢們受邪龍真氣操弄了心志，紛紛「噢啊啊啊」亂聲高嚎，竟回頭反殺百輪兵！百輪諸兵沒料到有這麼一著，慌亂不知所措，須臾，陣中但見狂拳暴掌，血灑

半空，斷肢殘骸如風捲落葉般飛舞，百輪兵一個個伏屍沙場，連身首四肢都湊不齊。而那批失了心的怪物大殺一陣後，亦逐一力盡倒地，五官七竅冒出漆黑邪焰，將自身默默燒成灰。

百輪轉費時多年私募的精銳之師，就這麼在晨光之間，灰飛煙滅。頓時全軍士氣全潰，領兵大將更是心驚膽寒，幾乎要跪坐下來。他眼不能識形狀，耳不能聞聲響，茫然不知一名羽家騎兵繞到他背後，就要一刀斬下他的人頭。

「留人！帶他來！」

龍魔天令羽亢聲喝令，那騎士瞬間收刀，改用套索，把那大將捆個死緊，押到龍魔天令羽面前。

「瞧你這什麼德性？」沙場敵軍悲鳴間，龍魔天令羽嘶聲冷笑，「你們還有多少人馬？駐軍何處？還有什麼部署？把你所知道的，一五一十招來。」

但那大將失了心神，語無倫次，只不住叩頭求饒，叩到血流滿面不停。龍魔天令羽不欲費時逼供，一掌拍碎他的天靈蓋。

＊　＊　＊

不夜城北，臨光正與一眾「萬人敵」交戰，一旋身，順勢甩掌，正要拍掉一記後方突來的掌襲。

豈料流雲飄蹤竟擋護住他，先他一步，挺身打出一掌，與「萬人敵」掌底拍個正著！

臨光吃了一驚，連忙收勢，還不及發問，便聞流雲飄蹤沉聲道：「慚愧，家門無教，養出一批不肖之徒，難為大前輩。您且歇會，看我拿下這群家賊，祭諸家法。」

流雲飄蹤甫說罷，一群「萬人敵」蜂擁聚前，伸手就要拿下流雲飄蹤。流雲飄蹤不躲不逃，聚氣丹田，瞋目亢聲：

「放肆！」

流雲飄蹤一聲喝令，聲如洪鐘，似萬斤隕石由天而降，揚起周圓三尺飛砂！但見他雙目一瞬，逡視四方惡敵，十尺巨漢們盡皆為之驚懾，倒退數步，非但不敢妄動，甚至渾身發顫起來。

「滾！」

流雲飄蹤又一亢聲震斥，但見萬人敵們連番哀號，有幾個當場七竅湧血，倒地身亡，其餘的抱頭四竄，再不能戰！

「可惡又可悲，區區匹夫，欲圖近功，真以為私吞百樣丹藥，就能輕鬆當上『萬人敵』？」臨光看穿這些巨漢的弱點，長歎道，「他們的修為，根本駕馭不住丹藥的威能。輕者氣衝腦脈，喪失心志，重者一旦真氣失控，氣血貫體，下場生不如死。」

流雲飄蹤靜默不言，凝望這群巨漢的下場。一如臨光所說的，那些竄逃的「萬人敵」，受流雲飄蹤真氣一斥，身體和心神盡皆崩潰！有的當場暴斃，有的如無頭蒼蠅亂竄一陣，

一身赤肉胴體便發脹冒泡，須臾真氣竄出，皮爆血崩，肉塊四濺，殘屍遍路，隱隱可見五臟白骨；有的呻吟著，抱頭如木杵搗臼，猛叩城牆和地面，叩到城牆地面都缺陷了洞，頭碎見腦，灰漿四溢，仍停不下來。

不一會，殘兵逐一遭疾風鏢師和雲樓幫眾圍殺，悉數燼滅，不夜城四方賊患逐一平定。眾人收拾戰場殘局時，臨光方開口道：「我以為，你還沉得住氣。」

「我發過誓，惟有三妖、樓主，誰敢動你們性命，我絕不放過他。」流雲飄蹤垂首道，「我錯過一次，不會再重蹈覆轍。」

這時南端傳來喊聲，正是夏宸來了，臨光遂行弟子之禮，夏宸回禮問道：「我聽說你主持大宴，足不出樓，是怎麼逃出這場火災的？」臨光就將晨曦的金蟬脫殼之計說了一遍，又嘆道，「說來慚愧，千算萬算，只為了讓不夜城遠離兵災，卻終究還是避不開劫數。」

「所幸損失不大，」夏宸叉手環望四周，「這群百輪眾，自恃武器精良，卻不曉兵理，又不懂修為，只得平時欺負些小老百姓，一遇到身經百戰的真高手，就是尋死。」

這時臨光沉下了聲音：「可是，百輪轉的背後有米亞，他肯定還有後著。」說完，看了流雲飄蹤一眼。

流雲飄蹤和夏宸俱知其意，沉吟不已。最後是流雲飄蹤先道：「我兵府出來的禍患，當由我來收尾。米亞八成往南端隘口去，要攔下空虛禪師。我去會會他。」

說罷，流雲飄蹤徑自邁步而去，雲樓一干幫眾和疾風鏢師，也一起跟了上去。

避身暗巷的柳畫眉這時探出頭來，見四周無事，安心地牽出牛車，驅車逃往北門，豈料到了北門，竟碰上一批惡煞。原來是兩、三股百輪轉的流竄敗軍，匯聚北門，見柳畫眉隻身一人，欺她弱小，遂聯手劫車，柳畫眉這口氣吞不下，拼死反抗，即便不敵群盜，仍死跩住他們衣服不放，惹得其中一個強盜怒了，轉身高舉銅環刀，就要斬下她的手！

忽然「噹」的一聲，震得強盜一陣手麻，掉了刀，嚇見銅環刀竟斷成兩截！群盜驚惶舉刀戒備，四處張望時，又是「當啷」一聲，射來一塊屋瓦，打斷了另一把刀！

眾人大驚：「這暗器打哪來的?!」

驚疑間，第三塊屋瓦打中一個強盜的腦袋，打得他腦漿迸流，蓡然仆屍街頭！餘眾益發慌張，不敢逗留，撇下牛車奔逃出城，深怕多晚一秒就要給打碎腦袋。柳畫眉獲救後，驚魂甫定，亟欲找出救命恩人的身影，遙望四方，在七百尺遠處，城裡最高的樓頂上，發現一小撮黑影。

那黑影正是劍青魂，原來他待在樓頂眺望城北，發現百輪兵匯聚北門擾民，於是信手扳下幾塊碎瓦，聚力指尖，把碎瓦彈向七百尺遠的城北，那瓦片受了劍青魂的殺氣，宛若鐵彈般的，斷刀碎骨，例無虛發！他自忖這個距離，不會顯露形跡，豈料柳畫眉眼光銳利，發現了他，欣然不顧一切，驅車到樓下，仰首遙喊：「恩公！」

「別這麼說，」劍青魂見那大紅姑娘發現了自己，心念一轉，索性笑道，「既然發現了，就幫我搬張梯子來吧！」

＊　＊　＊

待日頭升上半空，巳時將至，古城隘口一戰，勝負既定。

隘口一戰結束後，觀戰臺的虞煙和天翢彻向笑望告別，回虞府報告戰況。笑望收拾布囊，信步下山，走到半山腰，遇到一人，此人端坐半截樹幹上，拿著刻刀，專心雕著手中的木筆，正是太歲。

笑望拱手問訊，道：「前輩來晚了，錯過精采的一戰。」

太歲頭也不抬，問道：「結果如何？」

笑望坐在他身旁，把隘口一戰的前後說了個大概。太歲靜靜聽著，聞而不答，兩眼凝望從木筆削下的一片片木花，須臾，方才收起木工行當，，又問：「你想，百輪轉還有氣數嗎？」

「火槍兵急就章，料不成氣候，鐵砲陣又完了，軍隊傷亡過半，折了陳家班，甚至百輪轉私下相傳的最後殺招『萬人敵』，也不堪一擊。」笑望答道，「三年來暗中部署的一切，一日之間都攤在陽光下，全給拆穿、破了，百輪轉，氣數將盡。」

「如果，他們還有後著？」

「後著？」笑望思忖好一陣子，苦笑道，「你就坦白說吧！我著實想不到。」

「百輪轉的背後，是米亞神君，他還藏了一招自保的後著。」太歲佝僂著身子，摸著下巴，「很快就會出現了。」

此時在沙場上，十二羽與風潔綾正各自收攏人馬，清點傷亡。十二羽包紮住兩肩傷口，問風潔綾道：「虧得咱們僥倖活了下來，可你們的任務怎辦？」

十二羽指著戰場中央，但見紅衣軍護衛的馬車，早毀在第一波的炮擊當中。風潔綾遙望馬車殘骸，沉默不語，神色異常平靜。

「果然，」十二羽覷著風潔綾，笑道，「車毀了，卻沒有人逃出來，也沒有屍體，顯然別有隱情。」

風潔綾聞而不應，十二羽又道：「咱以為空虛禪師當藏身馬車裡，其實馬車是副空幌子，而空虛禪師，早在戰局展開前就走了。」

明教的安排，正如十二羽所猜想，空虛禪師從一開始沒上馬車，反而披上紅袍，混入紅衣軍中，待兩軍初對峙時，他便在嫣兒護送下，悄悄脫隊，繞道通過葫蘆隘口。嫣兒本擔心隘口兩旁的山壁上會有伏兵狙擊，幸虧有驚神羽和曲洛紜，將山壁上的百輪陣地破壞殆盡，兩人快步狹長山道，一路上沒遇到任何阻礙。惟獨在離開山道前，遇見一黑袍男子，帶著傷，自後頭追上空虛禪師，男子原來是五芒星，朝空虛禪師拱手一揖，問候道：「我遲到

了，幸好禪師您沒事。」

三人正互道寒暄，忽然又來一批人馬，迎接空虛禪師。這隊伍約莫有七十餘人，身穿欽賜羽林綠衣甲，為首兩人則穿著官服，其中一人，竟是米亞神君！

米亞神君笑道：「一路上辛苦法師，特來接風洗塵。」

五芒星冷道：「你來做什麼？」

「五芒星，休得無禮。」另一為首者乃朝廷欽差，攤開手中聖旨，斥誡五芒星道，「聖上欽旨，尊米亞神君為『太上國師』，主持『霜嶽大典』，與護國法師並列。」

「正是如此，」米亞神君仰首笑道，「五芒星，你身為雲樓人，當曉得朝野有別，朝廷命官在此，可容不得你無禮。若因此惹怒聖上，降禍雲樓，你可擔得起？」

五芒星怒道：「將軍和不夜，這幾天發生的禍事，全是你一手操弄。」

「無禮！」欽差喝斥：「『百輪轉』勾結明教異端，懷藏禍心，意欲起事推翻朝廷，如此罪行，實為百輪轉擅自妄為，與神君大人並無干係！此乃兵府老太爺親口作證，你敢反駁？」

「欽差大人，話不能這麼說，」米亞停住腳步，仰慨俯嘆一番，「若非我誤信百輪轉的社長，教他煉丹之術，百輪轉又怎會妄生禍心，中原百姓又何須蒙受兵災？這些天的人禍，當然與我有關，我當負起責任，開『神鼎』三月，以丹藥接濟百姓，願助將軍、不夜、大漠

一帶的受災百姓，儘早遠傷離苦。」

「聖哉神君！誠如所言！」欽差宛如唱大戲般附和道，「五芒星，念你在江湖輩分不低，適才妄言，權且當做沒聽到。你須知江湖分寸，休得誣陷國師，如有再犯，朝廷絕無寬恕。罪及雲樓，莫得怪我！」

五芒星心知這兩人一搭一唱，滿口盡是謊言，卻顧忌雲樓和朝廷，怒不敢再駁之。兩人令官兵擋開嫣兒和五芒星，欲護送空虛禪師上轎，空虛禪師謝絕道：「貧僧不善乘轎，願隨五芒施主，安步當車足矣。」官兵碰了一鼻子灰，默不做聲，讓開一條路。空虛禪師走向嫣兒和五芒星，湁然長歎，垂首不言。

欽差又朗聲宣道：「朝廷已發下通緝令，責成我等搜捕『百輪轉』殘黨。連同明教餘孽，一網打盡！這道皇令將在三天內通知雲樓，屆時亦須你等江湖人戮力以赴。」

搜捕明教餘孽，意味風潔綾亦在通緝名單中。嫣兒聞之心驚，正要開口陳情，湊巧與空虛禪師四目相對，禪師以眼神示意：「施主，且莫多言。」嫣兒心知其意，卻不明箇中道理，又氣又急，卻不知如何是好。

宣罷，官兵便要列隊返回不夜城，尚未動身，便見到雲樓和疾風鏢局的人馬，而臨光、夏宸，和流雲飄蹤俱在隊伍中。臨光見米亞神君與欽差為伍，心知肚明：「朝廷和兵府的威信，這兩道堅不可摧的靠山，正是米亞最後、最強的一著。」

米亞神君與流雲飄蹤四目交會，笑問：「流雲飄蹤，何事……」

「誰准你對我指名道姓了？」

流雲飄蹤漠然打斷他的問候：「除了家父和我的朋友，誰也不准直呼我名。」

欽差見狀不對，連忙勸道：「策侯，神君乃當今朝廷……」

流雲飄蹤提高了音量：「若不是我撫平的中原爭端，安有當今朝廷？」

欽差臉色發白，米亞神君搖首嘆道：「可惜了，少主，老太爺如果看到您這般無禮……」

「米亞，你顯然誤會了。」流雲飄蹤再度打斷他的話，「你以為我礙著家父顏面，這才不敢動你，任由你和百輪轉亂來？」

不待米亞神君回應，流雲飄蹤又道：「我不動你，是給你機會，自行收手。我再三明示、暗示你，可你非但益發亂來，還動到臨光大前輩的性命。」

流雲飄蹤吸了一口氣：「樓主、臨光、傲天、雨紛飛，誰敢動他們四人，我絕不放過他。就算是你，米亞，也一樣。」

欽差連忙嚇阻：「神君乃朝廷欽命無上國師，百韜策侯，你當知進退！」

「我和上官風雅不一樣。上官風雅對自家人，猶豫不能決。我會快刀斬亂麻。」流雲飄蹤無視欽差警告，昂然喝令，「米亞，從此時此刻起，你所作所為，再與兵府無干，不許

你再踏入兵府大門一步！至於你靠自己掙來的朝廷頭銜，我無權剝奪。我惟以兵府少主的身分，告誡你，朝廷給你的名分，朝廷終有一天會收回。你好自為之！」

「流雲少主，你說我誤會了你，顯然你也誤會了我。」米亞神君臉色敗壞陰沉，冷聲道，「我潛沉兵府多年，苦候著你威震中原的那一天，可惜你一再讓我失望。」

「所以才把你那王朝復辟的美夢，交由独孤客去做嗎？」

流雲飄蹤笑問米亞神君，一旁欽差聞之臉色發白，急斥道：「流雲飄蹤！休得……」

「咻！」

欽差話未說完，但見流雲飄蹤抽劍拔向他，他感到髮稍有一絲微風撫過，身後的官兵，頭盔給劍風劈開一痕。

「我再說一次，誰也不准直呼我名。」

流雲飄蹤警告欽差，旋即轉身就走，引得眾人一陣錯愕。

「夏總鏢頭、臨光前輩，我們走吧！這裡沒什麼好留的。」流雲飄蹤道，「我找個地方，請你們兩位喫酒。」

夏宸和臨光互換眼色，各自收攏幫眾，隨流雲飄蹤走了。臨走前，流雲飄蹤向嫣兒問候道：「嫣兒姑娘，請妳幫個忙。」

嫣兒欠身回禮：「不敢當，策侯盡管開口。」

「不夜城現在亂的很，我想另外找個地方招待客人。」流雲飄蹤問，「可否託妳一問，千姥姥肯賞光，借我春居一用？」

嫣兒沉吟半晌，答道：「小女子和姥姥相識不深，不過我想她會答應的。」臨光湊前，低聲問流雲飄蹤：「那廝就這麼放了，這樣好嗎？」

「不必我動手，自有人會除掉他。」流雲飄蹤用眼角餘光，睨了米亞神君一眼。一班官兵愣在原地，欽差附耳問米亞神君道：「大人，沒接到護國法師，要回府嗎？」

「繼續走。」米亞神君遙指隘口的另一端，「妖女風潔綾，夥同百輪轉挾持空虛禪師，當趁她們內鬥，死傷過半之際，一網打盡。」

欽差領命，喝令官兵魚貫入隘口，走到一半，果然見風潔綾領著明教殘軍而來。風潔綾擔憂嫣兒和空虛禪師安危，不顧勸阻，領兵過隘口。欽差遙見紅衣教徒，昂然道：「明教妖女風潔綾！圖謀不軌，欲害忠良！勸妳早早束手就擒，隨我赴衙門問罪！」

風潔綾大驚，紅衣教軍大怒，圍做一團，準備與官兵大打一場！但風潔綾見教徒們俱各帶傷，心知以殘兵之勢難敵官兵，意欲撤退，驚見十二羽率軍堵住了後方去路。十二羽騎在馬上，笑風潔綾道：「勸妳遠走，妳不聽，由不得我翻臉無情。」笑罷，朗聲道，「羽家軍聽命！當助朝廷拿下明教餘孽！」

明教教徒前後受制，意欲向前逼退官兵，然傷重過半，致力有未逮，在官兵威壓之下，

反而節節敗退。而風潔綾遭遇今天連番打擊，神情恍惚，但見雙頰垂淚不止，面色宛如死灰，莫道是率軍突圍，連自身都將難保。

「哇哇！」

忽然兩記脫手鏢，命中兩官兵額面！官兵應聲倒下，三方人馬俱訝然驚望四周，此時，但聞上方傳來笑聲。

「果然，官兵沒一個是好人。」

一人昂立陡壁上，身穿一襲夜行黑衣，露出兩隻鷹隼銳目，掃視走道眾人。

「羽兄，真教晚輩失望！」那人又俯望十二羽，訕笑道：「趁人之危，這就是你要的勝利？」

十二羽並無怒色，笑了笑：「無所謂，我就在這堵著，誰也不幫，看你要怎麼打。」說罷，他一招手，羽家軍果然按兵不動，坐觀虎鬥。

那人一傾身、蹬壁，俯衝直下，三兩個官軍抬頭，正要看清來者何人，額頭上便插入一支脫手鏢，頹然倒下！餘眾大驚之餘，給那刺客殺進隊中，欽差見前方大亂，慌忙喊：「別怕！他只有一個人！」

雖說刺客只有一個人，可是卻宛若鬼魂一般，誰也捉他不著，官兵但見一道黑影，左飄右移，如清風穿過枝椏，須臾，有四、五個人給蟬刃劃開咽喉，又有六、七人中了脫手鏢

倒下。死傷越重，官軍越怕，不敢再靠近那道黑影，紛紛退向後方或前線，前線擠成一團，攻擊無從展開，正好被明教徒的長槍刺穿身子。不過一刻鐘，前線軍心潰散，轉身要往中軍逃，中軍卻往前擠，兩邊亂做一團，徒然就戮。

欽差驚惶喝斥：「大膽刺客，你可知我等何人！」

「我只知道，你們欺負人。」刺客口中奚落一番，信手旋身，又劃開四人咽喉。

當官兵死傷過半，形勢翻轉時，米亞神君怒喝：「統統退下！」眾軍聞令，慌忙退到米亞神君身邊，連番喊道：「保護神君！」

米亞神君不屑一笑，從錦囊倒出丹丸服下，須臾，他全身上下顫動變化，身形破衣飆長，筋肉隨之鼓脹，不一會，他變化成二十尺高的巨漢，體型遠在「萬人敵」之上！但見他渾身殺氣蒸騰，大喝一聲，朝地面打下一拳，那拳碩大如象蹄，轟然一聲，打出一個大坑，兩軍視之，盡皆驚恐不已，各退開十尺，不敢靠近。

欽差大笑道：「神君大人服下仙丹，化作羅漢金剛！銅皮鐵骨、刀槍不入！刺客早早束手就擒，大人當賜你好死！」

米亞神君旋即朗聲大喝，揮舞巨拳，殺向刺客，拳風虎虎作響，其勢似能分山碎石！豈料刺客冷然以對，待拳風未波及前，先一個墊步退開一尺。

然後，米亞神君忽地停下，仰首長嚎！他的兩隻巨掌按在右眼上，右眼不知何時，插入

了一支脫手鏢。

「管你變成什麼東西？」刺客冷道，「要害就是要害，廢你雙眼，看你怎麼打？」語罷，刺客又一發脫手鏢，正中米亞神君左眼。他兩眼俱傷，痛得失去理智，狂然奔走，踩爛屍首，撞翻守軍，將僅存的半數官兵，幾近殺傷殆盡，隨即伴著一聲長吼，怨氣四溢，沉身躍上空中，隨即失去了蹤影。

欽差見米亞神君慘遭重傷逃逸，靠山沒了，慌忙和殘存官軍哭喪奔逃出谷，臨走前不忘放狠話道：「重傷神君大人！此罪必誅！」

刺客目送官軍敗逃，亦不追擊，回首向風潔綾一揖，笑道：「暫時沒事了，美人兒，我這便告辭。」又向履約按兵不動的十二羽謝過一番，翻身躍空，剎那不見身影。風潔綾怔怔地望向天際，無視身旁教徒勸她道：「走吧，且與大師兄會合再說。」滿心思念，盡顯於神色間。

惟羽家眾軍皆知，刺客必定是昀泉殺手祁影。十二羽看著眼前殘局，陷入長思之中：「本來放著讓官兵剿了明教軍就好，偏偏這影子亂來，還傷了米亞，落得一樁暗殺朝臣的大罪，後果不好收拾。話說米亞這廝才剛掙得國師地位，出此大醜，動搖了朝廷，早晚波及昀泉，我羽家也須預作準備。」

不過在這當下，他決定暫不作多想，先收成戰果再說。於是他召喚身邊副官，傳令道：

「差人通知二弟，班師凱旋不夜！」

賭命交鋒

佈完四柱星陣後，四生雀在將軍城又住了兩天，待柳芯可以下床自由行走，便要將她帶往雪海島。他私下告知柳芯：「雪海島有神藥『三浪涎香』，妳且隨我上山，療傷兼修行，保妳修為大增。」柳芯謝過四生雀，然貌似心中別有他想。

柳芯從淩雲雁手上拿到一筆護陣的謝酬，數目不小，就想把那晚遇到的「阿月」贖出來。當柳芯敲開了人販子的店門，不顧店老闆攔阻，硬闖進店裡，驚見空無一人，高聲叱問：「阿月呢？」

「什麼阿月？沒這個人！」

「我前幾天明明還看過她！」

柳芯氣極，忘了自己渾身是傷，掄起雙拳，追打得老闆抱頭哀號，逃到大街上求救。大街中央廣場有一座二丈巨岩。巨岩上有上百條砍痕，砍痕長短深淺不一，當中一條約莫六尺寬的劍痕，最是引人注目，巨岩周圍十尺圈起重重結界，結界裡的石臺上插著一把木劍。

老闆顧不得禁忌，結界一掀，逃了進去，柳芯緊追上去，和老闆隔著巨岩繞圈子跑。她

追人不著，怒火更甚，亢聲一句「礙事！」信手拔起臺上木劍，甫感到一股炙熱氣流竄遍全身，順心御氣，旋身手起，但聞一聲震天雷霆，轟隆間，巨岩竟硬生生給她劈成兩半！

人販子老闆驚得呆了，跌坐地上直求饒，道：「女大俠饒命！我真的沒『貨』啦！有個買家要上好童男童女，把我這的貨色全包了呀！」

柳芯又問：「誰買走的？」

老闆顧不得群眾觀望，哀號道：「我不知道他們來歷呀！這大漠邊陲常年開礦挖坑道，缺工得緊，仲介每來光顧就包店，銀貨兩訖，領了貨就趕下一家，不囉唆的。求求女大俠，我說的是實話啊！」

柳芯錯過了機會，惆悵不已。她悶的發慌，傷勢不便於行，索性逗留西市，買了塊餅解饑。當她正要坐下來吃，不巧遇上一隊官差鳴鑼開道，她怕官差盤查，於是拖著傷軀，躲進一條窄巷。

當柳芯席地而坐，掏出胡餅，張開嘴巴，忽然一雙肥嫩小手巴住她的臂，一瞧，竟是小夜繁，睜一雙閃亮大眼眨巴著，企盼柳芯手上的餅。柳芯看著夜繁，想起阿月，心頭一酸，送上了胡餅，小夜繁開心的咧開了嘴，倚著柳芯，晃著一雙甜腳丫，咬著餅，一臉心滿意足樣。

柳芯回想著那晚的奇事。夜繁一抬頭，和她對上了眼，忽然開口問道：「大姊姊，妳從

西夷來的？」

柳芯臉上浮起半分訝異，沒想到身邊這麼個不到三歲的小娃兒，說起話來像大人一樣流利。她不作多想，應答道：「是啊！」

「西夷好玩嗎？」

「好玩，可是也很危險哦。」

「我要去！」

「不行，妳一個小娃兒，不能自己去西夷。」

「那我長大了要去。」

「好啊，長大了就隨妳。」柳芯笑道，「妳這小寶寶倒挺聰明的，很會講話。」

夜繁羞喜地蹭著柳芯，又說：「大姊姊也很漂亮。」

柳芯戲弄她道：「妳講過一樣的話囉！」

「對呀！」

柳芯先是笑笑，稍一細想，發覺不太對勁。

「妳在想陣法上發生的事，對不對？」

柳芯笑不出來了，不自覺張著嘴，瞪著身旁小夜繁，小夜繁舉起一根手指，放在柳芯唇上，如同當晚的光景一樣。

「噓～」夜繁笑道，「我長大也要像大姊姊一樣。」

柳芯呆傻了半晌，道：「妳真的很聰明。」

「對呀！」她歪著頭，嘴角得意一咧：「我會數數，還會念書呢！」

「那妳知道雪海島嗎？」

夜繁眼神一亮：「我要去！」

「不行，」柳芯趕忙制住她，「我說過了，妳太小，不可以去那麼遠的地方。」

「哼，才怪！」夜繁嘟起滿嘴餅渣，一臉不服，「我還去過龍虎山了呢！」

一聽到龍虎山，柳芯猛地想起劍青魂的吩咐，瞿然欲起，但礙著傷勢難以動身，頹嘆問道：「妳倒提醒了我，我得回不夜城一趟，可是我拖著這一身傷，又答應了雀師傅，怎麼辦呀？」

「搭車呀！」夜繁一副不以為意的輕鬆樣，「我上次就躲在小光光的車上，到處去玩，好好玩呀！」

「車？」

正當柳芯思忖著心事，忽見一隻大手拎起夜繁，惹的夜繁氣鼓鼓，猛蹬雙腿罵說：「臭阿雀！笨阿雀！」

拎起夜繁的正是四生雀，他聽說了西市的騷動，趕忙來尋柳芯。柳芯勉強起身致歉，便

要向四生雀辭行。四生雀聽了經過，滿面為難樣。

「放妳去不夜城，倒也不是不行，但將軍和不夜之間，循正路往返，少說要花上十來天辰光，況且妳帶著傷，不良於行，萬一拖過了雪海壞星的日子，這，說到底還是一個字，難。」

「這算點皮肉傷，很快就好了。我一定速去速回，不耽誤師傅的日子。」柳芯低聲求道：「徒弟有約在先，且那又是恩人的約，師傅，求您成全。」

四生雀點點頭，思忖半晌，忽然一拍大腿，道：「那我陪你一起去，一路上正好照料妳的傷。」

柳芯一驚：「你也要來？」

「當然，」四生雀答道，「我們雇『海晏行』，走龍虎山驛道，準定六天內到不夜城。到時妳去赴妳的約，我另有要緊事得辦，相約三天後碰面，直返雪海島。還有，妳記得還回那柄道家木劍。」

柳芯這才發覺自己還握著木劍。四生雀笑問：「妳可知自己幹了什麼大事？那木劍和巨岩是什麼來頭？」

柳芯茫然搖頭，四生雀便為她揭開祕密：「那是蘇洛玄得道升天處，當年他留下那柄木劍和那塊巨岩，唯道行修為有成者，方有本事在那石頭上劃出一痕。目前最強的是雲樓樓

主，憑一記臨水瀟湘訣，行訣運氣，開了一道六尺口子，自此臨水瀟湘名震江湖，可現在啊，妳『青出於藍』，把整塊石頭給劈了！呵呵。」

柳芯聽得目瞪口呆，脫口道：「可是我真不知道自己怎辦到的？」

「只能說妳天生神力，兼以福至運來吧？往好處想，現在妳是天下第一武者，即便妳再闖什麼禍，官差也不敢太刁難妳。」

「我才不是什麼天下第一。」柳芯忽然想道，「也許是這把木劍的關係？」

她細審木劍，試圖找出些線索。但見木劍上畫著細小花紋，是一段段神祕文字，柳芯覷著文字，不自覺唸出口來，心頭頓生一股更強烈的炙熱力量，流遍全身，傷痛似乎也減輕了些。四生雀見了，神色轉為古怪：「妳會念？」

「嗯？」

「那是南梵經文哦？」

「我知道呀，念起來鏗鏗鏘鏘，比嘰哩咕嚕的西夷文簡單些。」

柳芯覷著木劍，四生雀審視柳芯，若有所思。

＊　＊　＊

宋淩楓一心想隨四生雀赴雪海求道，為此，她留在四生雀身邊打雜，企盼終有一天得宿願償；不料，如今眼前橫出一個柳芯，就要早她一步上雪海了，而自己卻仍舊得留在將軍

城。一想到此，宋凌楓便愁眉深鎖，抑鬱不已。

就在這天，凌雲雁托宋凌楓一個任務，護送數只貨箱到不夜城去，並托給她一隻信鴿，低聲附耳交代道：「箱中乃重要的寶貝，不可聲張出去。如果遇上麻煩，切莫慌張，等麻煩過後，放回信鴿，我接到消息，自有對策。」

於是宋凌楓打起精神，赴西市「海晏行」雇車。「海晏行」乃大漠車隊第一大行，幾個小同行無不付一筆錢，求「靠行」掛名，方便攬生意。傅日安正是其中一個靠行的車伕，他是個高大漢子，身穿天藍短衫，獨自枯坐店門口，倚著石几，把玩手上洞簫，為了大漠連日動亂發愁著。當他看到宋凌楓時，是七分喜、三分愁。喜的自然是熟人生意上門，愁的是宋凌楓紅著眼眶，欲哭無言，看來這一趟旅程少不了連番抱怨。

兩人裝貨費了好一番功夫，自西門出發時已將近午時。馬車才剛出城，宋凌楓便將滿腹哀怨，傾心相訴：「我跟你說，雀師傅真的好過分！人家都跟著他那麼久了，到底還缺了什麼拜師的條件也不說！而且昨天晚上是我先攔下那個刺客耶！結果咧！我這麼拼命是為了什麼……」說著說著，不禁抽著鼻子掉眼淚。傅日安不知所措，惟能騰出一隻手掌輕拍她的肩膀，豈料宋凌楓忽地發嗔：「我講了這麼多，你是不會說個幾句呀！」旋即氣得別過頭去，教傅日安無言對蒼天，仰見日正當中，察覺遠方揚起滾滾蹄塵，向著他們襲來。

不一會，來了一隊人馬，約莫十騎，個個絕非善類，為首的獨存一目，綁塊黑布遮著。

傅日安藏兵以禮，在車上一揖道：「各位兄臺，有何貴幹？」

獨眼人在馬上叱道：「盤查！把車上東西搬下來！」

「若是官差大人盤查，還請出示令牌。」傅日安淡然拒絕，「得罪了各位，但這是貴重品，怕碰壞了，如果沒有令牌，還請高抬貴手。」

「你老子我說了，把東西搬下來！討打嗎？」

宋凌楓忍不住了，跳出來高聲嬌叱道：「打就打！誰怕你啊土匪！」

對手大怒，果真拍馬抽刀，一齊殺來，宋凌楓挺身上前，輪起薙刀，狂舞似洶湧潮水，一陣迴旋，鏗鏘聲間，將刀光全給彈開！對手座騎受了驚嚇，一匹匹揚蹄嘶鳴，不能馭服，攔路眾人個個險些墜下馬來，獨眼人慌忙拽住繮繩，怒斥：「等頭兒一來，看你們這對狗男女囂張到幾時！」

這時，從另一方忽然來了三個風塵僕僕的旅人，兩個持劍，一個揮舞大鎚，獨眼人見了，一揮手，指揮其餘同夥去攔截。雙方遇上，二話不說，先打再說！豈料兩個持劍的，一個劍招樸拙，一個劍法高妙，須臾間，但見一幫土匪嗚呼哀哉，退出江湖武道！至於那帶鎚大漢，橫衝直撞，竟能把土匪連人帶馬，一併撞翻！三旅人對上眾騎，不過五分鐘，就殺到一個不剩！

獨眼人見了，眦目皆裂，失了臉色，不待這五人反圍住他，便驚惶轉動轡頭，拍馬便

逃。傅日安和宋凌楓向旅人道謝，互報名號。原來三名旅人正是唐零、打雜工和谷藏鋒，他們在田家店住了幾天，今早一同拜別。到了半路，正要分手，望見有馬隊包圍一對男女，只道是攔路馬賊，遂聯手挺身相助。

唐零環視馬賊死屍，思忖道：「這群人絕非善類，死有餘辜。可是看他們的裝束，用的料子甚好，又不像一般的馬賊。」

此言點醒了傅日安，他憂愁道：「就怕他們和那個『桓嶽將軍』有關連，這麼一來，麻煩不小。」

正說著，後方又傳來嘈雜蹄聲，但見那獨眼馬賊，竟又捲勢重來！這回他跟在二、三十騎旁，為首的騎著一匹高大駿馬，駿馬高過一丈三，其深瞳閃著兩抹刃光，一身毛色黑亮如上等烏綢，四只輕蹄白皙若踏雪飛兔，傅日安一望便知，此馬乃武都、塞墨邊陲的寶馬「烏兔」，為首騎者想當然耳，是他最顧忌的「桓嶽將軍」。

馬上「將軍」衣著華麗，背一把長戟，叼一捲旱煙，執轡信步，睥睨馬下五人，露出一抹壞笑。獨眼人乘馬跟上，靠到烏兔馬旁，獰笑道：「頭兒，正是這群混蛋，殺我同伴！頭兒當給他們狠狠的……」

話未說完，「將軍」猛地一揮拳，拳背「蹦」的正中獨眼門面，獨眼人痛得摀住冒血口鼻，嗚咽直退。

「吵死了。」

他眺向死去的同夥，扁了扁嘴，朝傅日安等人抱拳道：「剛才的衝突，是我的人沒說清楚，就當做一場誤會。」

傅日安不敢大意，拱手問道：「敢問將軍來意為何？」

「喊什麼將軍？穢氣！不夜城才又死了一個將軍。」騎者擺擺手，「老子尹玄胤，坐不改姓，行不改名。我們在找一個娃兒，從將軍城逃出來的。如果你們沒藏人，就配合一下，打開馬車上的行李，讓我們看一眼。」

宋凌楓喊道：「我們才沒有藏人！你憑什麼懷疑我們？」

「憑什麼？哪，」

尹玄胤隻手攬住轡繩，抽出背上長戟，忽地一閃，長戟飛過眾人眼前，射穿馬車，馬車竟斷成兩半！駝車馬匹紛紛嘶鳴，堆疊的貨箱紛紛滾落車下，混亂間，但聽見一聲細微的呻吟！

「呀！」

一個藏身行李夾縫間的瘦小女孩，衣衫襤褸，跌出車外，咕碌碌滾了幾圈，吃到幾口塵土，連咳數聲，臉色發白，驚怯怯地仰看尹玄胤。宋凌楓認出那孩子，正是當晚在人販子店遇過的「阿月」，不禁驚呼：「妳怎麼會在這裡？」

「就憑這，這不是人嗎？」尹玄胤指揮馬賊們圍住小女孩，笑道，「她『老闆』重金收購童男童女，惟獨這小娃兒，中途跑了，她老闆遍尋不著，請我們幫忙，賞金是售價的一半，夠弟兄們過上一個月的好日子。所以還請五位，高抬貴手，莫擋我們辦事。」

尹玄胤又對小女孩道：「我要找的人，一定逃不掉，妳認分點，起碼少挨點皮肉疼。」

宋凌楓氣急問道：「她們被賣掉，會發生什麼事？」

「我哪知？」

尹玄胤聳聳肩，餘等馬賊大笑出聲，「阿月」困在噱笑聲中，神色更是驚慌。

「不行！」

宋凌楓不顧一切，三兩步躍過馬賊，飛奔到那女孩身邊，以身護之。

尹玄胤依舊神色安然，望宋凌楓冷道：「不如這樣？七三分，妳們拿三分賞金去，就當作沒看到這娃兒。」見宋凌楓惟怒目迎之，又改口道：「要不，五五分？再多就不成囉。」

宋凌楓叱問尹玄胤：「做這虧心事，你們良心安嗎？」

「姑娘，我們頂著性命，掙一口苦飯，將就度日子。關良心個屁事！」尹玄胤臉色沉了下來，「就算我們做的是『檯面下』的生意，認認真真，踏踏實實的做，算什麼虧心事？妳們『檯面上』的，幹過的虧心事才多了！」

說著，尹玄胤抖動手上長戟，目中凶光四射，環掃眾人。宋凌楓一手死緊抱住阿月，一

手握住薙刀，準備伺機突圍，傅日安等四人亦拔劍戒備，態勢一度緊張。

這時，尹玄胤發現遠方不太對勁，趕忙呼喝道：「有官差來了，先退！」馬賊聽令心慌，連忙拋下阿月撤退。尹玄胤留下斷後，落下狠話：「記住，無論死活，我一定會帶走她。」一語罷，策馬揚長而去。

眾人逃過一場兵災，還來不及喘口氣，身騎大馬的官差們圍住了傅日安的馬車，昂揚道：「我等奉旨，查驗貨物！開箱！」

唐零趨前一揖，問道：「在下亦水唐零，敢情諸位大人，奉何人旨意？為何要開箱查驗？」

官差聽得唐零名號，知其乃「唐青天」之後，神色間略顯敬意：「不瞞唐兄，各地衙門連日來屢獲密報，六大幫之中，傳有高層人物，私造『王朝復辟』的犯禁之物，自將軍城流出。我等奉司徒尚書大人親旨，嚴查這一帶車輛，凡查獲禁物，惟誅無赦。請諸位諒解。」

傅日安和宋凌楓相覷一眼，不知所措，畢竟他們只知道此行乃機密要事，卻不知道貨箱裡乃是何物？官差們不待眾人反對，徑自將車上行李一件件搬下，道：「只要查了沒問題，就放你們過關。請配合一下。」

待官差砍斷第一箱行李大鎖，一腳踹下，貨箱應聲倒地，倒出滿地的鯉魚旗和棉花！為首官差見狀，變了臉色，連忙將其餘貨箱逐一拆開，同樣是鯉魚旗和棉絮。他們在旗幟裡再

三翻找，終究空無所獲，搖首無措，致歉辭別。

風波甫平，傅日安愁覷著斷成兩半的貨車，宋凌楓傾身安撫那瘦弱少女，問她名字，她怯生生答說：「古月明時。」

打雜工看著滿地鯉魚旗，錯愕不已，問宋凌楓道：「這就是雲樓樓主的寶貝？」宋凌楓搖首應之，表示自己也一頭霧水。

這時，後方傳來一陣車輪喀答聲，原來是柳芯和四生雀租下的馬車。柳芯遙見少女阿月，心頭狂喜，催車疾馳上前，不顧傷勢，一下車便抱緊阿月，激動不能言語。

四生雀下車關切，問了大概，笑道：「這鯉魚旗的來歷我也略知一二，樓主巴不得埋了它們，怎會視之如寶貝呢？」

四生雀覷了貨箱一眼，眉頭一皺，當下不多做解釋，轉而問道：「傅兄弟，既然你的馬車毀了，不如把馬兒和貨箱理一理，搭我們順風車到不夜？人多一點，一路上也好照應。」

眾人盡皆贊成，事情就這麼說定了。這時唐零瞄過貨箱，發現木箱內裡畫上細小花紋，脫口道：「這貨箱有玄機。」

聽得此話，宋凌楓猛然想起凌雲雁交付的信鴿。她慌忙放飛信鴿，旋即同傅日安細看木箱的花紋。谷藏鋒心生好奇，湊過去看了一眼，又舉起手中巨鎚，鎚柄上竟刻有一樣的花紋。

「這把打鐵鎚子是爺爺留給我的，」谷藏鋒舉著鎚柄，「這都是南梵文，是從塞墨以南流傳來的經文。」

唐零以為谷藏鋒目不識字，不禁驚問：「你看得懂？」

「我們老家常有南梵行商，所以多少都要懂一些梵文。」谷藏鋒答道，「而且南梵多佛經，這些文字，在佛經上也看得到。」

柳芯不知此人正是谷藏鋒，只道是同業弟子，不疑有他，兀自報上名號，谷藏鋒聽了臉色發白，冷汗直冒，把祖傳鐵鎚藏在背後，不敢再多說一句話。

一行人不再逗留，一同收拾好貨色，動身繼續往不夜城去。打雜工與眾人辭別，獨自健步疾走，一心想早些到將軍城。當下他聽得「南梵佛經」四字時，心頭便深為不安，但怕徒生事端，不敢貿然開口。

如此戒慎恐懼，惟因他深信，此文必與《南梵天書》相關。

＊　＊　＊

這些日子，不夜城遭逢連番禍事，就在遇上開城後最慘重的一場賊患後，隔天，常勝之將十二羽，竟就在不夜城中，敗在死士槍下！

除此之外，鄰近不夜的西山泉口，竟潰堤了，洪水竄入地下龍脈，將地道毀了大半。然而此事絕非意外，究其遠因，要從不夜大戰當天說起。

兩天前，在清晨的不夜大戰中，雲樓一行人得以從這場兵災安然脫身，全賴蘇境離在清晨時刻，偶然發現不夜城北的火槍伏兵。他知道有大事將發生，儘管心有諸多疑慮，仍差遣玉璇璣回頭警告臨光老祖，是故，臨光一眾得及時劃策反擊，安度此劫。

就在送走玉璇璣後，蘇境離獨自思忖：「大事前夕，不宜躁進，既然師兄逃出來了，且到『堂口』與他會合再說。」拿定主意，他便在全城衝突發生前，潛行至劍青魂的住所。他本預料會先遇上雲樓或其盟幫的守衛，豈料住所裡外竟空無一人！蘇境離詫異不已，趁四下無人，自某隱密地道潛入，地道陰暗低矮，他點起燭火，佝僂而行，沿著苔滑石階崎嶇而下，又迂迴而上，最後到了某間密室。

密室空蕩蕩的，但殘留著燒著油燈的焦味，蘇境離心知，曾有人來過這裡，然舉燭四望，並無任何打鬥痕跡，總算心頭稍安了些。這時，他發現某張圓几有動過的痕跡，便從几腳搜出一張便簽，攤開來看，上頭是劍青魂的字跡，潦潦寫道：「速回春居得先」。

蘇境離見之色變，立馬銷毀便簽，而屋外同時傳出連番殺伐聲，顯然戰端已發。他顧不得掩飾行蹤，衝出居所，撞見留守的幾個疾風鏢師，鏢師驚聲喝問：「是誰？」蘇境離既不應答，亦不求戰，踏足一轉，拐個方向，奪窗越牆而出。

一翻出牆，正巧撞上山賊燒殺打劫，蘇境離情急之下，索性遁入賊眾之間，藉此抹掉自身蹤跡。賊眾但見一道綠影，熾如朝陽，身法精妙之至，穿梭重重刀光劍影間，竟毫髮不得

所傷！賊眾個個睹物驚心，然轉首眼前，城東諸俠重整態勢殺回，便拋下蘇境離，專注眼前戰局。而蘇境離遊走巷弄間，但見烽火四起，生者不論是兵是賊，或戰或逃，錯肩奔走，縱見傷者死屍仆街，亦無暇顧及彼此，不夜良城片刻間成了煉獄，他亦不禁為之歎息。

當蘇境離躍上西牆出城，正巧與日月錯身而過。原來宇文家的私軍一路追著日月，終於在繞回西門時拿下了他。日月早有準備，見西城賊患已平，硬是趕走三司姬，獨自面對宇文軍。宇文軍終於擒獲日月，無暇他顧，就這麼任由蘇境離這可疑人影出城去。領軍的宇文家武教統，私下拉住捕快頭目，悄聲道：「本府師爺已有交代，為防萬一，早準備一筆款子補償不夜守備，而今早出乎意料的賊害，我將一併上報，絕不會虧待你等。這小子且讓他在衙門待個幾天，別為難他，我家老爺另有安排，這幾天必有消息。」

話說到這份上，捕快頭目只得代為接受。司姬容纔遠在一旁看了，忿憤不已，就要出手再救日月，而繆箏末翮一旁勸阻，爭論了好一會，忽聞一道銀鈴笑聲：「可惜，堂堂昀泉後人，淪落到追著男人的屁股跑。」

容纔聞之大怒，一雙杏子眼猛然回首一瞪，但見嬌小九笙，笑盈盈地看著三司姬。容纔不識九笙，欺她身貌嬌弱可憐，揚首睥睨道：「小婊子特麼活膩了？既然知道咱們是昀泉人，還敢來找碴？不怕我斷了妳舌頭？」

「斷得了，就試試看。」

容纜一怒，從絲袖裡抽出兩根三寸銀針，以指節夾緊，就要刺向九笙，九笙淡定不動，信手抽出一柄銀色的空刀鞘，以靜制動。

忽地容纜身子一震，原來是繆箏按住她的肩。

「別打。」繆箏臉色鐵青，「葉老來了。」

忽見晨霧中閃現一抹光，葉非墨自光影中現形，三司姬不得不收斂，欠身退步，任葉非墨邁步向前，朝九笙拱手道：「這裡不好說話，找個安全點的地方。」

九笙端詳葉非墨好一會，終於點頭。於是葉非墨領著九笙和三司姬，走在小巷間，七拐八彎，來到一間毫不起眼的磚屋，此屋隱密之至，竟無任何賊徒或官兵發現它，故得逃脫晨曦兵災，安然無恙。

此乃合歡教眾祝禱行樂之處，有不少信眾男女藏身當中，個個長衣飄然，滿體清香，九笙一入內，彷彿置身香花浴池，一時之間神情恍惚，任由葉非墨引導她上座。

甫待九笙坐定，葉非墨朝首一長拜。

「昀泉十二氏葉非墨，恭候九蛇小主。」

三司姬見狀，盡皆失色，慌忙隨葉非墨一拜，餘等合歡男女惶惶然不知何故，亦三五錯落而拜。

「少來這套。」九笙凜視眾人，「葉長老，有何貴幹？坐著把話說清楚吧！」

葉非墨領跪拜眾人謝過起身，拉來一張椅子與九笙並坐。不待他開口，九笙先問：「虧你老敢說出九蛇這名字，不怕江湖群起攻之？」

「放心，小主，這裡都是自己人。」

「這年頭，連自己人都不可信。」九笙冷顧四望。

「承蒙小主關心，老夫自有主意。」

「既然你這麼說了，那就把話說開。」九笙問，「你三番兩次要找出我和蘇老爺子，是為了什麼？」

「為了昀泉的將來。」

葉非墨聲色肅然，起迎九笙入簾後小房密談，但聞葉非墨改說一套非中原的方言，虛腔嘶調，聲似青蛇吐信，九笙則冷顏應之。三司姬在一旁見了盡皆詫異：「何以葉老要改用昀泉古語？」「那小娃兒是什麼人？」

這時屋外傳來一陣騷動，原來是玉璇璣回來了。玉璇璣一進門，見了九笙，臉上表情是六分厭煩，四分寬心，神情甚是複雜。她聽九笙與葉非墨以昀泉古語交談，自知沒得介入的份，於是轉而招呼三司姬，奉上聖母玉露湯待客：「此乃合歡聖母，親授藥釀玉露，助體內真氣循環，以成和合天道。」

容纔笑道：「說這麼玄，不就是藥酒嘛！」她正感到心悶難以宣泄，於是與合歡弟子

對飲數杯藥酒下肚，藥性漸發，神色逐漸恍惚，於是拍著節奏，忘我搖擺婀挪身形，嚶嚀一聲，倚上玉璇璣的身子，挑著她的下巴，笑問：「姊姊芳華正茂，可有意中人了沒？」

玉璇璣笑答：「意中人哪那麼容易找到？仇人倒是從來都不少。」

「妹妹我的仇人也不少。」容纘恨恨地附和著，「男人沒一個好東西，把女人當做一池深水玩兒，撩起了水花就走。可憐女人啊，心波徒然蕩漾，又找誰負責呢？」

末翎怔怔地看著兩人，一旁繆箏則笑駁：「日月哥哥就很好呀？」

「他不算，他對誰都好。」容纘長吐一口鬱氣，又道，「所以姊姊妳要小心那雲樓人，聽說雲樓樓主，表面上茹花莳草，文文雅雅的，背地裡專找江湖人埋了做樹肥，姊姊的玉樹纖腰，別教那樓主給埋了喲！」

玉璇璣似乎有些吃不消，勉強笑應道：「妹妹說的有理。」

「我認真的，」容纘雙眼就快定不住焦，一對纖指輕撫玉璇璣的脂凝雙頰，「姊姊，小心雲樓樓主。」

正說著時，小房間門簾一掀，九笙輕步疾行，就要離開這「合歡殿」。臨走前，她回頭向葉非墨道：「我再說一次，南梵天書早和我無關，你老別誤會了。」

葉非墨倚著牆，笑了兩下，道聲明白，拱手送別貴客出門前，又問道：「九小主可知？此戰後，百輪轉就要完了。」

九笙低垂雙眼，冷道：「和我無關。」正要開門，忽轉頭警告，「另外，百輪轉還沒完，勸葉老你小心，千姥姥有危險。」

葉非墨深以為然，長揖謝別九笙。回頭向三司姬和玉璇璣道：「別喝了，等藥退了，動身往西山。」

＊　＊　＊

同樣那天清晨，蘇境離出了不夜城，披著曙光，快步疾行，即便發覺有道身影跟蹤他，他仍不作聲，當做不知道，自思忖著只要進了西山小路，就有方法甩掉跟蹤。

跟蹤他的年輕少女，竟是柳青湮。她正要繼續跟蹤入西山時，有隻手結實地按住她的肩。

一把聲音道：「好了，一個黃花大閨女，跟著男人的屁股追著，像什麼樣？」

柳青湮不解，轉頭問道：「劍仙前輩，就這麼讓那『黃袍將軍』徑入西山，不聞不問嗎？」

那人正是無始劍仙，答道，「別在意，他要尋什麼，就給他去尋。不是我們的，就不要強求。劫難還沒結束，保護好自己比較重要。」

柳青湮為何會與無始劍仙扯上關係？且自她與古琰大打出手那晚說起。是夜，柳青湮擅闖不夜賭場，尋釁古琰，從賭場裡頭打到外面，不巧遇上昀泉總管煒離，煒離見有人刁難

昀泉司姬，毫不留情，與隨從賜衾、白然聯手佈陣，欲圍殺柳青澐，眼看柳青澐就要命喪不夜，古琰反挺身而出，袒護她道：「總管哥哥，這女人要拜我為師，所以我才和她比劃幾招，一切都是誤會，請總管手下留情！」柳青澐雖然吃驚，也只得心不甘情不願的，成了古琰的「開山女弟子」。

而古琰重返不夜城時，中了迷毒，又在酒樓遭夢仙觀偷襲，柳青澐當時也中了夢中幻象，混亂間，翻滾出酒樓，湊巧撞上無始劍仙。無始劍仙惜才，私下救出柳青澐，從她口中問出古琰行蹤。柳青澐自認拜了古琰做師傅，幾度欲回去她身邊保護她，無始劍仙卻勸住她，道：「照妳所說，現在歸燕谷神醫正照顧她的毒傷，同時有昀泉和雲樓人保護她，她現在很安全。反而妳這身半吊子的劍法，要闖蕩江湖才是危險。同是習劍之人，我當提點妳，妳毋需感到不自在。」

於是這些日子，柳青澐便和無始劍仙一同行動，無始劍仙幾番提點她劍法膠著處，令她武藝精進神速，但柳青澐堅不拜師，無始劍仙亦不強求。就在不夜城生大事前夕，無始劍仙察覺城外數股賊軍迅速集結，心知不妙，與柳青澐先行出城避險。當下無始劍仙又阻止她往西山去，道：「妳知道他往西山去，這就夠了，至於他要找的什麼人？什麼東西？不是妳現在應該知道的。」

這番話反激起柳青澐的好奇心，問道：「難道，前輩知道那蘇境離的目的？」

「十之八九，是去找西山千姥姥。」無始劍仙答道，「千姥姥的春居，大有名堂。」

「從劍仙口中說出的名堂，看來是真名堂。」

兩人聞言回首，但見第三個人，頭戴布巾大帽，外披褐色斗篷，外表風塵僕僕，卻掩不住內裡的墨紋綴玉白袍。

無始劍仙問道：「老兄跟蹤我好一段日子了，究竟有何貴幹？」

「但願一睹文殊劍，為拙作『玄機識兵』添光。」那人手持拂塵，一揖笑道，「倒沒料到，此行聽得江湖玄機，傳聞的『雙泉口』，原來真有其事。」

無始劍仙睨著他：「看來你知道不少？」

「諸事不論大小，盡皆略有耳聞，無非道聽塗說，聽到的都是半套虛話。」

「這位包打聽的老兄，還沒請教貴姓大名？」

「太宿。」

「聽半套話的太宿兄啊，」無始劍仙諷道，「我只說西山大有名堂，可是和『雙泉口』沒什麼干係啊？」

「前輩欺我不曉雙泉地理嗎？哈哈哈！」太宿笑道，「北昀泉，南龍泉，百年前本是同源。西山『雙泉口』，正是南北雙泉的源頭之一。那麼你說西山大有名堂，不是雙泉，還會是什麼名堂？」

「這不是你該知道的事。」無始劍仙收斂神色，抽劍示前，沉聲道，「你想一睹文殊劍？隨你，看完就快走吧。」

這時，不夜城中鋒火正熾，柳青澐望之心驚，惶恐神色盡顯於表。太宿接過文殊劍，問道：「話說不夜出事了，前輩卻不去救城？」

無始劍仙答道：「自有人去收拾亂局。」果然過了約莫一個時辰，不夜城便逐漸恢復平靜。

柳青澐不明白：「您似乎知道許多事，卻選擇袖手旁觀？」

無始劍仙徐然一嘆：「剛強易折，凡事若都爭鋒出頭，準沒好事，妳理當聽過水中月的死？」

太宿和柳青澐聞之，皆慨然歎息。

這是段傳遍江湖的過往：當年水都比武，給命運聖主的從弟當上了盟主後，盛氣過人，因此逼得聖主傲天把他趕出了命運門。傲天是水中月的義弟，兩人感情非比一般，據傳水中月為此不滿『惡魔』跋扈無情，屢次出言批判，因此惹動了惡魔的殺機。雲樓老祖臨光將她藏在亦水，豈料那聖主從弟竟不知如何得到這條消息，找出水中月，並輕而易舉殺了她。

當年水中月背後的關係不只雲樓和『霜月三妖』，她助流雲飄蹤渡過難關，流雲飄蹤

感激她，與她結拜做義兄妹。於是乎，水中月的死訊一傳開，雲樓、兵府、命運聖門盡皆震撼。聖主從弟闖下大禍，逃到無心門，投靠他師傅上官風雅，因而勾起了雲樓、兵府、命運門，和無心門之間的芥蒂。

無始劍仙遙想往事，嘆道：「當年那惡魔闖下大禍，可是上官這老好人，鐵了心要保他，甚至不惜要帶領無心門上下，與這江湖三大幫決一死戰。傲天第一個發難，號稱要血洗無心門上下，虧得有個人先我們一步，擋下了他。」

柳青澐驚呼：「當年命運聖主威震江湖，除了您和上官風雅前輩，居然還有第三人擋得住他？」

「當然有，他當年可是無心門的第三把交椅，武藝甚至可說在我之上。」無始劍仙道，「當年『五絕案』正熱鬧時，傲天曾化名『上官無名』，赴無心門鼎助。無心門中，就屬他和『上官無名』交情最好。於是當傲天殺來，他當仁不讓，率先擋下傲天。可惜，三招之間，傲天一記傲血嘯天妖槍，刺穿了他的右臂，他的武功就這麼廢了，直至今日，都還恢復不了。不過一來，多虧他接下那一槍，叫傲天緩和了殺氣。二來上官老好人似乎忍無可忍，和他的寶貝徒弟起了內鬨，一掌拍掉了那『惡魔』幾乎半生修為，將他逐出無心門。」

無始劍仙回憶完過往，唏噓道：「於是，雲樓、無心各折損一員大將，這風波就雷聲大、雨點小的停了。至於那惡魔如何找上羽家和独孤，共創罪淵，這又是好長一段往事。」

「世事一向如此，真正的大難，往往發於不經意處。眾口相傳將至的大難，卻往往不了了之。」太宿將文殊劍賞玩過一遍，雙手捧還，「正如水中月的死，發於意料之外，無心和雲樓的大戰，到頭來卻是風過水無痕。」

無始劍仙收回佩劍，眼光環視二人，最後對柳青澐道：「因此我勸妳，世道始亂，妳就別凡事強出頭，畢竟我們都不知道，何時會鬧出真正的大事情？哪天江湖會用得上我們的力量？」

柳青澐心有不平，駁問道：「見世道不平，還不挺身而出？那還有資格自詡俠士嗎？」

「說了這麼多，妳還是不明白嘛？」無始劍仙大搖其頭，「妳只看見世道表象，哪知表象之下是否埋了更深的玄機？江湖當今諸多風波，不全都是偶然，背後共通的，是層層算計。一層算完，還有一層，諸多盤算，為的是包藏住最初的禍首。」

看著柳青澐似懂非懂的神情，無始劍仙為之慨嘆：「總之，上官和我，連日來按兵不動，為的就是靜待這禍首，浮現水面。」

「而如今你再度現出身形，是否意味著，」太宿忽問，「禍首，就快揭曉了？」

無始劍仙冷望太宿：「你似乎話中帶話，你來找我，當真只為了一把文殊劍？」

太宿反問：「劍仙，此話怎說？」

「你當真以為我不知道你的來歷嗎？雖說我還不知你背後藏了哪些人，但你既然來了，

意味著朝廷也注意到這兒了。」無始劍仙質問道，「太宿既現，夜雨豈還遠乎？」

太宿拱手，笑而不語。

＊　＊　＊

當日太宿與無始劍仙正以言詞交鋒時，蘇境離已深入西山。此時日將正午，他停在半山，眺望雙峰鞍部，隱約可見「春居」，然而他巡望春居四周時，背後忽然傳來笑聲：「小子，想我嗎？」

蘇境離驚而回首，喜見千曇夕嬌小身形，端坐樹椏間，看來安然無恙。他不禁鬆了一口氣，問候道：「聽說有不肖惡徒，欲入西山，我怕姥姥受驚，特來護駕。」

「什麼護駕！當我是皇帝嗎？」千曇夕笑罵一陣，收斂神色道，「這幾天除了嫣兒和你，再沒有任何人找上我。不過，西山今天不太安寧。山腳下似乎來了一群殘兵敗將，打著雷家軍的旗號，混了進來。」

「那不是雷家軍，十之八九是神君走狗『百輪轉』！」蘇境離大驚，「他們要拿下西山做最後根據地。姥姥，春居危險！」

「他們沒人領路，不花個一天半日，找不到我們的。更何況有你在這，我還怕什麼？」千曇夕笑道，「來吧！小子，現在還不知敵人虛實，別貿然行事，來我家喝杯茶歇會。」

說罷，千曇夕領著蘇境離下至山鞍住處，推開春居大門。進了正廳，爐火僅存一團灰

燼，千曇夕丟根木炭進去，撥了撥餘燼，不一會，火又重新燃燒起來。

「乍看是死灰，一點炭火就能教它復燃。」千曇夕用兩手拎起一壺冷茶，放在爐火上煮著，「人也是如此，看似沒希望了，但只要一點機會，就會教他東山再起。」

蘇境離聽出千曇夕話外有話，探問道：「姥姥，連日來的謠言和紛亂，都和『百輪轉』脫不了關係。今日，百輪轉勢將傾盡全力，一舉拿下不夜城以南的泰半勢力。若百輪轉成功了，江湖勢必永無寧日，若他們失敗了，姥姥認為，他們還有什麼機會？」

「你管那麼多做啥？」千曇夕反問道，「我倒問你，你遇見嫣兒嗎？」

蘇境離搖了搖頭，千曇夕又嘆道：「我就知道，好了，你們年輕人就想到處去闖，留我老人家空虛寂寞。嫣兒也是，你也是。」

蘇境離笑問道：「姥姥這話傷人了，晚輩這不就擔心您，特地來陪您了嗎？」

「哼，你是擔心自己的『祕密』更多些吧？」

蘇境離聞之，臉色一變，勉強應之：「您多慮了。」

「是否多慮，問問你囉？」

千曇夕不待蘇境離辯駁，轉身入房，徐久，她掀簾而出，手上拿著一柄半腐朽的斷木劍。蘇境離一看，臉色瞬間發白。

「這是你留下的東西吧？」千曇夕笑問，「你該記得，這玩具是掉在哪兒的。」

千曇夕將木劍遞到他眼前，柔聲道：「小子，真誠可貴，對自己真誠，尤其可貴。」

說罷，她又笑了。蘇境離也笑了，說：「我記得，那是我頭一次來做客。」

「對，我留了你好久。」

「然後我再也住不下去，逃到深山裡，妳還追上來。」

「你看到我，嚇得像是看到山妖似的，拿這柄木劍猛揮，沒命的逃。」

「然後，我掉進了洞裡。」蘇境離仰首遙想從前，「那時候，我真以為自己完了。」

「結果你發現了，洞中有洞。」

「而且沿著洞穴走到盡頭，原來，」蘇境離頓了一下，「別有洞天。」

「其實，當年你已走進龍虎山的邊陲。」千曇夕嘴角微揚，「你就在那兒習得『玄通真經』。」

蘇境離沉默半晌，終道：「後來我才知道，當年我發現的，還只是皮毛而已。真經的真跡四散中原各處，精深奧妙，只怕我這一生都未能學完。」

「總之，這就是你不想要別人發現的祕密。」千曇夕低聲道，「可是你知道嗎？這不是你一個人的祕密。」

「現在我知道了，」蘇境離滿面釋然而笑，「姥姥早發現了。」

「不只是我。」

「大師兄嗎？」蘇境離思忖道：「他該曉得西山別有洞天，但他不可能知道這祕密。」

「也不只你們兩人。」

蘇境離一怔：「那還有誰？」

「或者這麼說吧？」千曇夕揭破謎底，「你發現的，是古老昀泉的禁地。我為你隱瞞，正是不想要別人再找到它。」

聽到古老昀泉之名，蘇境離立馬想到數人：「秋霜夢焉、葉非墨，還有蘇昀絕！」

「對，他們都知道，可他們也不想公諸於世。」

「那是什麼地方？」蘇境離問，「為何你們，對那裡如此忌諱？」

「這要從三參事和崋瀾之戰說起，故事可長了。時間還早，我慢慢說。」

這時茶水滾了，千曇夕起身為兩人砌茶。天色剛暗，而故事剛開始。

＊　＊　＊

就這樣，不夜之亂過了一天。時節已近清明，這天晚上，乍暖還寒，萬籟復寂，天地間，彷彿只剩黑夜和星光。

往昔的穗落堂，今日的奇兵院本部，有一道幽微身影，竄流在來往守衛的盲點之間。他是墨羽夜鴉，像一尾蛇，徐然無聲，滑向溫暖人多的地方。

在奇兵院的客房，今晚有四位訪客留宿。劍無雙彈著劍柄，向外戒備，秋霜夢焉和任

雲歌圍著爐火，還有一個少年，蜷在呢軟毛毯上，睡的正熟。清醒的三人神情肅穆，心知肚明：奇兵院留了他們多天，視他們不只是訪客，更是深入敵境的間諜。

先是劍無雙發覺有異，警示二人，須臾，洛湮帶領大批龍泉弟兄，包圍住客房，任雲歌同劍無雙拔劍戒備，秋霜夢焉問道：「請客入坐，帶兵圍殺，這就是『先禮後兵』？」

洛湮當眾破題，問道：「先說說四位私闖奇兵院，有何居心？自在莊的三莊主，昀泉人秋霜夢焉？」

不待秋霜夢焉回答，任雲歌先冷哼一聲：「既然知道我們三莊主在此，卻不知道蘇境離正是本莊新任二莊主？這樣為難我們，蘇二莊主情何以堪？」

這時有個幫眾冷笑說：「我們為二莊主除掉兩個『障礙』，他當然不會為難。」洛湮聽了大皺眉頭，以眼示意他不准多說。

秋霜夢焉淡定澄清：「自在莊的人事經歷大幅變動，是故特來拜訪鄰居，除此以外，並無其他居心。」

「但是與朝廷要犯私通，這怎麼說？」洛湮拿出一紙信簽，又道，「今晚來了飛鴿疾書，『昀泉殺手祁影，兩天前現蹤古城隘口，重傷神君天師，辱及朝廷，通緝令將在三天內傳遍各城。』你們造訪奇兵院前，曾與兩個神祕人私通，其中一個正是祁影，不是嗎？」

秋霜夢焉微微揚起眉毛，反問道：「這消息太突然，當中可有誤會？」

「無論有什麼誤會，事關朝廷作為，豈能不謹慎些？」

洛湮說罷，幫眾們將圈子圍得更緊了。任雲歌冷笑道：「要打就來，說那麼多做啥？」而劍無雙按劍伏身，蓄勢待發。

忽然，包圍圈起了一陣無聲騷動，竟是上百條毒蛇，彷彿有靈性似的滑竄眾人雙腳間，龍泉人俯視之，盡皆色變，股慄不敢喧譁，唯有一人，從容信步百蛇中，正是墨羽夜鴉。他不知用什麼方法，令群蛇為他開道，遂得暢行無阻，走近秋霜夢焉身邊。

洛湮冷道：「夜鴉，這是龍泉事，你外人別插手，念在夜兄情面上，我禮遇你，但這不代表你得為所欲為。」

「秋霜夢焉可是江湖大前輩，我怎能置身事外？」墨羽夜鴉手指著群蛇，朝洛湮笑道，「我這個外人，權且當和事佬，勸大家各退一步，你有什麼問題，秋霜大前輩肯定知無不言，盡管問就是，不需要這麼氣勢洶洶呀！」

洛湮覷了墨羽夜鴉一眼，舉手示令，龍泉諸人便倉皇退出蛇群，另一邊的任雲歌和劍無雙，見狀亦收起了劍，而那少年，仍蜷在爐火旁睡著。墨羽夜鴉令蛇群圍住客房四壁，將龍泉人拒於九尺之外。

待客房靜了下來，眾人相揖示禮，相讓圍坐几案邊。洛湮拱手致歉，道：「先前無禮，還請見諒。但現在時局正亂，就我所知，諸多新聞和昀泉脫離不了關係，所以不得不謹慎。」

「洛家少主不必介懷，想問什麼，直說便是。」秋霜夢焉答洛湮前一個問題，「我確實見過祁影，但早就分道揚鑣，我只知他要往古佛寺去，但不知他後來做了什麼？」

洛湮聽罷，作思忖狀道：「我相信你所言，但前輩你可要明白，假如飛鴿傳言無誤，如今昀泉諸氏可是眾矢之的，在江湖上，人皆得而縛之，前輩，你的處境也很危險。」

秋霜夢焉淡然一笑，反問：「假如祁影真殺傷了欽命天師，辱及朝廷名聲，這事是有些麻煩，可是你該知道，這神君天師本來就不是什麼好東西，江湖不乏明理人，豈會為了這神棍，隨朝廷起舞呢？」

「只為天師此案，且就罷了。可是連雲樓、兵府、疾風鏢局的要人，你們也想一舉圖之，江湖上下，豈能再袖手旁觀？」

秋霜夢焉蹙起眉頭：「這話何解？何來一舉圖之？」

「這事和幾天前的宗祠之變有關，」洛湮手上的信簽揮舞著，「劍青院主已和疾風鏢局的總鏢頭深談過了，據此信所言，宗祠之變的主謀，呼之欲出了。」

說罷，洛煙忽然轉向任雲歌，笑問：「這位兄弟，不，任大莊主，事變當下你也在場，你且直說當時情景，在大漠宗祠地下，究竟有什麼人？發生過什麼事？」

任雲歌與秋霜夢焉換了個眼神後，坦然答道：「有敝人恩師凌樓主、流雲義兄、臨光老祖、夏總鏢頭、五芒星、空虛禪師，兵府家人貓神小子，羽家二兕星、還有天風、霜月等江

湖大幫的代表人，哦，當時墓室裡還藏了一個赤巽濡。」

「墓室是怎麼坍的？」

「夏總鏢頭為了魚鱗冊，和義兄打了起來，打的整間墓室都坍了，二兇星先逃了，貓神和赤巽濡也逃了，剩下我們一行人，便沿著密門，各自走不同地道逃脫。」

「沿著同一道密門，卻走向不同地道逃脫？」

「對。我們本走同一條地下水道，但遇上岔路，隨著岔路越多，人走得越散。」

「空虛禪師和五芒星，聽說是頭兩個離開的？」

「對，還有其他幫會的要人，同選了一條最近的路，回到地上。」

「你們第一次走這條路，怎知道那是最近的出口？」

任雲歌躊躇半晌不語。

「這一切，都是夏宸和流雲飄蹤安排的計？」

任雲歌勉強答道：「就我所知，確實如此。」

「但宗祠下的龍脈密道，曲折蜿蜒，若不明地理，貿然潛入，勢必受困不得返。」洛湮逼問，「流雲飄蹤和夏宸，若不是一開始就對密道地理，掌握了十之八九，他們怎會行此險計？他們是從哪兒得知密道路徑的呢？」

任雲歌躊躇不能答，於是洛湮自問自答：「另有嚮導指引你們，對吧？」

任雲歌蹬視著洛湮，答道：「我們確實有嚮導，但他們一開始並未現身宗祠，而在密門後的第一個叉路口，和我們會合。他們要五芒星前輩等人先回到地上，我們其餘的人繼續前進，分別前往將軍城和不夜城。」

「嚮導不只一人？」

「……對。」

「你認識嚮導嗎？」

任雲歌又躊躇了一會，答道：「我不認識他們，但他們必定是寒門沐家。畢竟沐家便握有地道全圖，藏在寒天宮，況且我聽說寒門下有一戶柳家，全家俱亡於百輪轉的刺客之手。沐家為了替寒門同仁報仇，助我義兄一臂之力，力抗百輪轉，這也合情合理。」

「說的有理，但我反以為，寒門不會貿然與兵府或疾風鏢局合謀。」洛湮反問，「你扯到寒門，難道是為了掩護真正的嚮導，同時也是這連串風波的禍首。」

「若說這嚮導就是禍首，這指控可嚴重了。況且，如果不是寒門沐家之主，還會有誰掌握得了龍脈全圖？」

「當然有，」洛湮指向秋霜夢焉，「人就在此。」

秋霜夢焉輕歎了一聲。

蘇境離在春居陪侍了千曇夕一晚，然而他徹夜難眠，未待天明便匆匆告辭，輕裝入山，意圖找出百輪軍的蹤影，然而他在山裡兜轉了半天，太陽都升到半空了，仍然毫無所獲，不免有些喪氣。

這時，他瞥見遠遠一道熟悉身影，竟是「山巔一寺一壺酒」疾走密林間，他心生疑惑，屏氣匿跡，跟了上去，想知道他要往哪去。

跟著跟著，竟跟到一處軍營！蘇境離吃了一驚：「原來姥姥說的禍亂，就在這裡？」蘇境離悄聲接近，遙見一個巡視的哨兵，那哨兵身上雷家軍的裝束。於是他埋伏在小徑旁，算準時機，拖他入草叢，擰斷他的頭，換上他的裝束，就這麼混入營帳間。

蘇境離看見山巔一寺一壺酒步入某大帳，料想：「此門後方，必定有百輪軍的高幹。」於是詐稱交班，攆走原來值班的哨兵，站在門口，竊聽到帳內人議論紛紛，其中一個領頭的沉聲道：「落在我們手中，算妳氣數已盡，命運聖女，妳有什麼話要說的？」

蘇境離聞之色變，用眼角餘光窺看帳內，見一紅衣少女，果然是嫣兒！嫣兒遭五花大綁，周圍還有七、八個人，持亮晃晃的白鐵刀，正等著領頭的一聲殺人號令。蘇境離頓時心慌，正要出手救人時，忽聞山巔一寺一壺酒道：「社長且慢，這女人還有用處。」

那聲音問：「什麼用處？」

「她身上有股西山特有的薰香，」山巔一寺一壺酒笑答，「這味道已經淡了，但是錯不了，是昀泉特製的『老實香』，乃西山千姥姥獨有。顯然，她曾是西山姥姥的坐上賓。」

「那又如何？」

「社長既出重資，用我才智，我當為您獻良計。」山巔一寺一壺酒傾前身子，「社長，千姥姥隱蔽西山深險，若能佔住她的宅子做為陣地，進可攻，退可守，更有甚者，能就近得『雙泉』的源口，無論朝廷或江湖，必將忌憚您而不敢貿然攻打。如今有個作過客的女人，若能為您帶路，拿下西山春居，屆時東山再起，只消片刻啊！」

山巔一寺一壺酒話未說完，嫣兒已亢聲叱之：「要我帶路，做不到！」

餘眾聞之忿怒，正要痛下殺手，山巔一寺一壺酒趕忙勸住眾人，道：「且讓我單獨與她說說，社長，現在正是生死存亡之秋，何不姑且一博，把性命賭在這姑娘的情資上？」

「山巔居士言之有理。」社長起身朗聲道，「諸位，米亞神君出賣了我們，現在誰都不能信，只能相信自己。幸虧我們還留了一批火槍，還有幾個萬人敵，只要拿下西山，就是重拾榮華富貴的本錢。諸位，生死存亡，就看這一戰！」

說罷，山巔一寺一壺酒附和道：「社長英明。」

百輪諸眾一聽到要攻下西山，都顯露不安神色。有人建言道：「大人，弟兄都聽說『西山作客，有去無回』，這對士氣，不是開玩笑的。於今之計，不如改走『夷路』，在西夷重

起爐灶……」

那人話未說完，但見社長漠然一擺手，他後頭閃出一個「萬人敵」。萬人敵雙手猛地環抱，一扭，那人就像豆芽頭一般的給拔下首級，殺招幾不見血，可見其快與狠。

眾人睹之心驚，再不敢作聲。社長淡然道：「要幹大事，就不可再留疑心之人。諸位，誰還有異議？」帳內百輪軍連忙直呼「不敢」，於是就這麼定了策，全員另至他帳，商議攻打千曇夕的部署，留下山巔一寺一壺酒和嫣兒在帳中。

蘇境離聽到帳內男聲笑道：「真是好險啊！多虧我救了姑娘妳一條小命。」

「我的命，由命運之神作主，用不著你這個小人來救。」他又聽嫣兒冷道，「見利忘義。為了錢，連百輪轉也幫。」

「快別這麼說，百輪轉新敗，剛好又遇見我，要我指引一條生路罷了。」山巔一寺一壺酒仰首捋鬚，笑而駁之，「我平生不殺人，只助人，助人為我治世之道，能掙個順手發財，當然更好。姑娘為此批評我，未免有失公允。」

嫣兒聽得發怒，啐一口白涎，咬牙斥道：「一狗嘴的強詞奪理！你們敢闖姥姥家，哪怕動到一磚一瓦，我做鬼都不會放過你們！」

「千姥姥也不是普通人，這群敗兵殘將，拿不拿得下春居，還未成定數。話說回來，別動輒把『做鬼』放在嘴邊。人生苦短，性命可貴，年紀輕輕，幹嘛急著做鬼？」

山巔一寺一壺酒抱著雙手，掃視嫣兒的臉龐：「瞧妳人挺標緻，一身清香細肉，做鬼多可惜！」

嫣兒一怒咬牙，甩過頭，不再作聲。山巔一寺一壺酒亦不強逼，起身出帳，剛出了簾門，便感到一把短刃抵住了後腰，原來是蘇境離潛身在後，不動聲色，附耳悄聲道：「一壺酒老兄，想做鬼嗎？」

山巔一寺一壺酒沒料到這麼一著，臉色一白，眼觀四面百輪軍此來彼往，竟無人察覺到他被挾持。他旋即冷靜下來，低聲笑答：「當然不想。」

「我以為你現在就想做鬼。」

「我做不了，你心裡明白。」一壺酒怡然不露破綻，氣虛聲沉，「殺了我，事情一樣難辦，不如談個條件？」

蘇境離默不做聲，用手中短刃，把人抵回嫣兒的帳中。嫣兒一見蘇境離，驚喜地要站起身來，一聲「蘇哥哥！」差點就喊出口來，但蘇境離連忙搖手制止她，道，「彼眾我寡，別暴露了。」

待三人坐定帳中，蘇境離自思忖道：「百輪轉還留了這般實力，要是貿然現身迎敵，即使贏得了，若只是打散了他們，任敗軍流竄四散，入山為寇，後患無窮。」一想到此，蘇境離有了定見，「斬草當除根，要打，就不能放走任何一人。」

於是蘇境離問二人：「你們可知道，這裡有多少人？還有多少殘兵在外？」

嫣兒無奈搖首，一壺酒笑而不答。蘇境離心知其意，道：「既然百輪轉求你，你一定知道他們部署，你想談生意，行，我開條件。」

蘇境離無視嫣兒訝異神情，續道：「你想找地下龍脈，我帶你去。但你要保嫣兒平安，並告訴我百輪轉的事。」

山巔一寺一壺酒大搖其頭，駁道：「你不是說地下龍脈早毀了？」

「毀的是龍虎山一帶的龍泉口，這地下龍脈縱貫南北，綿延中原以西，從西山雙泉口入脈處，尚有祕辛。」

「蘇兄好意我心領了，但這一帶的山勢地理，我早摸透了，毋需蘇兄提示。」

「連『九泉祕徑』也找到了？」蘇境離笑了一聲。

山巔一寺一壺酒的臉色變了：「不可能！」

「誰說不可能？」蘇境離傾前身子，放低聲音，「這裡不好詳談，老兄，你保我們平安離開百輪軍，我選個安全的地方，好好的說，意下如何？」

山巔一寺一壺酒雙手直冒冷汗，嚥下一口沫子。

＊　＊　＊

那晚，在奇兵院，洛湮以一抵三，直面逼問任雲歌和秋霜夢焉。

當洛湮將矛頭指向秋霜夢焉時，任雲歌倏地抬頭，正要開口辯駁，洛湮卻搶先一步道：「江湖人鮮知，除了寒門外，歷來昀泉宗主和總管，都握有現存龍脈全圖，且和寒天宮收藏的，是同一份版本。因此，昀泉宗主和總管，能運用此地利，一天內往返將軍和不夜城。況且墨柘是雲樓墨家之後，和兵府少主也交好，假若宗祠一聚是兵府的計，此計要利用到地下龍脈，必事先請來墨柘，為他們引路。」

「就算這麼說是有理，但你這不就在指控，墨柘兄正是禍首？」任雲歌駁問道，「他要如何行兇？又為何要行兇？」

「如何行兇，要看此計後續的安排。」洛湮改問道：「你們送走五芒星等人後，接下來是雲樓樓主，往將軍城去？」

任雲歌蹙起眉頭：「對。為師傅帶路的，是昀泉小宗主墨冰。」

「那就剩下墨柘、流雲飄蹤、夏宸、臨光、還有你，往不夜城去了。」

「對。」

「那你是怎麼和他們走散的？又怎麼遇到那小子？」洛湮手指角落的熟睡少年。

任雲歌猶疑一會，答道：「我們分開不久，竟遇到惡徒襲擊，人數不下十幾人。地道路狹，昏暗無光，幾位大前輩的武功都不好施展，因此和惡徒糾纏不開，只得且戰且走。混亂間，我誤走到另一條岔路，以為要受困一輩子了，幸好遇到這位小兄弟，引領我到龍虎山

下。至於其他人後續發生什麼事，我就不知道了。」

洛湮又問：「那些襲擊你們的，會是誰？」

「想必是雷家軍，不，應該是百輪軍。」

「雷家軍也好，百輪軍也好，這些局外人都不熟悉龍脈地理，是要如何埋伏偷襲？」不待任雲歌回答，洛湮又問，「而且你可知？五芒星和空虛禪師遇襲一事，詳細時間說不準，但，理應是同一天。」

「你到底想說什麼！」

任雲歌早按耐不住滿腹焦慮和怒火，一掌猛拍木几。

「我相信大莊主和幾位前輩失散後，對後續發生的事一無所知，因此我為你解釋。」洛湮不慌不忙，覷著手中便簽續道，「流雲飄蹤等人遇襲時，虧得有一支友軍來援，趕跑了刺客。那援軍，才是琉璃坊主沐硫華。然而，刺客退去後，大夥點了點人數，發現失蹤的除了任大莊主你之外，還有一人。」

說到此時，洛湮用眼角睨了秋霜夢焉，見他以掌撫額，垂首無語。如此頹態，令洛湮更加堅信：便簽所寫的，確實沒錯！

「另一個失蹤的，正是獻計宗祠地下一聚，為諸位領路的嚮導，昀泉宗主墨柘！」

客房內靜默了好一會。

「我便直言，墨柘利用了米亞神君和百輪轉，部署這所有的一切。」洛湮朗聲道，「諸位只知雷家軍、百輪轉起事作亂，殊不知，墨柘，才是這一切的禍首！他事先安排了這所有戲碼，令他得藉故脫離隊伍，在最短時間內，隻身繞道，攔阻五芒星和空虛禪師，並且只差一步，就能殺了他們。」

任雲歌反問：「那你說說，他又為何這麼做？」

「為了壯大自己。」洛湮仰首冷哼，「墨柘乃墨家之後，深得雲樓信任，又身兼昀泉宗主，掌握昀泉大小情資。他若要更上一層樓，當好好運用現有的一切。藉宗祠之變，殺空虛禪師，挑弄雲樓、兵府、羽家和罪淵之間的爭端，好好打上一戰。此戰無論勝負，勢必各有所傷，那麼惟一得利的，就是在連日事變中，幾乎毫無損傷的墨家軍了。」

洛湮環視眼前眾人，又道：「再者，若雲樓重傷，朝廷威信亦失，正是昀泉中興的大好機會。屆時，墨柘左擁昀泉之力，右得墨家聲勢，他在江湖的地位，怎能不摶扶搖而直上？」

「太武斷了！」任雲歌冷問道，「好，的確墨柘正是昀泉宗主，他也和雲樓有關，他確實為我們獻策，又為我們帶路，而假使這連日奸計盡皆得逞，他正是最大的得利者之一。但難道就這樣咬定，他是安排這一切的禍首？」

「眼前就有位昀泉耆老，他對昀泉宗主的瞭解，必定勝過你我，」洛湮笑問秋霜夢焉，

「您說，我的推論，是否屬實？」

眾人將眼光轉往秋霜夢焉身上，等候他的答案。豈料，他根本就不回答。

「我曾聽說，洛家少主冰雪聰明，堪稱龍虎山第一智囊，今晚看來，確實如此。」秋霜夢焉含笑，凝視洛湮的炯炯雙眼，「但是，洛家少主，我為護主，無論如何，應當否認你所指控。你問我，又有什麼意義？」

「確實，你們同為昀泉人，護短也情有可原。但我以為，同鄉同血緣，也未必同心。」洛湮反問，「千年來，三參事共治昀泉仙境，然而自百年前，崋瀾慘敗，九蛇氏亡，三參事失勢後，當今十二氏方才崛起，現在，又出了個異族出身的墨家宗主，曾為三參事的秋霜氏，難道真甘心於屈居後人之下？」

秋霜夢焉安然凝望著洛湮，良久，徐徐開口：「洛家少主，我以為我的供述，並不重要，重要的是，今晚相談後，你的下一步是什麼？」

洛湮蹙起眉頭：「什麼意思？」

「我且請問，你以穗落堂主的身分，投身奇兵院，為的是什麼？」

「自然是因為劍青院主素懷雄略，有為有守，心繫江湖和平，值得我傾身相投。」

「那麼，今晚得了我的口供後，無論有利或不利，實話或謊話，你會有什麼打算？」

洛湮對這問題困惑了一會：「自然是因事置宜。不管怎樣，劍青院主將捍衛龍泉、奇兵

院和洛家的責任，托付給我，我不可負了他的期許。」

「願你誠如所言所誓，這樣一來，我們也可算是在同一條路上。」

「什麼？」

「洛家少主，」

秋霜夢焉忽然傾身貼近洛湮，握住他雙手。

「你想從我口中得證，敝宗主是否為這幕後禍首？」秋霜夢焉問道，「假如我的話，有益於中原和平，我自當秉實相告。但在這之前，告訴我，你除了要保護龍泉和洛家之外，可還曾為中原百姓著想過？」

洛湮忽然吃下這一招，一時不知所措，顯露惶然神色道：「對，我當然有著想過。」

「那麼，請先令外頭龍泉諸人，暫且退下。」秋霜夢焉求道，「以下的事，我不想讓太多人知道。只要這屋內的人：任大莊主，無雙兄，洛家少主您，以及旁邊這位夜鴉兄，出我之口，入你等四人之耳即可。洛家少主，你可信我？」

洛湮愣了半晌，徐然舉手示意，戒備於九尺外的龍泉人只得領命撤退，留下房內五人。

「洛少主，你先前的推論，是依據那張飛鴿傳信所言，對吧？」

「對。」

「這信來自貴院主劍青魂之親手筆跡。」

「對。」

「他曾與夏總鏢頭會面，想必對宗祠一事始末，掌握了大概。他亦在信中詳述此事。」

「對。」

「但他沒提到南梵天書？也沒提到九泉祕徑？」

四人聞之，驚的啞口無言。

「南梵天書早已散佚，九泉祕徑也只是傳說。」一旁沉默的墨羽夜鴉，沉聲插口，「秋霜前輩，為何會提到這個？」

「九泉祕徑並非傳說，只是隱沒了。重啟祕徑的關鍵，正是南梵天書。至於天書，則分成數塊殘篇，散落各處。據我所知，殘篇上一次全數齊集，顯露世間，是約莫十三年前，在水都發生的事。」

秋霜夢焉解答墨羽夜鴉的疑惑，又道：「此次宗祠一聚，用意甚多，但其中一條重要的原因，我想，是為了避閑人耳目，暗中齊集散佚的天書殘文，查出九泉祕徑的暗示。畢竟，齊集殘文，意味著可能就此參透禁忌祕徑，這種事，不好在江湖上傳開，惹人猜疑，所以最好用另一個大名目遮掩，在暗地裡做好。」

洛湮先瞪大了眼，又皺緊了眉。

「此外，之所以邀請空虛禪師參與此聚，並如此保護他，我想，明著是請他以護國法師

之名，擔任宗祠的見證，暗處是私下委請他譯出全篇殘文。空虛禪師常年深居臨湘，翻譯南梵佛經，是今日中原最通曉南梵文字的人，請他做地下翻譯，於名於實，都最洽當不過。」

一旁的任雲歌，覷著秋霜夢焉，驚駭不能言，秋霜夢焉轉而笑問任雲歌：「我知道，你為了保護流雲策侯和凌樓主，不曾對任何人提過這件事。現在你一定很訝異，我從頭到尾都不曾參與此事，怎麼會知道呢？」

任雲歌被道破了心思，神色有些心虛。秋霜夢焉亦不窘逼，徑自答道：「據我所知，十三年前，天書重現水都，最後落入『深淵的惡魔』手中。多年後，流雲飄蹤聯手無名俠士『黑風劍』，大破罪淵閣，一劍敗了那惡魔，同時找回了天書殘篇。為防天書落入有心人手中，他和凌雲雁樓主商議，將每塊殘篇悉數分給江湖各大高人，嚴加保管。這件事，現在江湖上只有極少數人知道。」

秋霜夢焉話說到此，任雲歌大膽猜測：「然後，當年受義兄所託，保管殘篇的江湖諸君，正好都是這次宗祠一聚的賓客。」

「對。」秋霜夢焉點了點頭，「據說，劍青院主也打算，嗯，『邀請』空虛禪師來貴院作客，我想，這和南梵殘篇，很難脫離干係。畢竟昀泉人是這麼說的，『若有人解開天書，令九泉重現世間，三年之內，中原勢將落入此人手中』。」

說到這，秋霜夢焉又問洛湮：「他難道絲毫沒在信中提過這些事嗎？是夏宸隱瞞了劍青

魂，還是劍青魂隱瞞了你？」

洛湮不應話，硬生生吞了口沫子。

＊　＊　＊

是日，蘇境離發現了百輪殘軍，並想定了戰略。

當晚，百輪殘軍正要搜找託辭離營的山巔一寺一壺酒時，他隻身歸返，密告道：「我已說動命運聖女，尋得西山雙泉口的千宅春居。可惜我稍一不慎，讓那聖女逃了，不過區區一個聖女動不了大局，這春居主人千曇夕一向不設外防，憑百輪轉現存兵勢，當可輕易拿下。這千載難逢機會，絕無僅有，錯過了就不再。」

百輪轉社長大為興奮，然而此時一壺酒又叮囑道：「如今天色晚了，切莫匆忙啟程，以免夜路昏暗，徒生意外。當整裝蓄勢，待五更天時，趁曙光未露前，由我帶路，出奇制勝。」眾人點頭稱是，就這麼定了決策。

詎料到了五更天時，忽起一陣漫天大霧，籠罩全營，巡守兵士相繼竊語道：「這霧不對勁啊，會礙著視線。」

社長急尋對策，山巔一寺一壺酒捋鬚吟哦道：「此必為蘇境離的幻術，想不到連他也來了。」又寬慰道，「社長毋需驚慌，這幻術不過蔽人耳目，傷不了人的，且他自恃有幻術掩護，必不設防。我這就去除掉禍源，您且整裝待發，霧色一散便出兵，日出前必得春居。」

社長大喜，任一壺酒隻身遁入霧色「抓人」，然而過了約莫兩刻鐘，霧色反更濃郁，且白茫茫的一片中竟帶有縷縷花香，聞到這股香味的百輪軍，一個個倒地不省人事，嘴角掛著詭異的微笑。

有些稍微警醒的驚覺不對，高喊：「是毒霧！」可是遲了，霧中摻了百花迷毒，遍襲全營，百輪轉社長發覺中計，趕忙撇下軍營逃了，餘者昏的昏、倒的倒，幾無一人幸免。就在此時，從毒霧中走進一批人，身著夜行衣，衣上繡五瓣梅花印，面罩口鼻，手持蟬刃，優雅地把倒地的百輪眾，一個個割開了咽喉。

可歎喧鬧江湖一時的百輪轉，看似就這麼灰飛煙滅。至於此毒霧的來龍去脈，當從蘇境離身上說起。原來前一天日落時分，山巔一寺一壺酒詐稱勸說，掩護蘇境離和嫣兒離開百輪軍營。三人找到遮蔽處，正思忖著如何一網打盡百輪殘軍，忽見到一批身著夜行衣的少年少女，其中一少女頭兒，不報來歷，但朝三人行揖而問：「敢情是蘇家觀的蘇境離少掌門？」

蘇境離一望便知，這少女頭兒正是玉璇璣。他不說破，但還禮道：「正是我。」

「奉長老旨意，助蘇少掌門破百輪軍餘孽。」

「那再好不過了，」蘇境離欣喜道，「正好需要妳們的幫忙。」

於是，蘇境離訂下計策，先遣一壺酒返回敵營，穩住敵心，說服他們多留一個晚上。

然後到了五更天，天色最冷，守備最紊亂時，蘇境離驅動體內丹田，御氣出竅，化出一陣幻

霧籠罩敵營，正如他曾對劍青魂使過的伎倆一樣，然而，這次他預服了玉璇璣攜帶的合歡迷湯，藥效融入自身，隨氣而出，將幻霧昇作了迷霧，迷倒了百輪諸軍，就這麼不損一兵一毫，令群賊盡皆伏誅。

然而大勢底定時，蘇境離驚見百輪社長領著兩個萬人敵護身，倉皇逃入西山更深處。他不禁感到一陣心慌，對嫣兒道：「斬草當除根，妳快領這群夜行人去保護千姥姥，我這就去追那萬惡禍首！」

一旁的玉璇璣連忙勸阻：「可是你體內的迷毒還沒排除乾淨！」

「這點餘毒，不難。」

蘇境離笑笑，旋即正色凝神，御氣循環周身，不一會，但見他周身揚起微薄五彩霧，將體內餘毒隨氣一同逼出體外，消散在夜風中。待身體恢復了，他匆忙辭別兩名少女，不帶隨從，逕自尋得百輪社長的足跡，追了上去。

蘇境離腳步甚輕，身形飛走在密林枝椏間，很快地發現了百輪社長。然而他心裡有數，找到人是容易，拿住人卻是個難題：樹林濃密，不僅遮蔽視線，且教身手難以開展，對方還帶了兩個萬人敵，要在此憑只身、殺三人，並不是那麼簡單。

「如果帶上那群擅於薄刃和暗器的夜行人，你就不用如此發愁了吧？」

蘇境離聞言心驚，倏然回頭，正是山巔一寺一壺酒，不知施展何等身法，不露聲行地尾

隨在蘇境離背後。

「蘇兄長居深山，理應知道山林戰的要領，怎麼會如此輕率地獨自追趕敗軍呢？」山巔一寺一壺酒低聲冷笑，「還是說，你接下來會去的地方，不想讓太多人知道？」

蘇境離冷然不答，須臾道：「你猜的沒錯，那地方，別讓太多人知道的好。」

「所以，你才不想漏了任何一人。」

「對。不過現在無妨，」蘇境離答道，「一壺酒，你毋需多心，我允諾你的，自然會兌現。如今你且再幫我一個忙。」

山巔一寺一壺酒嘴裡不說，興奮神色滿溢在表情上。於是蘇境離面授一計，要他從旁抄小路，繞到百輪轉社長面前。

社長一見他便怒火中燒，道是他設計坑害了全軍，山巔一寺一壺酒趕忙道：「我也是中了蘇境離的計啊！這廝如此狠毒，滅殺我等不留餘地。但我先他一籌，早發現了傳聞中的昀泉禁地。跟著我走，必能發現失傳已久的『不老仙泉』。」

「呸！憑什麼我還要相信你？」

「就憑這，」山巔一寺一壺酒從懷裡掏出一朵半萎的花，「此乃忘川花，只有仙泉水種得活，十五年方能開一次花。憑這個，就能證明我所言非假。」

見百輪轉社長瞪大了眼，一壺酒進而勸道：「蘇境離正是尋得不老仙泉，才能獲得如

此深厚武功，可他打算將這獨佔，我們怎能讓他得逞？社長，你既得米亞仙丹，若再得仙泉水，豈不是天下無敵手？任憑誰都不敢再小覷你？」

百輪轉社長聽進了這番話，便應允山巔一寺一壺酒領他前往仙泉禁地，走了約莫一里山路，一路上草長路狹，然後忽地豁然開朗，來到一片空曠地，此地形狀像極一張石凳，前後出口窄若一線，社長忽然心生異樣，問：「真的是這條路？」

「正是這條路，」

蘇境離踩著陡峭岩壁，御空翩然而下！

「送你下黃泉的路！」

兩個隨扈的萬人敵抬頭呼吼，應聲而戰。蘇境離毫無懼色，以一敵二，周旋亂拳盲腿間。不過數招，蘇境離便看穿他們：「如此蠻力，必為米亞神君的藥丹之故。然而他們空有蠻力，卻無絲毫修為，久戰必勝。」但稍加思索，他便知此計不妥，「一旦久戰，那百輪禍首必得趁隙逃走，勢必要速戰速決，該如何是好？」

這一猶疑，露出了破綻，遭萬人敵一拳攻來。虧得蘇境離及時避開要害，巨拳正中後方石壁，轟然一聲，打出一個人頭大的窟窿！萬人敵竟能迅速收勢，轉身朝蘇境離揮拳殺去！

蘇境離速審局勢，把心一橫，口念喃喃口訣，旋即，周身竟揚起熾熱烈氣，烈氣奔騰，幾可用肉眼視其形貌，其色隨口訣，轉作金黃，宛若豔陽下的一顆耀眼新星！萬人敵不識此

功夫之可怖，大吼大叫著，掄起拳頭殺上去，眼看兩人四拳，就要把蘇境離打成碎塊，蘇境離竟大喝一聲，氣隨聲發，炸出一道震波，持劍一揮，掃出一道金紅相間的劍氣，將萬人敵堅若煉鐵打造的剛軀，砍成四塊碎片！

至於那百輪社長，貌似下定了必死的決心，拿出一包布囊，把囊裡大大小小的藥丹，一口氣吞了下去！待萬人敵亡，蘇境離的劍鋒指向落單的百輪社長，揮灑熾熱劍勢殺了上去。蘇境離見他面色鐵青，顯然有劇毒迅速循環周身所致，毫無猶疑，順勢旋身一劈！

然而劍刃劈在他紅裡發青的肉身上，竟砍不進半吋！蘇境離微微一驚，剎那間感覺到有雙拳往他中腹襲來，趕緊沉身墊步，向後避開，不待稍歇，狂暴亂拳乘勢追逼而來，蘇境離遂揮劍相抗，只一招，拳劍交錯，擦出一陣巨響，竟然彼此僵持不下。

蘇境離心想：「光是這樣囫圇吞丹，就能生成這般功力，倘若這廝認真修行，將這般功力踏實納入己身，他日必於江湖大有可為。可惜，這小人好鶩外道和鬼計，註定成不了大器。要以正道揚名江湖，只有等下輩子。」

想定了，蘇境離凝氣聚神，周身熾氣竟變得更加熾烈，原本僵拒在中間的劍鋒，亦漸漸逼向雙拳那一方。須臾，蘇境離忽地沉聲大喝，揮劍彈開雙拳，欺身衝近，一旋身，在對手膨脹的精剛肉體，用劍劈開一道五尺口子！霎時鮮血四飛，骨肉盡裂，斷聲彷彿瀝瀝可聞！

那百輪社長連番震天慘叫，拼上最後氣力一躍，閃開蘇境離又一追擊，趁蘇境離未及轉

勢，帶著重傷，衝出一條求生的窄路，一路上翻石撞樹，稍一不穩，撞入一面石壁，卻須臾失去形跡。原來石壁中有一個洞口，外有木板亂石遮掩，又束以層層符咒結繩屏障，似是有人不願它重見世面。

蘇境離暗叫不妙，可是已經遲了。山巔一寺一壺酒趕上，問道：「這就是九泉祕徑？」

「這是其中一個入口，離真正的祕徑還有一段路。」蘇境離道，「只好走另一條捷徑，攔住那混蛋。」

於是蘇境離走入草木叢生的荒道，約莫半刻鐘，來到一座毫不起眼的土井旁。趁日正當午，他用油布點燃火把，隻手抓著井壁，攀下井底，井底竟有另一處洞口，也是以重重結繩屏蔽，高有八尺，深黯不見盡頭。

蘇境離徑自高舉火把，穿過結繩，鑽入密道，小心地走了一刻鐘，來到一處雙岔口。他停佇岔路前，無語凝望深處，狀似要看透些什麼。

山巔一寺一壺酒緊跟在後，見岔路便問：「該走哪一條呢？」

「兩條都成，也都不成。」蘇境離竟答，「這兩條路都通往同一個終點，可是兩條也都是『蛇路』。」

「可是你當初怎麼通過的？」

「我初次探訪這條路，正是入冬時分，群蟒會窩聚其中一條冬眠，那時就很安全。但現

在驚蟄已過，它們早該甦醒，會盤據在哪一條路，會否攻擊人，連我也不知道。」

山巔一寺一壺酒蹙起眉頭：「總不能等到冬天，該有別的方法找出蛇路，趨吉避險吧？」

「是還有另一個方法。」

「哦？」

山巔一寺一壺酒應了一聲，忽然驚覺不對。

剎那間，毋需多言，闖蕩江湖多年的直覺，令他頓悟了這一切。

他知道為什麼，蘇境離肯透露這禁忌的龍脈祕徑。

他也知道，避開群蟒的「另一個方法」是什麼了。

可是太遲了。

蘇境離一口劍，已刺穿他的胸膛。

「用鮮血，引蛇出洞。」蘇境離低沉雙眼，凝視對方湧血七竅，「死屍的效果更好。」

言畢，蘇境離倏地抽劍，一腳將他踹向其中一條岔路口，看他抽搐幾下，隨即靜了下來。須臾，幾條銀蟒尋著血味，滑出洞口，盤在死者上舔取血肉，旋即有更多條蛇竄出，群集一邊岔口，將死者疊疊重重裹成一團蠕動的銀線球。

蘇境離心中百感交集，盡顯於表。

他心術確實有可議之處，卻也不是什麼大奸大惡的人，殺他，於理當何據？因為他畢竟是個逼寶客，為達目的不擇手段，所以不得不殺他。

因為他遲早會出賣這一切，若這祕密落入惡徒手中，不堪設想，所以不得不殺他。

蘇境離想了好幾條理由，除此以外，還有一條。

「假如，你不曾對嫣兒言語輕薄，」蘇境離虛聲輕歎，「也許，我就不會殺你。」

＊　＊　＊

時約二更，奇兵院的客房，一度又剩爐火燒著薪柴的劈拍聲。

洛湮面對秋霜夢焉的反問，茫然不能應答。倒是一旁靜靜聽著的墨羽夜鴉，再度開口：「但是，這推論不對勁。」

秋霜夢焉頷首應之：「是的。」示意墨羽夜鴉繼續說下去。

「假使當年，真的是流雲飄蹤將這天書殘篇，分予各個高人各自保管，他應該是不想輕易重現天書內文吧？」墨羽夜鴉思忖著，「這麼一來，宗祠一聚，如果又是為了湊齊殘篇，這不是和他當年所做的，相違背了嗎？」

「這說法也有道理。」秋霜夢焉對任雲歌道，「這就要看任大莊主的說詞了。」

任雲歌一時不解，秋霜夢焉提醒道：「你一直隱瞞了南梵天書的事，現在，是時候告訴我們，究竟當天在宗祠地下，流雲策侯一行人還做過什麼？是否和天書殘篇有關呢？」

任雲歌抿著嘴，苦思了一會，娓娓道來：「我們幾個人走到第一個岔路口，實為一處天然洞窟，墨宗主就在那裡等著我們。洞窟中有一張巨大石筍削平而成的石桌，所有代表聚在桌邊，說了些話，並各自交出一片碎紙，在石桌上拼出一頁書，讓空虛禪師讀過一遍。」

「禪師可讀通了？」

「沒有。」任雲歌搖搖頭，「空虛禪師說，雖然碎篇齊全了，可是通篇不成文句。」

「原來如此。」秋霜夢焉沉吟著，「有人為此提出質疑嗎？」

「有。」任雲歌答，「有人懷疑，很可能其中至少有一片碎頁，是假的。」

「我也這麼懷疑。」秋霜夢焉又問，「在那當下，為此起了爭執吧？」

「對，幾個前輩吵了起來，甚至一度把矛頭指向流雲義兄。最後大家是說湊不出經文也好，就此讓祕境永遠塵封著。」

「那，這次又是為了什麼，要費這麼多功夫，重新湊齊碎片？」

「因為狀況有變，」秋霜夢焉想了一會，「共有多少人交出碎篇？」

任雲歌在心裡默數：「加上義兄，有八個人。」

秋霜夢焉思忖道：「假如一人分一張碎片，就是八張，但是殘篇應該有九張才對？」

「九張對八張，數字就兜不起來了。」

「正是如此，這些人從一開始拿到的殘篇就不完整，這件事，持有者應該都知道。」

「但是，事隔多年，第九殘篇意外出現，於是這些人再一次嘗試拼齊天書。」墨羽夜鴉冷笑道：「結果卻是假的，空歡喜一場。」

「或者，」一度沉默的洛湮突然開口，「倘若諸位所言屬實，這第九殘篇確實出現了，可是發現他的，別居私心，偽造了一塊假的，並用它引出其他八塊真貨。」

劍無雙忽問：「為什麼要這麼做？」

「為了一個人獨吞所有的祕密。」洛湮冷道，「只要再見到其他八塊真跡的內容，眾人以為湊不出暗示，惟那第九持有者，得以暗中領先一步，獨獲九塊殘篇的內文。」

「那也要有過目不忘的天大本事，而且，」任雲歌雙手抱胸思忖著，「還要有那個偽造古物的本事，能偽造一塊假貨，又不被任何人發現，特別是流雲義兄，他的眼光很利的。」

話剛說出口，任雲歌便發現自己犯了大錯，頓時臉色慘白。

「也許，偽造假貨的，正是你那位流雲義兄？」洛湮陰沉著直視任雲歌。

「當初流雲策侯從罪淵閣深處，獨獲八塊真跡，假如他真有那私心和本事，早已默記下所有內文，甚至還可能私藏了謄本。」秋霜夢焉搖搖頭，「他又何必大費周章，演這一齣戲，昭告其他人第九真跡重問世間呢？」

「所以，前輩以為不是百韜策侯了？」洛湮視線轉向秋霜夢焉，「這樣一來，昀泉宗主的嫌疑，是最大的。他私藏第九塊真跡，卻只出示假貨，藉此引出其他八塊碎篇。所以他自

願擔任嚮導，誘導大家演宗祠這齣戲。」

「這麼說是有可能。」

「那麼前輩該回答我的問題了。」

洛湮無視另外三人眼光，身子傾前，逼近秋霜夢焉。

「您以為，貴宗主墨柘，當是一切的禍首？」

＊　＊　＊

蘇境離在地道裡不知走了多久，忽然聽到一陣呻吟，他高舉火把向前探，但見一男子，踡伏石壁旁，渾身裹滿繃帶，雙手按著下腹傷口，不住地喘息。那男子察覺到火光，抬頭看向蘇境離，蘇境離見他年紀尚輕，甚至不滿二十歲，自然不是百輪轉的社長。

但是他既然知道這條祕徑，顯然絕非普通人。蘇境離不敢大意，距他三尺之外，問候道：「需要幫忙嗎？」

男子虛弱搖頭，扶著石壁站起身子。

「那你可曾看到，有妖怪經過這裡嗎？」

男子點了點頭，手指地道深處。

蘇境離又問：「是他打傷你？」但旋即發現自己錯了，男子身上的傷口都經過簡單包紮，顯然已經受傷好一段時間。

「我阻止不了他，拜託你，阻止他。」男子一步一拐，走向蘇境離。

「誰？」

「你說的妖怪。」

男子神色淒然，言詞恍惚。

「我犯了大錯，不能再犯了。可我阻止不了，求你阻止他，你是誰？」

蘇境離躊躇一會，自報名號：「蘇境離。」又問，「兄弟，你是哪位？」

男子正要開口，忽焉一皺眉頭，呻吟著摀住胸口，蹲下身子。蘇境離慌忙扶住他，問：「你是誰？」

「爹、娘、對不起，」男子彷彿沒聽見問題，抱著頭，兀自嗚咽，「諸君，對不起。」

蘇境離眼看這樣下去不是辦法，於是撇下那男子，繼續往地道深處去。

他走得匆忙，以至於沒察覺到，那男子正是昀泉宗主墨柘。

他甚至沒察覺到，在他離開後，密道裡又來了三個人，圍住了墨柘。

＊　＊　＊

「萬般諸惡，源於貪瞋癡，謂之原罪。」

客房爐火半滅，秋霜夢焉兀自起身，為爐火添幾根柴。

「我卻以為，或有惡行，實源於愛與善。」秋霜夢焉嘆道，「墨柘宗主，身兼墨家次子

和昀泉主，並享左右逢源之利。然而，他不是洛少主你所說的，為了壯大自己而這麼做。」

秋霜夢焉背對三人，凝視爐中火花。

「他不過是為了墨塵的愛。」秋霜夢焉紅了眼，「他想向墨塵證明，自己是墨家最好的那一個孩子。他做的一切，可說是都為了墨家。」

「所以，您的回答呢？」洛湮不耐煩地逼問，「墨柘可是禍首？」

秋霜夢焉凝思半晌：「大概是的。」

洛湮大搖其頭：是就是，不是就不是，還分什麼大概、小概？不過算了，只要聽到秋霜夢焉親口說「是」，這就夠了。接著按計行事就是。

可是連他自己也困惑：為什麼自己還猶疑不前？

「你得了我的口供，昀泉千年來的存亡、龍泉諸氏百年的榮景、中原半壁江山的命運，如今全繫在你一念之間。」

秋霜夢焉轉身，笑問：「你是為了這一點而猶豫吧？」

洛湮心裡升起一股惱火，卻說不出話。他以為自己明明掌握一切情資，甚至比劍青院主知道的還多，為什麼反而更做不了決定？

秋霜夢焉發現洛湮不自覺地退縮了身子，便傾身向前，反逼洛湮。

「我猜，你一直想證明，自己是龍泉諸幫的中流砥柱，蘇家觀、奇兵院、血醫閣，都不

若洛家穗落堂，來得更重要。」秋霜夢焉道，「但，你現在有更高的使命。」

洛湮這才發覺，秋霜夢焉的聲音竟是如此輕柔，好似日出時的山嵐，繚繞在他的心口。而這片嵐霧，任憑他怎麼使力，卻也撥不開！

＊　＊　＊

蘇境離快算不清自己究竟在地道裡走了多久，但見眼前黑暗無垠，彷彿永遠沒有終點似的，心裡不由得著急，腳步也益發疾快。終於，他走到一處稍微寬廣的石室時，停了下來。

他還記得這裡的一切，徒然四面石壁，有一線裂縫延伸到天花板，透出一痕光跡，掠過一張石几、一塊長不及六尺的石板床，和一只積了泥水的破甕，而從石壁到泥地，滿佈了劍痕和石屑。

蘇境離收起緬懷的心思，注意到泥地上有連串凌亂足跡，跡印頗新，顯然有人剛經過這裡，而且不只一個人。

這時，從石室的另一端出口，聽見輕微的喘氣聲和腳步聲，於是蘇境離躲在出口旁，待那人一現身，便伸手勒住他的上身，摀住他的嘴。

當蘇境離看清他後，驚得鬆開了手。

「貓神？」

「蘇，蘇前輩。」貓神氣音虛然，臉色慘白，露出一副此生無望的絕望相。

蘇境離問道：「你怎麼會在這？」

「說來話長，前輩。」貓神的身子還在顫抖著，「你要小心，再往裡頭還有一個妖怪。」

蘇境離心頭一驚：「他有打傷你嗎？」但他仍存著一絲困惑，為何自己會如此擔心這小子的安危？

「沒有，他沒打我，只是盯著牆壁發呆。」貓神甩甩手，「倒是我打了他幾拳，可是他的皮，厚的不得了，打得我手都痛了，他一點反應也沒有。」

「盯著牆壁？」蘇境離知道，再晚一步，他最壞的預感就要成真，此時容不得他再作喘息，「我去會會他，你想辦法離開這裡。哦，對了。」

他指著來時路，叮囑道：「那裡還有一個人，受了重傷，神志不清。你去看看他，但務必注意自己安全。」

「哦，他還在呀？」

「還在？」蘇境離表情轉趨古怪，「你見過他？」

「就在前面見過。」貓神指著他來的那一端，「我是不知怎的跑來這座山，瞎闖瞎闖，被不知哪來的妖怪發現了，一路給追殺到要跳崖了，結果發現這怪洞，躲進來避難，卻在這裡迷了路，走了好久，發現那個神經病，拿著鋤頭，發了瘋似的，想把整個洞給鋤平的樣

子。他說他可以帶我離開這個鬼地方，但要先幫他把石室埋了。」

「他想毀了最深處的石室？」蘇境離又問，「後來發生什麼事？為何你們要逃出來？」

「我陪那個神經病瞎忙好久，又累又餓，然後那妖怪來了，一看到我們就大笑，我還以為他要吃了我，想說先走為妙，踑著那個神經病，往妖怪來的反方向死命逃，逃到這裡，那個神經病忽然又要回頭走，說什麼要阻止那個妖怪練成啥心法的？我就說『你去了等於送死，要不我幫你打，就算打不過，起碼我逃得掉』，然後回頭去打那妖怪。」

貓神一口氣說了一連串，中間打個哆嗦：「還好那妖怪不知在發什麼呆，沒吃了我。」

蘇境離聽罷，神色肅殺，抿住雙唇，躊躇好一會，低頭叮囑貓神道：「你往那一頭走，別走到岔路，找到那個人，告訴他，蘇境離會如他所願，請他帶你離開，這裡很危險。」

「你要一個人對付那妖怪？」貓神臉色有些古怪，「你打得過他嗎？」

「我贏過一次，可是沒殺死他，」蘇境離握緊拳頭，「看來他變得更強了，無論如何，這回我不能再錯放。」

「聽起來那傢伙很危險，光靠蘇兄你一人對付他，似乎不妥。」

兩人聽到這把熟悉的聲音，一齊回頭。但見石室又來了二人，竟是流雲飄蹤和臨光。貓神驚喜交加，慌忙向流雲飄蹤答禮。

蘇境離正要開口，流雲飄蹤搶先道：「我知道你想問啥。我們確實靠了門路，才找到這

裡來。詳情稍候再談，這節骨眼先解決眼前大患。」

於是四人商議，由蘇境離領著流雲飄蹤和臨光，繼續往地洞深處，貓神回頭去救那男子離開。儘管兩人不說，但蘇境離看得出來：他們認識那受傷男子，而且想庇護他。

但他不多追問，畢竟，正如流雲飄蹤所言，先解決眼前大患要緊。

地道最深處，是一處方圓百里的大洞廳，洞頂幾個窟窿，照出幾線光柱，照在四面洞壁，發出熹微螢光，洞壁上還畫滿連串武功招式，和成排神祕的蟹行文字。洞廳中央是一深廣大坑，坑中伏流深不見底，湍急拍打石岸，激起黑色水花。除此之外，有一條窄橋，通往坑中一座石島，島上有一所石臺，臺上立了一龐然怪物，正是百輪轉的社長。

臨光見石臺上的怪物背對他們，文風不動，不禁納悶低聲道：「他是怎了？沒把我們看在眼裡了？」問罷，他環伺畫壁，自嘲自答道，「也對，稀世神功就在眼前，區區三個匹夫，怎還入得了他眼裡？」

怪物聽到臨光的話，冷笑一聲。笑聲淡薄，卻令蘇境離為之心驚。

「這洞窟畫的，正是玄通真經的內功心法，雖然只是一小部分。」蘇境離警告，「他吞了丹藥，加以洞窟內新學內功，煉化內力，不知道他看懂了多少，切莫低估了現在的他。」

「這種人，我見得多了。」流雲飄蹤緩緩抽劍，「我知道該怎麼應付他。」

臨光亦隨之一笑，抖擻衣帶：「我也知道。」

語罷，兩人用眼神問了蘇境離，蘇境離知其意，嘴角一咧，再度抽出腰間寶劍。

「我算是這裡的東道主，豈能坐著觀戰？」蘇境離道，「當仁不可讓，我也助陣，你們可別介意，怪我搶了功。」

臨光和流雲飄蹤點頭應之，於是三人互一示意，齊步一蹬，三路同躍向石臺！

＊　＊　＊

是日，在罪淵闇暗不見天的角落，諸惡徒相傳著一件事：

「独孤刀客，終於和雨紛飛打起來了。」

「而且雨紛飛輸了。」

未盡歸途

陰曆三月初三，俗稱「上巳節」，乃中原一大喜日。每逢此日，城外可見男男女女，踏青出遊，沐浴河岸，歌詠暮春風光。且該日時節近清明「寒食」，按習俗，亦是遊子返家省親的日子，城裡城外，挨家挨戶，俱可見老父老母歡迎子女歸來，包潤餅，度寒食。

雲樓墨家府上，這一天從大清早起，就見到一群丫環四處吆喝奔走，忙進忙出。墨家女主人，西邊一顆瓜坐鎮廚房，親自挽起袖子，張羅食材，切菜備料。不知不覺，忙到了午時，大盤大盤的冷菜餡料，端上了圓桌，只待家人歸來團圓。

＊　＊　＊

不夜城的山賊平了，裡頭的店家忙著清理門面和善後，迎接上巳節。街道上恢復往常的熱絡，可總有股不安的氣氛。

太宿獨坐酒家，看著人來人往。忽然店小二縮著身子走來，求太宿和另一位客人併位。太宿應了一聲，挪騰出半截板凳，讓給一身布衣綸巾的書生客，看他文文雅雅，說不上寒酸，也稱不上氣派。

太宿順便要了一壺溫酒，斟滿兩只陶杯，與書生互敬一巡，並坐而默一陣子，書生客

忽然沒來由問道：「無心門如何？」原來這兩人早相識，卻使個手段，要教人看不出他倆關係。

太宿道：「說來慚愧，給他發現你了。」

「誰？怎說？」

「文殊劍的主人，問我說『夜雨豈還遠乎』？」太宿低聲道，「說的不正是你？」

書生客的名號正是「孤江夜雨」，他笑嘆道：「能挺得過黑暗年代的江湖前輩，直覺果然敏銳。」

太宿頷首以應，斟滿酒，又問道：「你來早了些，『小老爺』有說啥？」

「正要告訴你，」孤江夜雨收斂神色，「『小老爺』改了主意，先別妄動。」

太宿放到嘴邊的酒杯停了下來：「怎麼回事？」

「霧都來的消息，」孤江夜雨身子傾向太宿，把聲音壓得更低，「霜嶽『失火』了。」

太宿一驚，轉過頭問：「霜月閣？」

「霜嶽頂巔，『神君道』。」

說罷，孤江夜雨將食指放在雙唇中間。太宿知其意，「心照不宣」，回過頭去，吁了好長一口氣。

「看他高樓起的快，沒想到，塌的更快。」

「自作孽，不可活啊！」
「這又怎說？」
孤江夜雨張望兩邊：「是可以在這告訴你，但別太聲張。」
孤江夜雨附到太宿耳邊，虛聲低訴兩、三句話。太宿聽完，慨然一嘆，仰首飲盡濁酒。
店小二不知其祕，使喚新聘女侍為客人添溫酒。九笙含笑領命，殷勤奉侍，不動聲色，將二人對話，默默記在心裡。

＊　＊　＊

將軍城的蘇家酒樓，辦了一場大宴，送走舊東家，迎來新主人。
雲曦迴雁樓允諾，把將軍城的地盤讓予任情自在莊。於是自在莊的大莊主和二莊主，任雲歌和蘇境離，在上巳節來到將軍城。雲樓樓主凌雲雁，特為兩位貴客接風洗塵，以盡最後一天的東道主之責。
然而，此宴除了雲樓和自在莊外，還有神疾風帶著青闕一行鏢師，不請自來，直闖蘇家酒樓，隨侍的項陽軒挺身阻之道：「今日是雲樓和自在莊包場，諸位有何貴幹？」
「聽說我們疾風鏢局換了新鄰居，當然要來『敦親睦鄰』。」
神疾風字字酸味四溢，兩幫幫眾聽在耳裡，更是不敢大意。多虧凌雲雁一笑置之，請畫仙宋罡為「芳鄰」添席位，置酒款待，鏢局眾人亦不挑釁，彼此把酒言歡，當做沒事一般。

酒過數巡，神疾風找蘇境離道：「答應你的『魚鱗冊』，我帶來了，請隨我鏢局後生去取，做為今天的賀禮。」蘇境離連忙答謝，隨青闕到外頭去了。然後神疾風又坐近凌雲雁，低聲道：「樓主別介意，我奉總鏢頭的指示，特來向樓主面報一切。」

「明白，雲雁感激不盡。」

凌雲雁遂趁四下無人注意，邀神疾風入一間小房間，並坐床邊，沉聲道：「這幾天，真多虧鏢局相助。」

「這是當然，既然都在同一條船上，自然要通力合作。」神疾風道，「不過，坦白說，我們人在不夜，對局勢還不如樓主您看得透徹，這條互發之計，沒問題吧？」

「沒問題，」凌雲雁道，「大漠和霧都來了消息，一切都在計畫之中。你們找的那位六丁六甲術士，很有本事。」

「那再好不過了。」神疾風道，「不得不說，安排人潛入流雲宗祠難，私闖霜嶽頂巔，更是難上加難。」

凌雲雁領會其言外之意，思忖了一會，說：「欠鏢局的人情，雲雁自會設法補償。總之，絕不會讓夏總鏢頭失望。」

「說到總鏢頭，」神疾風換了話題，「他告訴我說，殺傷空虛禪師的主謀，是在將軍城落網的。」

凌雲雁不假思索，立馬反問：「總鏢頭還說了些什麼？」

「沒了。」

凌雲雁遲疑了一會：「說來慚愧，是夜我等確實拿住了主謀，卻又給他逃了。」

「唔，逃了。」神疾風附和著。

凌雲雁收斂神色，細細審視神疾風，神疾風則起身託辭告別。

於是蘇家酒樓的宴席日落方散，凌雲雁出面送別諸客。蘇境離與鏢局人馬同行而去，任雲歌與雲樓幫眾商議地盤要事，凌雲雁無事一身輕，換上布服，隻身漫步西市，選了家冷僻茶肆坐下，茶博士認不出他，招呼問道：「來壺萍蓮的醒神黑茶嗎？」

凌雲雁答應了，待黑茶上桌，一飲而盡，放下空杯，仰首長歎。

「何故歎氣？」一位風采翩然、有隱士風範的君子，坐在凌雲雁身旁，關切道，「難道是黑茶香味不夠？」

「香氣四溢，味道酸苦，卻餘韻十足，就像人生一樣。」凌雲雁反問身旁君子，「居士既然造訪將軍城，何不赴宴？」

君子正是「萍隱居士」涼空，笑答道：「我不習慣那種場合呀！」

凌雲雁一哂應之。涼空又道：「這家茶肆是我的店，有什麼要緊事可以放心的說，不怕隔牆有耳。」凌雲雁會意，喚來茶博士，要了一間品茗密談的小廂房，房裡有一桌二凳，桌

上準備了一壺黑茶、兩只瓷杯。

「我為了墨塵而來，」涼空神情黯淡了些，為凌雲雁斟一杯黑茶，「我聽說了四柱星陣的事。他還好吧？」

凌雲雁深鎖眉頭，定看桌面：「怎麼可能會好呢？」

是夜在將軍城，墨塵尚揚言必拿下刺客；待五更天將至前，他回到蘇家酒樓，卻兩手空空，兩眼惶惶，一見凌雲雁，不說二話便跪下！

墨塵啞聲道：「吾重傷了那刺客，卻讓他逃了！請樓主降罪！」凌雲雁當下就明白發生了什麼事。

而凌雲雁知道，他現在能放心地告訴涼空，整件事的來龍去脈。

他先謝道：「這段日子多虧了居士，我們深處地下，無暇他顧，全仰賴妳搭上昀泉葉氏、寒門沐家，三方彼此相呼應，事情才能這麼順利。」

「我們也是因勢結盟，視大局而為。」涼空問，「這且別說了，樓主，您何時知道墨柘是首謀的？」

「老祖和我，從一開始就懷疑墨家小子。」凌雲雁答道，「那時，流雲府正受宗祠謠言所苦，疾風鏢局也深陷大漠血案中。墨家小子選在那時候，密告自己找到了『第九殘篇』，獻上宗祠一計，此計雖然危險，但若成了，就能將各個盟友眼前的麻煩事，一舉解決。這樣

的好事，未免來得太巧了。」

「宗祠一聚，到底是什麼樣的計？」涼空低聲問。

凌雲雁思忖片刻：「這要從流雲府的麻煩說起。」

原來，雖然大漠宗祠是為流雲飄蹤而建，但他本人甚少在意興建進度，逕交由老太爺手下的人去籌劃。「於是，興建宗祠之大任，近乎落入米亞掌握之中。」凌雲雁道，「麻煩，也就來了。」

雲樓、兵府高層悉數盡知，米亞神君私下熱衷王朝復辟之事，到了癡迷的地步。幾個與流雲府深交的，屢勸流雲父子驅逐米亞神君，卻都被流雲老太爺駁回。

「老太爺一再為米亞求情，平心而論，他確實有天賦，老太爺惜才，袒護他，情有可原，但那廝卻一意孤行，恩將仇報，為滿足其欲，私造諸多王朝犯禁之物，據說，從王朝官服、軍令及皇椅，一應俱全。」凌雲雁壓低聲音，「這可是當今朝廷莫大忌諱，居士你想想，他會將這些禁物藏在哪？」

不等凌雲雁問她，涼空已想到了：「流雲宗祠的地下陵墓！」她亦壓低聲音驚呼，「流雲飄蹤知道這事嗎？」

「就算知道，他也碰不得。」凌雲雁搖首歎氣，「這些禁物，他只要沾到一丁點邊，就再也脫不了關係。多虧罪淵餘孽，他『竊國者』之名仍在暗地裡流傳著，一旦他揭發米

亞，假如米亞反咬一口，誣指他涉入其中，朝廷的『小老爺』，會相信哪一方？這誰都說不準。」

「但如果拖延不決，終有一天，惡徒會藉此重傷流雲。」涼空陰鬱地點頭附和，又思忖道：「需要有個第三人，為流雲清除這些麻煩東西。」

「所以此計找上了疾風鏢局，交換條件是在朝廷上，傾力助夏宸脫身大漠血案。」

「此計究竟如何安排的？」

「這可花了好一番功夫。」凌雲雁舒一大口氣，「首先，夏宸透過無心門，找到奇人赤巽濡，要赤巽濡在宗祠一聚前夕，隻身潛入墓室，將墓中禁物，徹夜逐一搬出宗祠，搬不走的，就地銷毀，毀不了的，暫時埋起來，另用計掩之。」

「所以宗祠一聚，夏宸才要和流雲打起來！」涼空頓悟，「一來是趁亂掩蔽行蹤，二來是藉故毀掉宗祠，將那些搬不走又毀不掉的，永埋廢墟百尺地下，不見天日。」

「正是如此。不過，」凌雲雁續道，「這只是其中一環節，宗祠一計的精妙處，在於一計多用，可令羽家和罪淵決裂，可引出『百輪轉』一舉剿滅，也可趁此機會，再次試著解開天書全文。而現在我們知道了，墨柘獻此計，最終目的正是天書全文。」

「所以樓主，你置空虛禪師於險境。」涼空面帶責怪神色，「你若料到墨柘想獨吞南梵天書，禪師精通南梵文，墨柘必會設法鏟除他，這點，你理應算得到才是。」

「我們盡力保護禪師了。」凌雲雁又一嘆，「在地下龍脈，我們留住墨家兄弟，將他們和禪師支開，但墨柘終究趁亂脫身，殺空虛禪師未遂，這的確是我疏忽了。」

「那後來呢？為何樓主你會獨自到將軍城？」

「一來我帶墨冰走，支開他們兩兄弟，二來我要看看四生雀的壞星陣法。」凌雲雁答涼空道，「三來，我和老祖算過，假如墨柘真是主謀，只要老祖將雲樓主力齊集不夜城，那他就會轉而偷襲將軍城。屆時，由我和四生雀聯手，或有辦法生擒他。」

「那墨塵又是怎麼了呢？」

「墨塵，出乎我們意料。」凌雲雁仰首閉目，「老祖詐稱我在不夜宴客，令他赴不夜擔任護衛，怎知他竟料到我人在將軍城，徑來『護主』。」

涼空訝然不解：「為什麼老祖要騙他？」

「說穿了，其實很簡單。」凌雲雁慨然答道，「老祖算到墨柘會來將軍城，不想再見父子相殘。只能怪墨塵太瞭解我們，卻又不夠瞭解。」

涼空聞之，亦不甚唏噓，又道：「幸虧禪師總算逃得性命，和五芒星在不夜養傷，這回可要好好保護他們。」

「當然。老祖在不夜留了人手，倚老兄也在那兒。此外，聽說明教陸浩宇找上老祖，自請率領明教弟子守護禪師。」

「明教弟子，方才和百輪轉聯手過，信得過嗎？」

「信得過。」凌雲雁道，「有這多重保護，我們暫可安心。」

「但願別再有犧牲了。話說，」涼空似乎想起了什麼，又問，「樓主你提到宗祠這一計，原是遣赤巽濡盡可能搬出禁物，但為何不直接毀掉、埋了就好，還多此一舉呢？」

「為了將計就計，一勞永逸。」凌雲雁始展微笑，「米亞準備了這盆髒水，伺機要潑向流雲，我們就把髒水潑回他身上。」

「這是怎麼個潑法？」

「潑到他心心念念，自以為穩靠，實則一直在我們掌握中的地方。」

涼空恍然大悟。

＊　＊　＊

蘇境離跟著青闕到酒樓外頭，一出大門，就給疾風的鏢師們團團圍住。蘇境離察覺氣氛不太對勁，冷然問青闕：「這，是什麼意思？」

青闕蹙著眉頭，問：「怎麼都圍過來？東西呢？」和蘇境離一樣困惑不解。

鏢師們左右相覷，推派一個上前稟報：「啟稟青闕頭兒，東西不見了。」

青闕的眉頭皺的更緊：「不見了？」

「東西本來在藏在箱子，由弟兄們嚴加看管。可是，一個閃失，他就打開了箱子，拿走

裡頭的冊子。」

「誰？」

鏢師猶疑再三：「一個名不見經傳的傢伙。」

「你們沒追上去？」

「約莫三四十個弟兄追上去，我等特來稟報消息。」

青闕這下真鐵青了臉，令道：「帶我和蘇二莊主一起去。」

於是蘇境離和一班鏢師，沿路搜尋小偷的追跡，這一路上，他們陸續見到四十個精壯鏢師，三三兩兩，橫倒路邊，或捂著肚子，或按住胸口呻吟。

青闕慌忙問道：「怎麼回事？」

「青闕頭兒，小心。」一個鏢師勉強翻過身來，「他不起眼，可一招就放倒我們。」

「看得清楚他使什麼功夫？」

「看不清，他實在，太快。」

蘇境離見了，益發納悶：「這群鏢師，乍看都練了不下五年的『練家子』，居然有人能一招打一個？雖然是靠偷襲得逞，但這功夫也不簡單。」

他們沿路追到一間半頹茶肆，鏢師撞開草門，但見裡面空無一人，惟有一張方几，几面鋪了一層厚厚的灰，擺了一疊簿冊、一盤糕點，有人以指代筆，在几面畫下潦草數字：「看

完了，得罪了。」

魚鱗冊失而復得，但疾風鏢局沒一個人覺得高興，畢竟四十個精英，竟敗在一個不知來歷的小偷手下，這事一旦傳出去，鏢局肯定顏面無光。蘇境離為眾人緩頰道：「要不是他躲在暗處偷襲，怎可能打得過各位？依我看，此人不過是條鬧事的鼠賊，見不得光，不如諸位壯士，言行高尚，光明磊落。」

鏢師們聽了，笑笑振起精神，彼此附和一番。蘇境離拿起其中一本魚鱗冊，隨手翻了幾頁，就找到他心心念念的答案：

「某月某日，一少婦攜稚子出關，曰往龍虎山……」

那一頁簡單記載了少婦和稚子的衣著樣貌，但蘇境離全不在意，兩眼盯住最後一句：「稚子甫滿週歲，名未定，小名貓神。」

「是他嗎？」

他思緒亂糟糟，舉止不定，兩眼張望無措，瞄到几上糕點，發現那是盤桂花糕，顯然是小偷留下的賠禮。蘇境離心想：「這小偷對吃的，還挺講究。」

待眾人一出茶肆，嚇見門外竟多了一只補鼠的獸夾，中間放半塊啃過的桂花糕。鼠夾旁的泥土地寫了八字：「恃眾誇口，果然高尚。」還留下署名「柳無辰」。眾鏢師又一次被此人愚弄，瞪的兩眼欲穿，臉色鐵青。

「柳無辰！」蘇境離忍住不笑出聲，心裡暗歎：「你將來必在江湖掀起一陣波濤。」

＊　＊　＊

午後的不夜城茶棧冷清了些，九笙偷得慵懶片刻，擦著桌子，腦海中拼湊著這段日子聽到的零碎消息。

她聽說皇帝親自頒旨，命「神君道」取代護國法師，主持冬至大典，豈料這份殊榮，竟在一夕之間變調！流雲宗祠之變十天後，禁軍廠衛獲報：「米亞神君謀逆犯上，復辟王朝，私造上百樣王朝禁物，盡在霜獄。」廠衛立馬派人搜查霜獄，果然在冬季大典的祭壇深處，搜出舊王朝官秩、器皿，甚至還有當今聖上的草人偶。

聖上罕動龍怒，摘除米亞神君「天師」尊名，並勒令捉拿神君道的要人；短短三天，帝都的神君道徒盡皆下獄，等候秋決，唯早早負傷潛逃的米亞神君，始終下落不明。

祁影因殺傷米亞神君而遭通緝在外，逃了幾天，決意親赴不夜城衙門投案。他意外在獄中二度巧遇風潔綾，兩人的牢房中間僅有一堵冷磚牆隔著，於是當風潔綾抑鬱無助時，祁影總會隔著牆，陪她說話，助她度過牢獄的日子。

當霜嶽的消息火速傳到不夜城，祁影反搖身變成為朝廷除害的英雄。不夜城太守為此親赴衙門，恭請祁影出獄，然而祁影竟答說：「如果要放我走，就先放了她。」反要太守先特赦風潔綾。

太守為難了，囁嚅道：「風潔綾曾挾持空虛禪師，是助妖道為虐的妖女。假如放了，這責任實在重大。」祁影聞言，索性雙手抱胸，閉目不應。太守莫可奈何，獨自怏怏然走出牢房，盤算著改天再去說服他一次。

豈料當天夜半，獄卒、捕快爭相來報：「有人越獄！」

* * *

事情發生在二更時分的牢房。起初，牢房牆縫間滲出縷縷青色迷煙，不一會，煙霧瀰漫牢房，且迷昏了一干獄卒和人犯，祁影警覺性高，一見青煙就屏氣，從漫漫煙塵中依稀認出一道窕佻身影，竟是玉璇璣！原來玉璇璣表面上是合歡聖女，實則私奉祁影為師，專精迷殺、毒殺之術，別號「七星」，取自註人死期的北斗七星君之名。

她取下獄卒的鑰匙，放出祁影，恭奉解毒藥酒道：「門主久違了，七星特來迎接。」

祁影仰盡藥酒，問玉璇璣說：「我可沒叫妳來，是誰派妳來的？」

「是位久仰門主的江湖人。」玉璇璣答，「我這就帶你去見她。」

「待會，我帶個人。」

祁影伸展坐僵的身子，拿鑰匙打開隔壁牢房，見風潔綾也被迷昏了，不多說，雙手一把抱起風潔綾便走。他跟在玉璇璣後面，走入一扇密門，裡面有條密道，臺階溼滑，蜿蜒不見盡頭。

玉璇璣問背後的祁影道：「門主，那是你的熟人？」她問的是祁影懷裡的風潔綾。
「不算熟。」
「你喜歡她？」
祁影默然半晌，淡然一笑，笑裡帶了七分愁苦：「很怪吧！」
「怎會呢？一點也不怪。」
走了好長一段時間，兩人眼前開闊一亮，竟是到了一處深谷，谷底小橋流水，樓台亭謝，蝶舞蟲鳴，宛如千曇夕的宅院般雅緻愜意。
祁影問：「這是哪裡？」
「這兒還是牢房，」玉璇璣在前頭笑答，「只有極少數人來得了的好地方。」
「簡直比外頭還舒服！」祁影嗤笑一聲：「看來是妳這位『衙門夫人』的香閨。」
合歡弟子一向與城裡達官顯要交好，玉璇璣因此得自由進出各城衙門，不受約束，是故有了「衙門夫人」別號。但她堅決否認此一稱號，嬌嗔道：「我才不是什麼衙門夫人，這也不是我住的地方！」
「那是誰有這麼大的本事，住這麼個好地方？」這是多此一問，祁影心裡已有了底。
玉璇璣笑而不答，領著祁影走進草堂正廳，裡頭端坐一位婦人，滿身寶氣，見祁影便笑道：「久仰了，快來歇會。」

祁影仍抱著風潔綾，站在門口問候道：「看來是傳說中的『貴婦』海藍夫人，久仰、久仰。」

此婦人正是海藍。她笑笑還禮，召來一位少年侍從，攙扶風潔綾進小房間歇息。祁影近看侍從，驚呼：「我正納悶你到哪去了，日月老弟。」

少年侍從正是日月，他本身陷不夜衙門，被海藍接了過來，充當侍從。此外，日月經海藍引薦，投靠曾經的江湖第一大幫「天風浩蕩」，希望藉由天風之力，為他擋下宇文家的「桃花劫」。

祁影聽完日月的事，是三分寬心，七分好笑：「總算逃過此劫，恭喜、恭喜。」

「祁君的劫數也快過了，就看朝廷的態度究竟如何。且在敝處寬住幾天日子再說。」

「我住在這，那其他人呢？」祁影問的，是其他昀泉人的安危。

「其他人自有出路，不用擔心。」

祁影環伺周圍一眼，聳聳肩，找個位子坐下。

＊　＊　＊

洛水碼頭的封鎖撤了，聚攏的罪淵幫眾驟然四散無蹤。洛水恢復往常的熱絡，舟來船往，其中有兩葉扁舟，一前一後，後舟載行李，前舟載客；舟伕是一對兄妹，哥哥輕舟憶蓮在前，妹妹江中明月白在後，盈立舟上，笑容滿面，如兩朵亭亭玉蓮。

前舟草篷裡頭坐了宇文承峰、打雜工，和貓神三位乘客，他們會合於將軍城，在雲樓、自在莊交割地盤前夕，告辭返回臨湘，於是雇了舟，一路沿水路東行，上巳這天，正好行經洛水，時近中午，舟船搖在波光粼粼的江面上。

宇文承峰已從貓神口中，得知禁忌祕徑的風波，慨然道：「真難得你初入江湖，就遇上這麼多奇遇。」

「不瞞宇文老大你說，」貓神打個哆嗦，「我好幾次都以為自己死定了！」

那天，貓神深陷禁忌祕徑，先後得墨柘和蘇境離相助。蘇境離叮囑他回頭帶墨柘一起逃，貓神領命而行，走不了多遠，遇到墨柘。墨柘傷勢未癒，臉色難看，神情卻是看透一切似的清澈堅毅，說：「他會拉所有人一起陪葬，我要阻止他。」然後一個勁兒地邁步，回往深處的石室。貓神怎麼也跩不住他，不得已，跟著他一起回到石室，正好見識到那場激戰。

如今貓神安坐扁舟，回想當時光景，仍心有餘悸。他又一次描述道：「那時候真嚇人！我看見臨光大前輩、流雲老大、還有龍虎山的蘇道長，從三路一同殺那怪物，可那怪物挺厲害，左拳右掌，雙路齊發，連接下三個人三十來招，大氣都不坑一聲！我躲在一旁，看得都想逃了！最後是臨光大前輩和蘇道長，封他左右套路，流雲老大從中路使出一招劍法，舞起來像高山流水一樣，一眨眼，就在他身上連開十三道口子！殺到他跪在地上，再起不能！」

貓神一口氣說到高潮時，才稍喘口氣，續道：「可是那怪物，竟然臨死前大喝一聲，

掙脫出來，還大笑說就算他死了，也要用身上藏的火藥筒夷平這裡，我們也別想活著出去。現在想想，假如他真的就這麼炸平石洞，到時候我們給埋在幾十尺的地下，可真別想活著出去。」

他停下來，吁了好長一口氣，問宇文承峰道：「宇文老大，那個墨柘真如你說的，是罪魁禍首嗎？」

「可以說是的。」

「那他幹嘛還那麼做？」

宇文承峰垂首不答。

「話說回來，貓兄，你說一開始是個山妖追得你跳進枯井，這才發現別有洞天。」打雜工忽然問道，「是什麼樣的山妖，有這本事把你逼到這地步？」

貓神漲紅了臉，語塞不能答。這時船篷外正好傳來一陣嘈雜鑼鼓響，其他兩人不以為意，惟貓神聽了，臉色由紅唰白，抽起屁股下的蓆子，蓋住頭，作勢要埋了自己。

打雜工忍不住問：「怎麼回事？」

「貓兒師傅啊呀！！」

一道唱戲般的吆喝聲，躍過震天鑼鼓響，陡傳入船篷裡。打雜工心生好奇，掀簾一看，原來雙舟旁駛過一艘快船，上頭乘了一團戲班子，鐃鈸鑼鼓映出閃亮銅光；船頭一人迎風而

立，頂著一張大餅臉，不顧兩旁舟伕異樣神色，兀自左右張望朗聲道：「師傅！！徒兒一心要護送您去臨湘啊呀！您在哪兒喲？」

「那是傳聞的土教主，向一心吧？」宇文承峰窺看簾外快船，摸著下巴，「他的全形神教垮台後，據說回頭走開礦煉銅的老本行去了。」

「那他怎麼會出現在洛水？」打雜工回頭問貓神，「他喊的貓兒師傅，該不會是你吧？」

宇文承峰揶揄一問：「你該不會是為了躲他，才逃到西山的枯井裡吧？」

貓神悶不吭聲，把頭埋在蓆子下，直到鑼鼓聲遠去，才探出頭來，柱著下巴愁張臉。

「別提了，我根本想不起來在哪兒惹到他的？」

貓神自然想不透。原來那晚「神貓」誤傷秋霜萝焉後，一時悔恨難平，連夜奔逃，直達龍虎山下，驚見山腳有戶人家冒出火光，原來是向一心沒了全形神教，選在龍虎山重新開礦，惹來當地礦主忌憚，暗雇匪徒欲劫殺之。神貓不疑有他，挺身逐匪救人，向一心因此百般佩服，帶領弟兄，傾盡家財，一路打聽「神貓大俠」行蹤，糾纏著要拜他為師。貓神並沒有神貓時的記憶，就這麼多出個莫名「徒弟」，只有無奈地抱著頭。

宇文承峰忍俊不住，打雜工也咳了兩聲。

洛水的罪淵幫眾解散四遁，囚於宅中的李無憂也逃出來了，而那救他出逃的「師傅」，

竟是白珞罌。

兩人掩飾身分，潛藏渡船上。李無憂抱著病軀，向白珞罌一揖道：「多謝師傅相救。」謝過，他又咳了兩聲。

「誰叫我還欠『萬鏡城』一份情呢？」白珞罌問，「你不打算解開『病穴』嗎？這樣說話，多不舒服？」

「說的是。」

李無憂笑而應之，然後伸手過肩，輕盈迅速，抽出兩根深插背上的銀色髮針。銀針抽出當下，李無憂彷彿變了一個人似的，神清氣爽，活力飽滿，一反病懨懨的模樣。

「我只看過點穴治病，從沒看過像你點穴『詐病』。」白珞罌似笑非笑的讚嘆。

「這樣才能放鬆看守的戒心。」李無憂笑道，「也因此，徒兒在罪淵的眼皮底下，得保性命無虞，還有餘裕看一場精采的決鬥。」

「說到決鬥，」白珞罌又問，「那天究竟怎麼回事？我只看到大宅子從裡到外，鬧哄哄的亂成一團。」

「這就要從雨紛飛和独孤客的決戰說起。」

原來，決戰當天清晨，独孤客斥退閣眾，只留下李無憂做見證。待遠方一聲鑼響，雨紛飛和独孤客雙雙拔劍，速度之快，教李無憂只看得到兩人的模糊身影、呼嘯劍風。勝負懸宕

約莫一刻鐘未定，然後，一切忽地終結在剎那間，雨紛飛的劍飛的老遠，她整個人身子也跌下了擂台。

就在那一秒，彷彿一切都凝結了，徐風、流水，甚至独孤客的刀也停滯在半空。

然後，門外震天喊聲，打破了凝結的沉默。來了兩路人馬，不知何方神聖，和罪淵幫眾亂戰成一團，嘶喊聲間，李無憂但聞一聲旱地驚雷吼，一名高大漢子跳了出來，背持一把二丈鐵槍，如猿飛虎躍，雙足落地，蹬起塵土揚天，不說隻字片話，惟怒目直視独孤客不放。

独孤客露出笑容，操著生硬的腔調，向來者說：「別擔心，只是比劃、比劃。」

他收起長刀，拱手致意雨紛飛，轉身就走，與那漢子錯肩而過。

剎那間，李無憂只聽到「錚」的一聲，独孤客拔刀砍向鐵槍漢，對方同時揮起鐵槍，槍刃刀鋒，擦出一瞬即逝火光！

一招過後，兩人架式不動，凶光四目凝視彼此，独孤客又一次展露笑意，在眾目睽睽下，收刀拱手，退入門外亂軍中，失去蹤影。

白珞罌聽完這經過，驚呼：「原來是命運神教，『傲血嘯天妖槍』！來得可真湊巧，僥倖讓雨紛飛逃得性命。」

「不全然是湊巧，雨姑娘為了求救，可賭上那千分之一的機會。」李無憂又道，「雨姑娘有一香囊，內藏稀世『忘川花』，她拆了香囊，將花瓣逐一撒在園中小橋流水間，避開重

重看守，隨流漂往洛水，就賭有那麼一個人，會發現那忘川花瓣，識破暗示，從外突圍。」

「那也虧得独孤客再三猶疑，未曾痛下殺手，給了援軍時間。」

「師傅所言亦是，或許，独孤客也不敢吧？」李無憂思忖著，「我聽說独孤客謹慎狡猾，擅於審勢度時，雨紛飛背後有流雲飄蹤、臨光和夏宸，未曾掌握此三人確切消息前，独孤客不會貿然下手。」

議論罷了，李無憂提議道：「師傅假如沒別的事，回『萬鏡城』作客如何？舍妹想必恭候多時了。」

白珞罌笑了，伸手撩起船邊水花，看洛水春光明媚。

＊　＊　＊

午時三刻，墨家府外忽聞馬蹄聲，西邊一顆瓜慌忙地邁出大門迎接，原來是家主墨塵回來了。西邊一顆瓜領著長子墨觀汎，喜迎夫君，然而乍一對上了眼，就發現不太對勁。

「夫君，歡迎回來。」

「嗯。」

墨塵應了一聲，下馬入門，再沒有說過一句話。陪著他回來的還有么子墨冰，甫一下馬，便迎上西邊一顆瓜的溫暖笑臉。

他不禁眨著眼、抖著唇，勉強擠出一抹笑：「娘……」

「好了，回來就好。」西邊一顆瓜打斷他的話，「快進去，抹把臉洗個手，準備吃飯。」

墨冰點了點頭：「娘，妳也快進來。」

「我等你二哥。」

墨冰聞言，紅了眼眶，剛走入正廳的墨壢聽到了，止住腳步。

「瓜兒，」墨壢背對西邊一顆瓜，仰首顫聲，「柘兒他……」

「有什麼話晚點再說，」西邊一顆瓜笑道，「快準備吃飯，我馬上就進去。」

說罷，西邊一顆瓜便在大門外等著，春陽正熾，照得她一頭白髮，雪亮如緞。

＊　＊　＊

江湖上，興衰存亡俱是常態，正如街頭的人來人往，或許一時比肩而行，旋即又各分東西，繼續各自的旅途。

曲無異在寒天宮待了幾天，辭別青鳥、孜然，和苗實冠頭一起離開寒天宮。啟程前，苗實冠頭仰觀天色，哂笑道：「看來這幾天都是好天氣，我們的好日子就快到了。」

曲無異附和道：「是啊，就快了。」然而她心頭實則壓了層層思緒，別有所指。

這些日子，煙雨策士宋遠頤深居古佛寺，不見外人，由徒弟林茗伺候他的飲食。一天，林茗終於忍不住問道：「師傅，我們該何時離開？」

「『兇星連線』不散，先避避風頭再說，」宋遠頤好整以暇，「別急，就快了。」

羽家軍剛在古佛寺拿下一場勝利，就旋即遇上意外。主帥十二羽遭死士偷襲，傷重瀕臨生死邊境。外頭流言頻傳不歇，羽家內部倒是很平靜。

驚神羽坐在十二羽病榻邊，臨危領命，接下羽家軍大將一職。十二羽勉強撐起傷軀，叮嚀道：「二弟，咱們三兄弟就你性情最剛烈，那是一把焚城烈火，但也會燒了你自己。千萬記得，別在意我這大哥，別只想著報仇。凡事議定而動，卻莫失了本性。」

驚神羽神色沉重，默默聽完羽家大哥的叮囑。十二羽又問：「妲己呢？」

「沒見到。」驚神羽想了一會，「打從我們整軍往古佛寺那天，她說要回將軍城，就沒再見過她了。」

十二羽蒼白臉色為之一凜，又問：「那信呢？昀泉何二生的那封信？」

驚神羽不知十二羽為何如此驚惶，趕忙安撫住他，答道：「我沒看到有什麼信。」

「糟了。」十二羽按住胸前傷口，神色痛苦。

兩天後，羽家接到妖姬・妲己的消息，原來她早遭人以寒毒之掌重傷，死命逃到城外村落，撿回一命。羽家諸人據她所述，一口咬定行兇的必是墨柘，且行兇之日正好與五芒星遇襲在同一天。

同時，羽家接到另一個雲樓不外傳的密報：襲擊五芒星和空虛禪師的，除了墨柘外，還

有另一幫兇，斷了空虛禪師經脈的，是這幫兇才對。

＊　＊　＊

上巳節快過完了，龍泉客棧仍舊生意冷清，店小二苦候多時，只招呼到兩位客人，一位是劍青魂，一位是洛湮。劍青魂遞一把碎銀子給店小二，要了一壺溫濁酒，又點一小碟醃菜，兩人圍坐一張缺腿桌，就這麼待了一個下午。

午後斜陽照進客棧空蕩蕩的前庭，這時店小二早躲進後堂打盹去。劍青魂獨坐木輪椅，呷了一小口濁酒，笑道：「這樣也挺愜意。」

洛湮心知劍青魂正盤算著怎麼開口，於是他自己先提出來：「院主，你想問前幾天來的那幾位客人？」

劍青魂放下酒杯，用筷子翻攪醃菜，夾了便吃，默不作聲。

「你想問，我為何擅自放了他們？不留待你回本部再作商議？」

原來經過一夜深談，洛湮隔天決定放走秋霜夢焉；四人在龍虎山下互道再見，任雲歌要往將軍城赴雲樓的宴，劍無雙再度踏上獨闖江湖的旅程，秋霜夢焉帶了那懶洋洋的無名少年，不知去向。當劍青魂重返奇兵院時，洛湮當面稟報這一切，劍青魂當下沒作表示，但洛湮心知，他心裡必定有些芥蒂在。

「放了秋霜夢焉，是很可惜。」劍青魂放下筷子，「但，他既然和任雲歌一起，任雲歌

的背後又有雲樓和流雲府，你放了他們，也不算錯。」

說著，他邊用雙手撐住桌緣：「真要說的話，是我的錯。假如我聽你的話，留在本部，或是我早點從不夜城回來，今天的局勢，又會不一樣了。」

洛湮連忙道：「快別這麼說，在那當下，誰也想不到情況會演變成這樣。」

「算了，事到如今，宗祠事變也好、九泉祕徑也好，再沒有我可插手之處。」劍青魂道，「龍泉諸幫算是全身而退，至於昀泉，想來也暫且避開劫數了。」

他對洛湮道：「今天選在這裡，是要找你說兩件事，一小一大，暫時別讓其他人聽到。」

「請問是什麼事？先說哪一件？」

「先問小事吧，我聽墨羽家的夜鴉說，作客的除了任雲歌和秋霜夢焉外，還有兩個身分不明？」

「是，」洛湮答道，「另外兩個隨從，一個名號劍無雙，是遊走南方一帶的浪人，至於另一個，是任雲歌的隨扈。」

「唔？他們怎麼會和這自在莊的二人扯上關係？」

於是洛湮將他所聽聞，劍無雙和秋霜夢焉之間的關係，簡單說個清楚，並隨即解釋道：「至於另一個，我認得他，他出身自山南的獵戶人家，從年幼時便遊獵山南一帶，熟悉當地

地理，也多少知道那一帶的水道分布。當天似乎是為了尋找冬眠未醒的獵物，闖入龍脈，正好救出任雲歌來。」

「嗯。」劍青魂摸了摸下巴，再沒有其他疑問。

「請問，那另一件大事是什麼？」

劍青魂頓了一會：「我打算離開龍虎山。」

洛湮吃了一驚：「為什麼？」

「自在莊，就要接下雲樓的地盤，入主將軍城。」劍青魂為兩人各斟一杯酒，「境離在自在莊，也會進將軍城，我怕他一個人孤掌難鳴，所以打算帶一批奇兵院精英，名號『碧血軍』，做他的外援。到時候，我會在將軍城外，築『碧血潛川院』，就像當年凌雲雁，出走雲曦迴雁樓一樣。」

洛湮頷首以應之，道：「這麼一來，龍泉諸氏離中原朝廷，又更近了一些。」

劍青魂卻不見欣喜神色，兀自吟哦一聲，並無任何表示。洛湮見了，有些困惑：「難道，院主還有不滿？」

「也沒什麼好不滿的。」劍青魂趕忙澄清，「只是，我本打算紮根不夜城。不夜城是中原通往『夷路』的樞紐，我們在那，可逢中原西夷兩端之利。」

劍青魂舉箸在桌上比劃著，道：「入將軍城，對我沒什麼意義，但是對境離很重要，畢

竟將軍城離帝都就在咫尺，對蘇家觀又意義重大，而他和蘇家觀的羈絆，又比我來得深。只是這麼一來，我就無暇顧及不夜城了，但既然龍泉諸幫有人，有這個機會走出龍虎山，這也很不錯。」

話說到此，劍青魂抬頭視洛湮而笑：「龍泉一帶就交給遨遊和幻華，防務則由你全權坐鎮，有事計議而行。你們做得了主的，就自行做主，做不了主的，來將軍城找我們，我們一定幫忙，不會放你們焦急。」

語罷，兩人滿心一笑，舉杯互敬，這就交代了一樁攸關龍泉諸氏的大事。接著兩人又談著將軍城和大漠邊關，說了好一會話，劍青魂感覺身子坐僵了，伸個懶腰，自推輪椅，移身門外吹吹風。洛湮則獨坐前庭，喚來店小二再溫一壺濁酒，看著酒壺，覺得有些事情不對勁，卻又說不出個所以然。

洛湮雖然向劍青魂托出秋霜夢焉的行蹤，但是那一晚的深談，他卻隻字未提。洛湮自己也不明白：難道他不自覺聽進了秋霜夢焉的話，懷疑起劍青魂？

墨羽夜鴉保證：「你不想告訴劍青大俠，我就不會多說。」但夜鴉的話有幾分可信？假使劍青魂知道有那段對話了，卻不曾問起談話內容，是真心相信他，抑或在試探他、懷疑他？洛湮光想到這裡，就感到胸悶腦脹。

此外，洛湮自從接下穗落堂的當家大任後，便不時接待龍虎山的客人，這些客人包括當

地大戶、農家子弟，以及少許行腳商人。

但他怎麼也想不起來，自己何時認識的獵戶人家？

＊　＊　＊

水中月的墓，就在亦水江邊。那是一塊小小的石碑，刻上亡者姓名，打理得乾乾淨淨，立在一棵老槐樹下，正與水家遺址對望。

上巳當日，午後時分，夏宸、臨光、流雲飄蹤都來了。夏宸手拿一只玉淨瓶，斟了一杯清水，撒在墓前，祭拜安眠墓中的水中月，瓶中剩下的水就淋在墓碑上，有沐浴淨身之意。

待臨光、流雲飄蹤依序也做了一遍後，夏宸回頭笑道：「妳躲在後面幹嘛？快來啊！」

雨紛飛跟隨臨光而來，卻遠遠站在後方，不敢妄動。等到夏宸招喚她，方才移身，從流雲飄蹤手中接過了玉瓶和酒杯，跟著做了一遍。

祭拜完，四人至墓旁竹廬稍作休息。竹廬中有個雲樓新人，名號　研，負責守墓。他將墓地和竹廬裡外都打理得乾乾淨淨，為四人斟茶，擺上四樣點心。

四人甫坐定，臨光便以茶代酒，敬謝夏宸道：「謝師傅在西山，能成全徒兒心意。」

夏宸擺了擺手，說：「同在一條船上，只要你想清楚了，我無不配合。」

「這是當然。」臨光說，「我想的很清楚。」

「坦白說，我這個師傅，還活不到你一半歲數。論資歷比不過你。」夏宸道，「不過，

有些事當局者迷，我這旁觀者，或許看得比較清楚。」

「我知道師傅你想說什麼。」臨光戚然一笑，「我，放不下啊！」

夏宸問：「放不下墨柘，是因為墨塵的緣故？」

「對，墨塵要保他，我們就一定要保住他。」

「但他終究還是死了。」

臨光倏然起身。

「好好，老祖，你且坐下。」夏宸知道自己說的太過，先拱手致上歉意，又道：「我知道你想說什麼，既然不見他屍體，就不算死；流雲兄都能死而復生，墨柘何嘗辦不到？但，當下你看得比我清楚，除非他不是人了，否則怎麼逃得出那裡？」

那天在石窟中，臨光、流雲飄蹤、蘇境離三人聯手，勉強制服了百輪轉社長，豈料他傾力掙脫，跳上一尊石雕大笑，掀開他身藏的機關，露出十來根漆黑火藥筒。

他旋即擦亮手中打火石，點燃火藥，妄發狂言。三人見狀，盡失神色，他們雖料到這同歸於盡的一招，出手有所保留，就怕誤觸火藥引信，但火藥終究給點燃了。儘管藥量乍看有限，但威力不可小覷，爆炸一旦震塌石窟，他們註定難逃一死！

一雙手臂從社長後頭伸出，扼住他的咽喉和上身。

「臭小子！」臨光眼利，立馬認出那雙手臂，「不是要你先走嗎！你偏要回來！」

「我的錯，我自己收拾！」

墨柘傾盡全力困住社長，高喊：「爹！娘！大哥！阿冰！諸位！」

百輪轉社長掙扎著連聲嘶吼。

「對不起！」

墨柘大吼，往後一仰，連同那發狂的百輪轉社長，一起墜入石像下的深淵！

昏暗光線中，眾人只聽得撲通一聲，像是石頭沉入深不可測的深海，聲音越來越小、越來越小。

然後，彷彿從三里外的遠方傳來似的，揚起一道微小悶響。須臾，石窟開始動搖，先是地面微顫，剎那轉作地動天搖。

蘇境離拉住跟回來的貓神，急問：「你懂水性嗎？」

貓神臉色慘白：「會一點。」

「好，閉住呼吸。」

眾人不待照會彼此，一齊轉身奔入密道！

在他們背後，深淵炸起一柱丈高水花，隨即揚起滔天洪流，沖破了洞頂，沖倒了窟中石柱和石壁，沖入密道，沖走了臨光一行人！

＊＊＊

黃昏時分的不夜城，蘇昀絕突然現身九笙的客棧，問候說：「小主，別來無恙？」

「普通。」九笙低著頭，獨自一人擦著桌子。

「妳理當聽說，百輪轉全完了。」蘇昀絕咧開薄唇，「好不大快人心？」

九笙抬起頭來：「難道是老爺子搞出來的？」

「老夫一介賤民，能搞啥事呢？」蘇昀絕道，「真要說的話，老夫不過在古佛寺的戰場，小小的，適時的推了一把。」

九笙沒什麼反應，只是吟哦一聲。

「姓墨的宗主也完了，小主若要重掌昀泉大權，差不多是時候了。」蘇昀絕壓低聲音。

九笙笑笑，試探著問：「如今墨宗主沒了，昀泉必是朝野標的，回去不是正危險嗎？」

「朝廷的目光正盯著王朝遺孽，無暇顧及昀泉，至於江湖這兒，現在有雲樓撐著呢。」

蘇昀絕答，「話說回來，這也多虧墨柘的庇蔭，哈哈。」

九笙蹙眉不解：「何以這麼說？」

「原來小主不知此事？」蘇昀絕反問，「那麼西山決堤，小主總該聽說了？」

「不甚瞭解。老爺子，願聞其詳。」九笙為蘇昀絕斟杯清水，聽他娓娓道來。

西山決堤一事，起於不夜賊患平定後的某夜。是夜，不夜城驚聞巡守來報：「西山洪水

爆發！」守城都督憂心山洪禍及不夜城，慌忙領兵前往救災。

到西山下，他們先遇上疾風鏢局的人馬，原來夏宸已派鏢師們連夜驅走山中住戶，並匆匆備妥臨時的堤防工事，力抗山洪。夏宸之所以得及時防災，乃因他和臨光、流雲飄蹤，三人一起潛入九泉祕徑，發現墨柘，並聽取墨柘的自白；三人決議，由夏宸先離開密道，為可能的最壞狀況預作準備。當然，不夜軍並不知密道中發生何事。

山洪爆發的快又兇猛，沖毀幾乎半片山麓，幸虧洪水退的也快，翌日午時前，僅剩零星泥流竄流。夏宸和不夜軍巡視退水後的災況，驚見濕漉漉的臨光一行人！原來山洪正是源自祕徑，石窟深淵炸出洪流，沖毀了地下龍脈和九泉祕徑，沖出地表毀了半片山林，也將臨光一行人沖上山頭，勉強保住性命。

臨光不及更衣，喘著向夏宸道：「昀泉宗主墨柘，於山洪中救出我等，我和流雲飄蹤當報此恩情，茲代表雲樓和兵府，以天地山水為證，與昀泉共結友好。求師傅助我，於江湖為我廣傳此事。」而墨柘暗殺雲樓要人的血債，就這麼突然地、不著痕跡地一筆勾消了。

九笙默默聽完西山決堤的經過，又問：「既然昀泉安全了，我又憑什麼回得去呢？」

蘇昀絕凝視九笙，雙眼難得散發炯炯目光：「就憑妳體內流著，九蛇僅存的宗家血脈。」

「這血統的詛咒，纏得我乏了。況且我家徽也沒了，十二氏認不認我，都不知道呢？」

「家徽不過是一柄鈍刀，不代表什麼，」蘇昀絕安慰她，「只要妳有心，必能重振九蛇氏，重掌昀泉大權。」

「老爺子說什麼瘋癲話呢，」九笙似笑非笑，「十二氏還在昀泉呀。」

「十二氏的傳人，活不久了。」

蘇昀絕冷哼一聲，手上舉著一封信，信封有何二生的署名。

「『殺手』來清理昀泉門戶了，先從不夜城開始。」

「殺手？」九笙心頭一凜。

＊　＊　＊

黃昏時分，亦水墓旁的竹蘆中，流雲飄蹤、臨光、夏宸、雨紛飛，四人放下剛才的爭執，彼此聊些天南地北、不著邊際的閒話。

夏宸感慨道：「經過這麼一折騰，西山的地下暗流沖毀了祕徑，龍脈就這樣沒了。」

「但願如此，」臨光嘆道，「可是毀的只是『九泉』的其中一條，還有其他的呢。」

「話說這麼一來，地下龍脈勢必再不能走人船，闖蕩中原少了這條捷徑，挺可惜的。」

流雲飄蹤說著，眼光落在夏宸身上。

「無所謂。」夏宸聳聳肩，「現在想想，打從一開始就走不了，或許更好。」

「師傅肯這麼想，再好不過。」

臨光笑敬一杯茶，夏宸亦舉杯應之。敬完，房裡再次默然。流雲飄蹤默喝了茶，抓幾樣點心來吃。嚼完了，嘆道：「好久沒這麼愜意。」

臨光附和：「說的是。」

「『對酒當歌，人生幾何？』人活一生，所為之何？」流雲飄蹤有感而發。

「人生那麼遠的事，我管不著。」臨光道，「我只求過得了端午，凶星散，江湖無災。」

眾人想著這幾天發生的一切，以及未來可預見的一切，笑容漸趨黯淡。雨紛飛坐不住，起身開窗，任斜陽照入草堂。

＊　＊　＊

酉時未過，天色已黃昏，西邊一顆瓜等到此時，方才回房歇息。墨家上下早已吃過晚飯，獨留墨塵坐守圓桌，靜候他的妻子，眼前滿桌好菜，他卻一口也吃不下。

西邊一顆瓜坐到他身邊，為他包一捲潤餅，邊說：「柘兒還沒回來呢。」

「柘兒他，」

墨塵吐出三個字，就再也說不出話。

西邊一顆瓜默默地捲完潤餅，遞給她的夫君，又捻來另一張麵皮，包另一捲潤餅。給還沒回來的家人。

＊　＊　＊

黃昏時分，秋霜夢焉駕著一輛驢車，嘎答嘎答地，慢走在荒漠石頭路上。驢車上載著無名少年，一上車，就蜷在一張毛皮上舒服睡著。

「好風光，彷彿天地間只剩下我們了。」秋霜夢焉舉手仰望夕陽，問背後的少年道，「你醒了沒？」

少年仍閉著眼，翻了個身。秋霜夢焉繼續駕著驢車，任夕陽的金色餘暉染上他的灰髮。

「有件事，我沒告訴任何人，現在說出來也無妨了。」秋霜夢焉忽道，「一年前，墨柘曾找上我，問我天書殘篇共有幾張？分別在誰的手上？」

秋霜夢焉眺往遠方：「他是墨家人，照理說，不該和天書扯上關係啊？假如他是興趣使然，想鑽研昀泉歷史，這就罷了。就怕他真打算齊集殘篇，重現九泉祕徑。可惜當年我再三問他，他什麼也沒多說。」

他背對蜷睡少年，又道：「九蛇主敗亡前夕，將天書拆分九張殘篇，封印了禁忌的祕徑。多年後，九張殘篇曾齊集於水都，給一個老昀泉人湊齊了。那年我到了水都，想一睹天書再現，卻聽說他遭逢情傷，避走臨湘，從此下落不明。他是個使刀高手，自創一套十三招刀法，直指武心，刀法就這麼失傳了，實在可惜！」

說到此，他默誦猶存記憶的殘篇刀法：「心生意，意生形，形生氣，氣聚丹田而身動，

身動刀出，勢撼山嶽，招不求繁，惟求一斬。」

背完，他續道：「在那以後，天書再度蹤跡不明，一度傳聞落入罪淵閣中，但就在流雲飄蹤大敗罪淵諸惡後，卻只找到八張殘篇，最關鍵的第九殘篇，下落始終成謎。」

說完，又是一陣嘎答嘎答的沉默。夕陽已經落山，留下滿天橙紅晚霞。

「假如，第九殘篇一直都在某人手中？」秋霜夢焉又一次打破沉默，「假如，這人將早該毀滅的第九殘篇，交給了墨柘宗主？他挑起宗主的慾望，導致這場禍及南方的大亂？」

說著，秋霜夢焉的聲音漸趨低迴：「若然，那人甚至不必多費心思，只要獻上一頁破紙，彈指吹灰之力，便能攪動千百眾生的慾望，為他禍亂天下。」

雖然外表看不出端倪，但秋霜夢焉似乎勉強著自己直視前方，不去看背後那少年一眼。

「我說的是嗎？『深淵的惡魔』？」

天色已晚，路遙無盡，秋霜夢焉的驢車，仍在石頭路上嘎答嘎答走著。

「話說，『聖主從弟』、『深淵惡魔』，這些外人強加給你的名號，你或許聽膩了？」

秋霜夢焉用他最冰冷的嗓音，柔聲道：「我還是直呼你的本名吧，」

少年的睡臉漾起一抹笑。

「椮午夷。」

——江湖　原罪深淵　完

敬請期待《江湖：三部曲》

後記

「話說西夷流傳一則神話，是在我年輕時聽說的：

遠古時，在諸神並存的盛宴，出現一粒金蘋果，寫道『獻給最美麗的女神』。於是三個最有力量的女神，為搶奪這果實吵了起來。她們找來世間一位王子評理，但各自呢，私下用不同的好處賄賂王子。一位說，要給王子統治列國的無上權力，一位說，要給王子領略萬物的至高智慧，一位說，要將世間最美的女子獻給王子為妻。

王子最後將果實判給第三位女神，女神依約，將世間最美的女子擄給王子，但那女子竟是鄰國國王的愛妃，鄰國國王震怒之下，揮軍攻打王子的國，血戰三年，捐軀上萬，王子的國因此滅了，王子也下落不明。」

說完了故事，秋霜夢焉道：「這一年來，我不時想起這故事。故事說的是諸神，實則暗喻世人的貪瞋癡。聽過這故事的人，都為王子的命運感到悲哀，但，」

秋霜夢焉停了一會，問道：「是誰一開始獻上的金蘋果，挑起這一連串禍事？」

夕陽西下，無人應答。秋霜夢焉駕著驢車，任金色餘暉染上他的灰髮。

（以上段落原第本要附在廿二集，但臨時還是捨棄了。）

＊＊＊

大約一年前的某天，我想到《木馬屠城記》裡，故事的重點都在眾神、美女、英雄、戰爭……等，卻幾乎沒聽人提起過，那顆被丟進諸神饗宴，開啟一切戰端的金蘋果。似乎神也好、人也好，都把那蘋果視為理所當然的存在，從不質疑：「誰帶來的金蘋果？」

我不禁想：「那個丟出金蘋果的，才是最厲害的壞蛋吧？」於是乎，《原罪深淵》最後的結局悄然成形。然後又花了一年時間，我得以將連載引導至預想結局，告一段落。

在江湖小說連載的過程中，江湖舞台變化頻繁，世界觀也隨之急速擴大，連載方向也一再調整，這當中，我學到不少經驗，並將之應用在連載上。如今重看《原罪深淵》，缺失不少，輕者訊息交代不清、乃至棄坑，重者邏輯謬誤、不符人情，但最後總算是有個交代。

這邊要再一次感謝，感謝每一個投入江湖RPG的玩家，感謝藍雲站長二十年來的堅持和付出，也感謝諸位對我的包容和鼓勵。

金庸說：「有人的地方，就有江湖。」江湖因為你們而精采。謝謝。

乙寸筆

幕後花絮

雖然只有出現一點點，但能在正史裡幫上娘子（上官文仔）的忙在下很開心。

夜白

柳垂河畔，其華為芯。

諸君安好，我是柳芯。

初入江湖之時未曾料到今日能夠有幸在正史之上看到自己的身影，在江湖中遇見了挺多人，創造了許多歡笑，也留下了些許遺憾，酸甜之中，苦辣微雜。

但這一切也都挺好的，不是嗎？

江湖之中，人來人往，時光漸走，而故人逐漸難尋，一路光景，且行且珍重。

好啦，不正經了！乙筆大大寫的形象才不是我嗚嗚嗚，小妹我超可愛的，是他不小心把柳芯和林茗的名字全部寫反了。（喂

柳芯

小生的娘子自然是很漂亮的╰(*´︶`*)╯

雖然柳芯姐姐也不遑多讓（小聲不敢讓惜缺聽到）

夏夜流光

各位好，我是劍青魂。

作為二部曲後期才登場的角色，不知不覺二部曲也要結束了，從剛進入江湖到現在也兩百多天。

新手時期到後來默默的耕耘，最後還收了一堆徒弟，不得不感慨時光飛逝呢。

也很高興在江湖上認識的所有人，不論是否友好，我都相信這是一種緣

希望能跟各位建立更深的羈絆與建立新的羈絆。

各位俠士，我們江湖見（笑）

劍青魂

「宇照江湖路，文功鼎朝中。承先啟後助黎民，峰至峻高巔頂、雪如光。

隱士齊賢訪，雲寧寺有荷。濂溪菡萏共如生，茶對飲霜紛雨、願安寧。」

這句話是自己寫的詞，也是對自己的小期許（？）

希望各位能夠好好地體驗江湖RPG的樂趣，待你成為下一位江湖的男女主角。

宇文承峰

大家好我是龍破天
（就是那個不管什麼時機都開車的
一開始是因為臉書逛告踏入這個深坑
後來江湖時間都超過一切啦
總之很開心認識大家
我未來還是會繼續用消夜和美食殘害大家的（笑

龍破天

硝煙四起，烽火連天，一段絕望的人生遭遇……
成長路上無依的面對各種霸凌與歧視……
被逼迫加入幫會，被放棄式的離開幫會……
傳承？沒有！
親人？不存在的！！

江湖 二部曲 下冊

「全江湖我只相信我自己！！！」

「你根本不曉得笑容的背後，是不是藏著一把鋒利的刀！！！」

太歲前傳！江湖野史！持續熱映中！！！

太歲

數百天的日子過去，第二集也出版了，辛苦藍雲站長以及小乙筆者啦，向二位致敬！江湖來來去去的人很多，很開心能夠來到這裏，並見證或參與了這個「江湖」的各種大小不同的事件，回想起來依然最懷念最初夜夜笙歌、深夜與眾人天南地北的各種趣事直至天明；最開心的時候莫過於與友人於各大主城遊戲吃瓜看熱鬧。儘管有時候被捲入事件灰頭土臉，不過洗把臉依然是最帥氣的臨光。

兩年的時間笑送舊人離去，喜迎新人到來，不管是否至今依然身在江湖，或早已頓悟離去，有正在看著江湖的各位才有這麼一個獨特有趣的「江湖」。謝謝有你們的陪伴。

臨光

「舉杯長歌芳名揚，舞劍凌雲動四方；衣拈烹茶霧十二，劍冷淨肌骨現芒。」——賞茶

者・林茗

角色扮演是什麼？它可能會像一把鑰匙，啟發你性格裡不曾發現的一面，哪怕你曾對自己失望透頂、對現實無能為力，角色都會賦予你力量或者理由，也許這些你原先就具備，但就因為這個契機它就被激發了，你也因此成長了。這就是這些日子我從林茗身上學到的，一個集義氣與膽識於一身的姑娘，灑脫又柔情，面對艱困勇於去闖。感謝江湖的一切。

林茗

去年寫感言的時候，萬萬沒有想到竟然還會有寫第二次的機會。而短短不到一年的光景中，江湖來去，歲月更迭，似乎有許多東西默默改變著。希望大家當年相聚的情誼永遠不會改變。縱使最後江湖飄零，孤身萬里，也要記得那些曾經溫暖胸膛的每一字。

僅以七言一首，稍抒懷抱。

回首前塵志未凋，雲曦聚義九千宵。

臨湘縱酒經年醉，獨剪西窗萬里潮。

凌雲雁

「來噢！來噢！呵甲欸烤肉串噢！一支十塊錢」我在夜市裡大喊著。為什麼我會擺起攤

販呢？喜歡在市集裡看著人群來往感受平民百姓的生活。

「老闆，來五支烤肉串」「好呀！這是你的烤肉串。」我心裡暗爽著，今天又賺了五十塊錢。

突然望向遠方有一群蒙面人馬，凶神惡煞得走了過來。我心裡：「在下平常沒有惹到什麼人啊？」

蒙面人們走到我們攤販大喊：「受神是狼。」這時在我身後邊啃著肉串的幻華跟著大喊：「遨遊烤肉串發綠光。」

遨遊

嘿！大家豪！！！！！歡迎來到充滿咖啡因的江湖！！！

本人我是上官文仔！！！

想當年（誒誒你才玩多久？）玩江湖的契機是因為看見朋友在玩所以才跟著一起玩，後來就漸漸的喜歡上了這個遊戲~

身為學生黨的人，能玩的時間少之又少，能上正史這個機會是用某次段考成交換來的（’。????????ω。????????’）所以成績就很不理想。

所以玩江湖時別荒廢了課業哦！！！！

江湖是一個很棒的地方，雖然小說上看起來在相互競爭，但是實際上大家都很和平！！！！

最後讓我喊一句話。

我爹是上官大萌雅！！！！他超級可愛wwwwwwww

上官文仔

敝姓墨羽，單名夜，是墨羽家的單傳少主，但總被誤會成是哪個墨家的後裔子嗣。於血醫閣擔任副閣，時常因不明的原因陷入沉睡，就算陷入沉睡，關於江湖的情報也未曾少過。

很高興除了自己外，也能連同愛蛇「柊」一同上正史。

最後還請大家期待墨羽夜鴉的出現，也不多瞞其實我的出現，其實是為了推動夜鴉的故事。

而是怎樣的故事呢？還請支持野史——最後影師，雖然時常犯拖稿的老毛病就是了。

墨羽夜

「我躲，我躲。鳳霞金冠在哪呢？徒兒啊～來幫我找！找到送你。」

堯兒

「長老阿阿阿……原來是你打我啊？你對不起老師啊啊啊啊～看來老師給我的打皇鞭能用了？默默去拿出來。」

阿堯

諸君安安，我是雷皇日月，很榮幸的這次在第二部也出場啦，然後再次用壞了一間酒樓。（試圖乖巧）

本皇接下來也會繼續努力在江湖之中活躍下去的，就煩請各位多多支持我了。

也歡迎大家到江湖這世界一起闖蕩，想要加入幫會的話，天風浩蕩也歡迎各位少俠們加入。

天風雷皇　日月

大家好哇！小女子是宇文明月，請各位多多指教！

小女子很幸運，竟然能夠進入正史呢，想到都還有點害羞。

至於小女子的人設的話雖然人物誌都有，不過小女子還是來介紹一下。

基本上呢，小女子是宇文府的大小姐，擅長各種陣法，小女子的陣法可是從霜月閣之中學來的呦！厲害吧！

總之想要體驗快意恩仇嗎？歡迎各位來到江湖一起來玩！

宇文明月

如果重新活過一次，我還是會做出同樣的選擇，選擇和你一起……所以我等你，等你雨過天晴的那一天。

人生苦短，聚散隨緣。

何不瀟灑來去，海闊天空，任憑翱翔……

青鳥

男人的右手指縫緩緩散出了黑色的咒炎，在最猛烈燃燒的時刻定型，成了幾朵黑色的美麗玫瑰花。隨後遞給了在他身後的美人兒。

田安寧彎著眸子笑著，捧著那朵絕無僅有的闇色花朵。

「在這江湖晃蕩了這麼久，你還記得些什麼？」

安寧柔聲問道，而五芒星靜默地從身後緊抱著她。

告訴我，你還記得些什麼？
大魔頭崛起，大魔頭隕落。
告訴我，你還記得些什麼？
與摯友談天，與摯友反目成仇。
告訴我，你還記得些什麼？
夜夜笙歌，冷清大地。
告訴我，你還記得些什麼？
「我記得。」
很久很久以前——
有一位黑眼紅瞳的男子趨前，將自己的愛人護在身後。
黑白光暗愛恨仁慈殘忍甜蜜苦澀瘋癲理性相互糾結並存的。
江湖。

五芒星

在尋找文字型遊戲的某一天，因為廣告的關係
我在遊戲商店的小角落發現了江湖，

也很幸運的遇見了一群好夥伴，
陪著我度過了一段很快樂的時光，
雖然我只在江湖小說中露了一次臉，
但這不減我對江湖的熱情，
希望於今後還能看見，更多不一樣的江湖。
最後歡迎各路俠士加入穗落堂
致　我們一起譜寫的江湖
穗落堂主　洛湮　留
PS：受神是狼，烤肉串發綠光

洛湮

敲鑼打鼓，號外號外
豪傑比武，呼喊口號
來者何人，報上名兒
【大風起兮　天風浩蕩　天山有浩　風卿浪蕩】
【霜霧漫天　月色無邊　亂世江湖　唯我霜月】

【雲樓天祥　迴雁無雙　群俠聚義　曦曌四方】
【命運唯我　傲字歐氣　時來運轉　妖皇聖門】
【無因無果　無我無心　地水火風　四大皆空】
【昀耀庭間　泉流山澗　宗立磐堅　昀泉不歇】
江湖浪濤，浪跡天涯，隱退藏幫間
武林鬥爭，肆意闖蕩，不知何時了
踏破紅塵，看透世俗，即能自快活
【願來生，江湖有你】

嫣兒

二部曲花絮

情境（一）

市集突然出現一蒙面人。我立刻拿起玄青扇備戰：「來者何人？」

蒙面人望著我：「受神是狼。」

頓時，我瞭然回道：「烤肉串發綠光。」是自己人啊。我一邊收起了玄青扇。

情境（二）

「幻華。」向後轉，發現小師叔正朝我靠近。
待他走近，我故意做跪拜姿勢：「受遊天尊萬歲萬萬歲。」
「唔唔，別這樣啊！」看他慌張哀怨的拉起我，真好玩。
諸位安好喔，在下琋月幻華。（拱手
感謝小乙在二部曲裡把在下寫的那麼精彩，還有江湖中陪在下一起聊天、玩鬧的你們！
然後看到上面，應該都知道這是以誰為主題的吧？
沒錯！就是遨遊小師叔！

琋月幻華

恭喜第二部完結！完結撒花！
感謝乙寸筆大大讓非洲的我上正史
而且出場的人設我真的很喜歡
也非常期待正史接下來的劇情和九笙這個角色的故事
辛苦了　往後也請繼續加油　寫出優質的內容
最後宣傳一下三點

我是總攻笙　我是總攻笙　我是總攻笙
又攻又帥
因為很重要所以要說三遍
第二點是我的師門真的很可愛
最後　昀泉不歇！！！

九笙

不知不覺小說來到第二集啦！
太感謝小乙讓我這懶骨頭還能在第二集蹭到一些帥氣的畫面，簡直都要被自己帥醒了！
大部分的感謝內容都在第一集花絮寫完啦。（詳情請看第一集）
經歷到現在也看著每個人來來去去，希望各位都還記得當初中江湖毒（？）的心情，繼續在江湖裡發光發熱w
歡迎初入江湖者加入雲曦迴雁樓，跟著老骨頭曬太陽！

神獸-曲無異

給那無可取代的人：

謝謝你總是幫助我、支持我，傾聽我的想法、煩惱。
謝謝你總在我不安的時候陪著我。
謝謝你和我做了約定，讓我有了目標、讓我能夠堅持到現在。
不知道你過得如何，
不知道你何時回來，
不知道你有沒有看到這則訊息。
只要我活著，就會繼續待著
所以，希望你能早點回來。

秋霜夢焉

諸位大俠安好，這裡是墨惜缺。
江湖上的事情都好複雜，可是又很好，裡面的人也是……說不出為什麼。
好啦，正經不到兩句的惜缺才是正常的惜缺！
正經時間結束，廣告時間開始！如果對江湖大俠們的小本本有興趣，各式各樣的配對應有盡有，有希望看到的配對歡迎提出！直接在市集攔下惜缺買本本就行啦～還有需要上將軍城求籤解籤的大俠們，娘娘認證的解籤人墨惜缺是您的好夥伴！

來到江湖，不知不覺即將滿兩年年，曾經相處過的的眾俠士們，無論是離別與否，一起歡笑悲傷過的曾經，我想我會將這寶貴的回憶深深放在心裡。

離開的各位，願你們未來人生路上一帆風順隨時歡迎回來；還在的各位，江湖有幸有你；還沒加入江湖的各位，歡迎你加入我們一同創造這難得的回憶。

墨惜缺

無異：來吃瓜了！

丹丹：是什麼瓜？

臨光：樓主的瓜？

樓主：我的劍呢？

珞巴：跟流雲的？

流雲：我脱單了。

禪師：阿彌陀佛。

這是我對夥伴們的回憶（笑

雨紛飛

「嗯，凝霜閣主的東西應該不會被搞丟吧。等等，誰偷了璃月玦啊～欸欸欸！小偷啊！抓人啊！！！」

大家好啊～歡迎各位朋友加入江湖。我是霜月閣閣主乞伏乾安，雖然可能跟大家不會碰面，不過希望你們能夠喜歡上～

乞伏乾安

我曾經來過這裡，也謝謝這裡帶給我快樂。

江湖一代傳一代，祝福生生不息永遠幸福！

蒼羽夜

空虛禪師　花絮投稿

不知不覺間第二部都要完本了，雖然基本上貧僧都處在半死不活的狀態哈哈。很感謝一路走來的養老院小夥伴們，此生甚幸與諸位共賞江湖，老貨們也要努力的活到下一部讓我們繼續瀟灑走江湖。

空虛禪師

「僅以此角色紀念，謝謝你一直以來的付出　2016.3.5～2019.8.22」

墨滿

『天馬！你上正史了！！』

『真假？這次也有我的戲份嗎！』揉了揉眼，一臉難以置信。

兩年，江湖的旅程居然走了快兩年的時間。從一開始的好奇、探索、期待，到最後的隨遇而安，心態上隨著經歷的人事物而有所改變，但唯一不變的，是當自己的名字出現在小說上時，那種興奮感。這次的自己，又會經歷怎樣的故事呢？

『神探大人，怎麼連你也被關啦！』獄卒好奇的問。

『這個嘛……我也不知道呢？』喝著涼茶，我凝望著小窗外的景色。

只要江湖的旅程還持續著，我們的故事仍舊是未完待續。

項陽軒

我家徒弟三皮蛋，一個比一個可愛OuO

白然君

我家師父宵夜，她超可愛

白然

就診時請安靜乖乖聽話，不然小心我把針插歪。

有毒

在這遇見的許多玩家各有特色。在下初來乍到，所玩時間並不多，雖僅是看客，卻也覺得江湖甚是有趣。相信玩越久的玩家們，將會有更棒的角色扮演，能真正體現江湖的精隨。

感謝站長提供江湖如此多元的平台，讓玩家們能夠發揮文章、繪圖、扮演、鬥智的能力，表現給更多人看見。

犽脩

起初來到江湖時，覺得這遊戲入手起來有點困難，但好在這裡老手都很熱情的指導，漸漸地，覺得喜歡上這個大家庭幾乎是必然的事情，有血有淚會歡笑會哭鬧的一群人，為了保護朋友而努力著，歡迎加入一筆屬於你我的新篇章。

狼煙雨

我是追影子的人！！在下生性樂觀，以祁影為目標，期許自己追上影子的腳步。祁影是大影子，我是小影子～～～祁影、逐影傻傻分不清楚！欸嘿～

逐影

一出場就是侍女抬轎，小流星深受感動！而且戲份比阿雙多，咱滿足了（安詳。然後宗主說他要開後宮（氣音。麻煩小乙完成宗主大願（Ｘ

流塵

加入了江湖以後，我從此耽誤。

宋凌楓

「日暉月明羨塵世，安稷尊民誓遠願；凌曉薄暮思愛妻，楓赤櫻綻依餘生。」於水都發下誓言那刻，便決意生死相依，你不離，本喵便不棄！！沒錯！本喵就是上了花絮還要放閃一波owo！娘子～～嗯嘛～～　傅日安owo

傅日安

附錄一：十年一夜（一）

序、酉時三刻

夜安，或許您不認得我，我來自一個小村子的酒樓，曾是個小跑堂。

當年，我對江湖心生嚮往，待我滿十一歲，一度入江湖闖蕩。但，我後來終究怕了，逃離江湖的一切，隱姓埋名，躲在這裡。不知不覺，就過了將近三十年。我偶爾打聽江湖上發生的諸多風波，以為自己再也不會涉入江湖的風風雨雨，卻想不到會在此時遇到您，江湖的一代傳奇。

明早，我便為您送行，今晚且委屈您暫居這裡一晚。這裡簡陋了些，希望您不會介意。酒溫好了，且敬您一杯，陪您聊聊江湖事。

最近十年，發生了不少事。

一、大屠殺

不知您是否和其他江湖人一樣，把那段日子稱作「大屠殺」？

剛開始，先是零星傳言：「覬覦不老仙泉的神祕殺手，盯上了昀泉十二氏的後人。」一

個月後，神祕殺手現蹤不夜城。雲樓醉華陀倚不伐，昀泉司姬古琰姑娘，雙雙於城外遇襲。

那天說巧也真不巧，我推了一車土豆去城外市集，就正好撞見古琰姑娘。那時我不認識她，但見她一個二十來歲的姑娘，滿身是血，摻扶著長她二十來歲的倚不伐，一跛一拐，邊走邊喊著救人，喊到她雙眼都紅了，嗓子好像也要滲出血來。後來聽說她們兩人都撿回一命，可是倚不伐，別說練武，連行醫也辦不到了。

殺手逞兇的消息，陸陸續續流傳著：空虛禪師養傷的竹庵遭人闖入，明教弟子陸浩宇、「命運聖女」嫣兒都遭毒手，僥倖重傷逃脫。在那段日子自然，像您這樣的高人毋須驚惶，反而是殺手見了您還會卻步，但是當年我所目及的江湖，到處瀰漫著不安的氣氛，人人自危，不知自己何時、何地，會遇上殺手，命喪刀下？

究竟這神祕殺手的真身是誰？檯面下眾說紛紜，檯面上倒是一致的，指向独孤客。

據說独孤客離開罪淵閣後，殺了老逐月湖主，招徠舊部下，蟻聚逐月湖莊。他繼承逐月湖的一切，包括老逐月湖主生前尋覓不老仙泉的野心。独孤客反駁這一切殺人指控，但江湖上命案一樁接一樁，且不時有密函廣佈各城，陳訴独孤客正如何商量著下一件命案。局勢越來越窘迫，甚至連長年不合的雲樓和無心門，再次聯手，就為了對抗這群惡人。

終於有一天，傳來好消息：独孤客現身無心門高人面前，無始劍仙得與之一對一決鬥，實現了十九年前，我在故鄉未能看見的生死交戰。交戰的結果，也符合大家的期待。可是就

在同一天，暗部太歲遭流雲府斷了全身經脈後，給驅逐出雲樓。流雲府為何要殺太歲？又何以能說動雲樓驅逐太歲？即便至今依舊謎團重重，礙著流雲氏的威名，卻是誰也不敢提起。

儘管無心門仍無鐵證，指證独孤客就是神祕殺手，但，至少独孤客真的敗了，料他的黨羽亦不足成大勢，江湖上總算少了一份威脅，人人暫且可以安心睡個好覺。

怎料一夜好眠後，雲樓，兵府，又雙雙傳出命案。

神祕殺手在清晨佈下天羅地網逞凶，大殺一陣，在您等趕往救援前揚長而別；此戰死了周天策，傷了五芒星，甚至連驚神羽也命喪殺手刀下。翌日，他又隻身入侵流雲兵府，那時，昫泉後人重九正受流雲氏庇護，也遭他殺成重傷，據說流雲府的小管家貓神死命纏住他，反遭一記毒掌劈在腦門上，不省人事。

最後，端午當天，您等於終在昫泉仙境困住神祕殺手，展開最後一戰。我聽說那一戰驚天動地，折了鏢局三當家珞巴，但也將殺手，和傳說中的不老仙泉，一起埋葬在九泉之下。

事情似乎結束了，可是說也奇怪，您等既知殺手的真面目，卻對朝野再三保密。惟一能知道的是独孤客，確實不曾插手過這一連串的命案。

或許，您一開始就知道殺手的真面目？卻不在一開始就痛下殺手，反任由風聲的矛頭指向錯誤的方向，藉此逼出独孤客來？

無論如何，那段不愉快的過往，也不全然都是壞事。它尚且促成一對江湖伴侶：古琰姑

娘委身倚不伐，以天地江湖為誓，執手相伴，扶持彼此人生的後半輩子。

而現在想想，這殺手行凶的日子不超過三個月，受害的江湖人不過十八、九人，和往後的江湖風波相比，根本稱不上「屠殺」，只是場兒戲般的開端罷了。

二、鳳舞昀泉

昀泉司姬當中，除了古琰外，我也見過容纏一面。但老實說，第一回看到她時，她實在不太好看，倒不是說她的樣貌，而是她當天極為邋遢，就像是在山中生活了十來年的紅色野猴子，渾身髒污，但她一身華美的紅綢裳雖然滿是刮痕，一雙眼睛卻欣喜的發亮。

她借我的房子打理自己一番，然後自報姓名。她還自稱學成了失傳神功，我心生好奇，問起來龍去脈。

那年，昀泉諸氏雙雙失去宗主和大總管，聲勢日墜。少年墨冰繼任昀泉宗主大位，人們都稱他一聲「小宗主」，這一個「小」字，倒是說明了他的窘境：年輕、資淺、備受質疑、而且算不上真正的宗主。

雖然如此，當年昀泉幾個年輕的核心人物，倒是都力挺這位小宗主。譬如昀泉四姬，儘管紛紛改投身鳳顏香閣，但江湖人都說她們心仍在昀泉這一邊。此外還有祁影，身為一介護衛，實則形同臨時總管，昀泉人也都服他。

祁影意圖重振昫泉雄風，卻不幸遭刺客暗殺重傷。刺客行兇的動機，眾說紛紜，但不外乎質疑祁影意圖禍害江湖。那段時間湊巧發生了幾樁命案，都曾懷疑到祁影身上，但後來證明多半是子虛烏有的揣測和構陷。話說回來，這刺客貌似熟識江湖四方人物，巧扮成不夜浪子洛智兒，晃蕩在市集上，竟不曾遭人識破！這個假洛智兒就這麼趁人不注意，憑一股驚人內力，一刀刺中祁影側腹的要害，祁影憤而帶傷追之，卻怎麼也追不上。

祁影的案子驚動了當時遠在不夜的正牌洛智兒，聽說洛智兒為此親赴衙門投案，大呼冤枉。容纜也說，憑洛智兒的武功資質，絕不可能成功行刺祁影，但究竟是誰冒名幹下這樁血案，至今仍是一團謎。

不過容纜一口咬定，兇嫌的真實身分，關乎一群不欲人知，卻又江湖盡知的危險人物。

您一定聽說過這些人物，甚至，您說不定就是他們其中一人。

瀟湘七賢。

有人說，世上只有七個人知道瀟湘七賢的真面目，那就是他們自己。

他們聽命於朝廷，但也掌握皇上與權臣的生殺大權。他們說是七個人，但每每只有六人現身，而且從不以真面貌示人。據說他們實際成員幾經更迭，要加入七賢，得完成祕授的禁忌任務。任務內容，只有他們七人知曉，其他知道內幕的，沒有人活著說出來過。

關於他們的傳言紛紜，而且褒貶參半。據說，他們曾經封鎖整個臨湘城，全城許出不許

入；有個吳舜元看不過去，覆面蔽體，當面痛斥他們跋扈無理，結果竟被那當中的一個給拎起來，扔過二十丈高的臨湘城牆，摔個半殘，差點丟了命。

他們視一切意圖不軌的江湖幫派為敵。那段日子，罪淵閣覆滅了，「深淵惡魔」更遭刺客追殺到臨湘城外，窮途末路之際，躍入冰冷臨水港，失去蹤影；而独孤客的逐月湖也垮了，江湖相傳，逐月湖一夥人忽然像發瘋似的，自相殘殺，殺到潰不成幫為止。這些，據傳都和瀟湘七賢有關。

祁影重傷後，瀟湘七賢盯上了昀泉人。容纆說，他們當中六人蒙面，闖入昀泉仙陵，直指昀泉人對朝廷無禮，敗壞江湖風氣。鳳顏司姬裡最年長的古琰大掌櫃，不願小宗主受辱，便代替他，當著眾目睽睽，跪地叩首，認罪求全。但瀟湘七賢未因此放過昀泉，唆使朝廷封了仙陵遺址，驅逐昀泉遺族。這一大片土地後來給疾風鏢局買了下來，中間有經過什麼曲折，至今仍不為人知。

這口氣，古琰嚥下去了，但其他司姬嚥不下。容纆不甘自家昀泉姊妹受辱，幾度挺身行刺瀟湘七賢。頭一次，她發現有個單影逡巡主城，肯定是七人之一，遂扮作普通老婦，伺機欺身突襲，豈料竟遭他識破偽裝，反中七招劍法重傷，落荒而走。她毫不氣餒，養好了傷，邀戰破陣谷，聽說應戰的是同一個瀟湘人。但這一回，她敗的更慘，給一掌打落破陣谷，生死不明。

但是，她終究活了下來，而且在破陣谷底，發現另一條失傳的九泉祕徑，在祕徑中練得驚世神功。她歷劫歸來，發現了我家，便借住一晚打理身子，順便問我這段時間的江湖事。

那晚，我就自己親耳所聞，據悉稟報：昀泉人那段日子過的並不好，惟賴投靠無心門的葉非墨大師暗中接濟，而曾經的雲樓神醫倚不伐，以昀泉女婿的身分，亦盡量維持昀泉的江湖門面。不料雲樓墨語清，為了救治半殘的倚不伐，擅自為他開藥，反將他給醫死了。倚不伐一死，雲樓和昀泉的關係徹底斷了，同時瀟湘七賢進逼更甚，昀泉形勢益發窘迫，滅亡只在旦夕間。

容纉聽我說完，益發憤慨，當年她自恃習得神功在身，決心捲土重來，幹一票大的。翌日清晨，我們便在門外辭別，離別前，她拿了我上好的衣服和乾糧充作行李，並甩起飄然長袖，舞一段「鳳綾九舞訣」，說是謝禮。

自那天後，我再也沒見過容纉，但我會不時關注昀泉和臨湘城的消息，關注了半年下來，聽不到任何大消息，就大概知道她們失敗了。

後來我才聽說，原來容纉找了另外三司姬，密謀趁除夕夜，臨湘封城施放花火賀年時，襲擊臨湘城，刺殺瀟湘七賢！而古琰以凡事求全為由，力阻容纉，但容纉聽不進去，聯手另一司姬繆箏，一意孤行。起事前晚，古琰帶一批鳳顏幫手，找到她們兩人，苦勸不成，反先動手內鬨，其中一個手下紹青，卻因此誤殺了繆箏！

而瀟湘七賢竟不知從哪得來的消息，悄悄圍住鳳顏司姬，待她們內鬥死傷過半，方才出手，其中一人，一掌震碎容纘全身血脈，廢了她的絕世武功，和她的「錦囊妙計」。

正當江湖諸雄盡以為昀泉將亡，竟來了出乎意料的援手。曾經的昀泉耆老秋霜夢焉，說動寒門沐家介入此事。寒門大當家沐琉華洋洋灑灑，揮寫一紙親筆宣言，昭告中原四方，聲稱沐家與昀泉共進退；瀟湘七賢見寒門涉入其中，知道局勢變了，識趣而退，放過了昀泉。

猶記得那天，當我見到容纘獨自舞出鳳綾九舞，心中的震撼，著實難以用言語形容。據說，若得見四司姬一同起舞，百鳥將為之齊鳴，百花亦為之羞慚。可惜，那樣的光景，只有在夢中才見得到了。

昀泉諸氏就這麼起死回生，然而要等到蘇昀絕老前輩重掌總管大位之時，他們方才恢復曾經的榮景；那段日子的傳聞一聊起來，又要花好長一段時間。

中場、二更天

江湖似乎就是這樣，結仇容易，復仇難！即使我年少時學到：「膽識就是闖蕩江湖的本錢。」可是闖蕩江湖是一回事，要長久立足江湖的真本錢，終究是蓋世武功，和牢不可破的人情關係。您莫怪我把江湖說的如此不堪，實在是這些年來，傳聞聽多了，對江湖多少添了幾分無奈。

當我和仇家的人脈有天壤之別時，復仇是難上加難。容繾姑娘如此，太歲更是如此。

二更天了，外頭似乎起風了，看來夜半會有一場驟雨。我還沒有睡意。若您不介意我繼續叨擾您，請等我關好門窗，繼續說太歲的事。

附錄二：十年一夜（二）

三、復仇

九年前，我搬到霧淖，住過好一陣子。說巧也真不巧，我恰逢數年一度的霧都論武，群雄會集霧淖，鼎旺人氣彷彿驅散了此地不分晝夜的漫天煙雨。那段日子，我投靠客棧的同鄉，要到一個靠近馬廄的偏房，那房間的味道真不是蓋的，但也虧得在馬廄旁，打開門窗，就像重見年少時的江湖客棧一樣，見著形形色色的江湖人。

這當中，有個不起眼的人，總是沿著牆邊走路，披著一件蓑衣，曾開口向我借一把豬鬃刷子，刷掉他蓑衣上厚重的泥沙。時至今日，即便您現在問我，我仍說不清他的長相，太普通了，就像我這般的老實人，像條從水溝裡就能撈起一大把的蝦虎魚；可是只要他再次出現我面前，我一定認得出他來。

他還了我豬鬃刷子，又送了塊硬梆梆的饃饃當作回禮，順道向我打聽「太歲」。我老實回答他，說我沒看過太歲這個人，他沒多問，又謝過我一遍就離去。

後來我才知道，他就是醉南懷雲。

三天後，醉南懷雲夜殺太歲，這事在霧淖傳了開來。據說事發當下，太歲和江湖眾人就

像我一樣，見到醉南懷雲，當他是個老實人，沒放在心上。

那晚，我見到您和一群各幫各們的江湖人，夜半找上門來，問了客棧掌櫃好些問題，我躲在一旁拼湊您的話，知道那就是借了我豬鬃刷子的人。不過茲事體大，我不敢出聲，未曾告訴您任何事。

太歲從此失去了蹤影，消弭的無聲無息，這起命案也不再有人過問。這不是太歲第一次重傷了。在大屠殺時，流雲府曾斷了他經脈；待他傷癒，竟掛了塊臭肉在兵府大門，譏之「兵腐」，以為回報，就這麼為自己又招惹一次禍端。然而江湖過客繼來續往，小道傳言紛飛，一旦提到太歲，卻是緘默而言之其他，深怕被人聽見自己議論著太歲似的。江湖人對於太歲的事如此忌憚，偶爾想想，也頗為他感到無奈。

怎料到，就在風波看似平息之時，一夜之間，各大主城竟掛上了滿牆告示。

太歲回來了，他要復仇。

出乎我意料的，他找上無心門「天下五絕」。聽人說那告示洋洋灑灑，寫滿無心門一幫上下，在太歲失蹤後的種種言行。太歲舉證言之鑿鑿，直指醉南懷雲一事，正是無心門的詭計，此言一出，惹的江湖群雄譁然。

我坐觀風雨中的江湖群像，每到這時候我就想著：當個旁觀的老實人還是挺好的，雖說不知何時會枉送了命又申訴無門，但當個江湖人，又何嘗不會遭遇這種倒楣事呢？

為了這張復仇宣言，您又造訪客棧一遍，又問了掌櫃好些問題。當下您說，太歲失蹤多時歸來，必定有所準備，再者您看了那告示的墨跡，內力深厚，絕非出自凡人之手。您說的好像太歲搖身變成了不可一世的天魔王，把掌櫃嚇的臉色青一陣白一陣的。或許您心裏一度和其他江湖人想的一樣，以為太歲真的準備要大殺一陣，血洗無心門，在江湖掀起一陣驚濤。

那時的您，讓我想起一位江湖棋友。我在霧淖認識了他，他很擅長木工，自己用刀削出一只棋盤和一副棋子，我和他對局數十盤，從未贏過。我每每在棋盤上竭盡心思，殺向他的主帥，他卻能在彈指間消弭了攻勢。我不認為自己贏得過他，但一次次以為自己好歹曾為難過他－只要能為難那麼一瞬間就好，可是他看著我每一招，什麼話都沒說，只是笑著。

我側眼看您當下的笑，和那棋友的笑是一樣的。

先是天風雷皇日月，無心門夏靈薇的外門弟子，歃血昭告天下：「若太歲要追殺日月，日月已做好赴死準備。」說的慷慨激昂，到頭來也沒死就是了。隨即，夏靈薇出面了，當眾人之面垂淚道：「若是靈薇的死能稍減前輩的怒火，懇請成全。」

這段日子，霧淖又出現一個不知來歷的東瀛人「安倍直人」，據稱他與潛沉多年的天下五絕香鰻魚蓋飯，關係匪淺；他屢次宣稱找到了太歲，勸太歲收手。幾個借宿客棧的江湖人曾信誓旦旦，說他聽見安倍直人揚言道：「假若太歲執意復仇，會將江湖五大城六大幫，全

捲入腥風血雨中。起碼香鰻魚蓋飯拼了老命，也必定要維護他的好兄弟，天風和昀泉諸氏，亦將誓死與太歲為敵。」

我彷彿看到一盤棋，對手的帥棋安座主營中央，文風不動，僅調度其他棋子捨身護駕，而我每一步棋，俱皆遠隔在重重護駕之外，莫說是對峙帥棋了，甚至連九宮主帳也接近不了。

距告示公諸於世起，過了一年，無心門尚安穩如常，駭人聽聞的復仇宣言就像春風撫面，船過水無痕。我在那一年離開霧淖，臨走前與那棋友以最後一盤棋拜別，看著形勢一面倒的盤勢，有感而發：「好像太歲一樣，沒關沒係，連復仇也沒門。」大概是因為我也是無依無靠的邊緣人，懂得這種窒息般的無力感。

他看著我，換了副笑容。

他說自己也將遠走他方，透露道：「告訴你也無妨，我有封介紹信，要去『自在莊』找個差使。」我不疑有他，說句恭喜，互道聲珍重，旋即各分東西。

我又花了一年時間，從霧淖來到這裡，這一年間，江湖風波不斷。

四、走馬紅塵

這一切的風波，要從無始劍仙的死訊說起。

年少時，我見過無始劍仙一面，那時他身在囹圄，情景甚是難堪，但即使在那樣的窘境，仍不減他一代俠士的風采。當我聽聞惡耗，心裏滿是訝異感慨，但更叫我訝異的，是他死後掀起的江湖波濤。

據江湖人說，無始劍仙死後，但凡與他有交情者，皆收到他一封密封遺書，遺書交代這些人，擇一吉日，赴每封遺書不同的指定之地，接收了他留下的「禮物」，據說那是一本劍譜，大書「劍舞紅塵」四字，故以此為名。《劍舞紅塵》招數三十有餘，招式由簡入繁，傳說凡習得全套招式，就有了與六大幫群雄並列的功力。一時之間，江湖群豪爭相索求劍仙遺書，真假無所謂，只為掙得那萬分之一的機會，一睹《劍舞紅塵》。

自然，像您這樣的高手，想必對此不屑一顧，但身在當時，想來您也見到了那年開始的瘋狂——不只為了劍舞紅塵，更為了阻止劍舞紅塵。當越來越多資質中庸的江湖人，僅靠一本祕笈就擠身高手行列，江湖上各大高手，處境怎不堪慮？甚至有傳言說：連他的宿敵独孤客，也習得了劍舞紅塵？謠言越傳越教人不安，各幫各派，因此尋求對應之策。

各大高手相繼開門立分派，請出長隱山林的遺世高人，傳授神功，擁上等武功自重之。除了臨水瀟湘訣外，天極五嶽、梅逸九揚、玄通真經、九玄鎮天歌，這些曾經是傳說中的傳說奇功，一一出現在江湖上。江湖這些年來，不亞於黑暗時期的「大武林時代」，自此開始。

龍泉五姓三幫，就在這時代崛起。龍泉弟子長聚於蘇家觀久陽宮、碧血潛川院、血醫閣三大幫，由風雲變色之一代師兄妹——龍泉四俊之三，分掌三大幫務，除了遨遊大俠，雖貴為四俊，卻只專注練武，不管江湖事。他們並依附任情自在莊，在將軍城掙得一席之地後，迅速擴張勢力；他們很快脫離自在莊的控制，聲勢之盛時，甚至在將軍城重建龍虎擂台，仿照不夜城的龍神會，打擂招募武生，這舉動卻惹來雲樓的忌憚，於是雲樓樓主帶著雨紛飛，夥同疾風鏢局和昀泉祁影，一齊南下將軍城，興師問罪，當面要拆了龍虎擂台，為此鬧了好長一段時間。龍泉人確實在這受挫，但也令他們越發團結，一度盤據將軍全城，打起清君側、勤王政的正義大旗，彷彿隨時都可以揮師帝都，列席朝廷。

但誰也沒想到，碧血院高等弟子龍破天，私通雲樓，刺傷同門師兄而走，為此，龍泉勢力就像斷了一臂。此外，血醫閣主與碧血院主決裂，率領全閣離開龍虎山，投靠萬魔殿，碧血院主某夜在將軍城陷入莫名血戰，身受重傷。龍泉三幫折損其二，僅存久陽宮保有全力，但僅憑掌門人自持玄通真經，也僅能勉強和中原諸幫並列，就已經很不容易。現在想想，甚至連玄通真經都不足以一統江湖，可想而知，江湖中還藏了多少的高人在其中，而且在一山之外，只會有一山更高。

而正如您當初所料，朝廷對江湖紛亂也並非毫無應對，譬如北窗苑。在霧淖，您曾說過北窗苑：皇帝坐北朝南而王天下，北窗教統則安坐龍椅北端祕房，隔一道窗，南視天子背

脊，態勢如嚴父教子，可見北窗之尊，有時甚至在天子之上。歷來北窗僅設教統，自流雲氏解散兵府，入主北窗後，廣設麾下職務，仿照朝廷，將北窗分成六部，訂下舉才辦法和禮制體統，聲勢盛大，真宛如一個小朝廷。

然而您又評說：他們或許忘了，皇上固然對江湖感到忌憚，卻更不容許在自己之上，竟然還有另一個小朝廷。北窗於是陷入朝廷、江湖兩面為敵的窘境，即便流雲氏為此請辭教統，以息聖怒。歷任教統仍與江湖糾紛不斷，又受朝廷派系制肘，北窗因此聲勢日衰。儘管靠著流雲氏和雲樓的關係，北窗苑得雲樓暗地奧援，尚存一息，可是這最後的關係，就在東寧雪繼任教統時也斷了。是時雲樓的煙雨策士，意圖在教統授印大典謀殺東寧雪未遂，反落得身死，並將雲樓和北窗的關係也搞壞了。北窗苑到此一時，終於難挽頹勢。

在這樣的新時代，新勢力如夏蟬一隻隻冒出土、爬上樹梢，盡情鳴放。任情自在莊自從大莊主任雲歌死後，二莊主、三莊主相繼離開，塞墨人太歲入主，一改莊內規制，廣收江湖上無依無靠的孤兒，名為門生，彼此十分團結，成了一股新興力量。雪山桓嶽府，府主尹玄胤出身馬賊，在將軍城血戰之夜，選擇聯手雲樓一派，身先士卒，力抗龍泉四俊之二；雖然他因此受了重傷，卻也贏得雲樓的信任，藉此攀到了桓嶽府主，憑恃雪山天險，熊視中原。撇除他好鬥的草莽性子不論，尹府主在江湖人口中是個輕生死、重情義，響噹噹的血性漢子，或許正因為如此，他才能在這個大武功時代凝聚人心，獨霸一方吧！

有崛起的新勢力，就會有消逝的舊勢力。曾經是六大幫之首的霜月閣，敵不過新興群雄，無聲無息的消亡。鳳顏閣與合歡宗，即便背後有昀泉撐腰，也抵不過諸幫競爭，索性解散。除此以外，還有天藝軒、萬鏡城……，以及更多我沒聽說過的割據勢力，逐一消失在武林之中。甚至連無心門，天下五絕的無心門，力撐了好一段日子，終究選擇焚毀山門，讓近二十年來累積的一切，盡歸塵土。

他們選了一個起霧的清晨，在幽然渡口，互道珍重辭別。那時，想來您也在現場，目睹一個舊時代的結束，而新的亂世，早已開始。

一切的一切，或直接、或間接，都源於那本劍舞紅塵。您曾說，您或許明白為何無始劍仙要選在身故後，廣發劍舞紅塵？您以為憑他的眼光才智，應知此舉將為江湖帶來動盪，而他為何卻還是這麼做？

「也許，只是因為有趣吧？」

最後，您下了這個結論。

未完、三更天

不知不覺，已經三更了。這十年來的故事，不過說到了第二年而已，而您最後的故事，才正要開始呢！

這段時光，我每一天張開眼睛，都過著一樣的日子，您卻投身在這亂局，隨潮起潮落，歷風起雲湧。我雖無冒犯之意，但說起來，您親身經歷諸多江湖事，曾與中原一等一的高人們並肩頂峰之巔，到頭來，卻在此和我相遇，現在想想，真是諷刺。

但坦白說，我也不知道：假使我走到了人生盡頭的那天，與您再度相遇，屆時不知是您會嚮往我平靜無波的日子，還是我會羨慕您開闔壯闊的一生？

即便您我人生殊途，末了俱是同歸於無，那我們之間，誰更幸運一些呢？

明天一早，我便為您送行。現在我不該繼續叨擾您，該讓您難得、好好的休息了。

可是此番告別，就要待來生才能再見面了吧？

一想到此，就想再陪您多聊一會，但願，您不會介意我打擾您。八年的故事，乍聽來很漫長，真正說起來，不過是消磨幾個時辰的時間。

人生忽逝須臾間，十年不過一夜。

國家圖書館出版品預行編目資料

江湖：二部曲（下冊）／乙寸筆主筆；江湖全體玩家共同創作. --初版.--高雄市：江湖創作團隊，2020.9

面； 公分.——（江湖正史；03）

ISBN 978-986-97116-2-3（下冊：平裝）

863.57 109007724

江湖正史（03）

江湖：二部曲（下冊）

作　　者　乙寸筆主筆／江湖全體玩家共同創作
校　　對　乙寸筆
出版發行　江湖創作團隊
　　　　　電郵：swiven@ms39.hinet.net
設計編印　白象文化事業有限公司
　　　　　專案主編：黃麗穎　經紀人：張輝潭
經銷代理　白象文化事業有限公司
　　　　　412台中市大里區科技路1號8樓之2（台中軟體園區）
　　　　　出版專線：（04）2496-5995　傳真：（04）2496-9901
　　　　　401台中市東區和平街228巷44號（經銷部）
　　　　　購書專線：（04）2220-8589　傳真：（04）2220-8505
印　　刷　基盛印刷工場
初版一刷　2020年9月
定　　價　250元

【請拿起手機掃描QR Code，立即闖蕩江湖】

ISBN 978-986-97116-2-3
9 789869 711623 NT$250

主筆：乙寸筆
創作：江湖全體玩家
網站：www.vw.idv.tw
江湖RPG GO